妖琦庵夜話

誰が麒麟を鳴かせるか

榎田ユウリ

角川ホラー文庫
21524

妖琦庵夜話《ようきあんやわ》

誰が麒麟を鳴かせるか

人物紹介

洗足《せんぞく》伊織《いおり》
妖琦庵の主で、茶道の師範。“ヒト”と“妖人”を見分ける能力を持つ《サトリ》。非常に鋭い観察力の持ち主で、記憶力もずば抜けている。気難しく、毒舌家。

脇坂《わきさか》洋二《ようじ》
警視庁妖人対策本部の刑事。甘めの顔立ちをした、今時の二枚目。事件を通じ、マメと友人になり、洗足家に出入りするようになる。

鱗田《うろこだ》仁助《にすけ》
警視庁妖人対策本部に所属。
東京の下町生まれで、現場叩き上げのベテラン刑事。年の離れた相棒の脇坂に戸惑いもあったが、順応しつつある。

青目《あおめ》甲斐児《かいじ》
女性ならば誰しもが惑わされるほどの美丈夫。他者を騙し、時には平然と手にかける。

夷《えびす》 芳彦《よしひこ》
伊織の家令（執事的存在）。《管《くだ》狐《ぎつね》》という妖人。特定の家に憑き、災いをなしたり、逆に守ったりするとされている。容姿は涼しげな美青年風だが、実年齢は不詳。

弟子丸《でしまる》マメ
伊織の家の、不器用な家事手伝い。純粋で涙もろい。
見た目は少年だが、すでに成人ずみの幼形成熟《ネオテニー》型妖人。《小豆とぎ》なので、動揺すると小豆をといで心を落ち着かせる。

甲藤《かっとう》明四士《あきよし》
妖人《犬神》。主を強く求める傾向があり、伊織の弟子になりたがっている。マメの危機を救ったことで、洗足家への出入りを許されつつある。

※

さあ、よく聞いて。

人の騙《だま》し方を伝授しよう。

まず騙す前に、愛されなくては。だってそうだろう？　話さなければ、騙せない。そして好きじゃない相手の話など、人はろくに聞かない。それがどんな役に立つ話だろうと聞いてくれやしない。実際、話している内容なんかどうでもよくて、誰が話しているのかが大事なんだ。

だから愛されなければ。

せめて、好かれていなければだめだ。

大丈夫。好かれたり愛されたりは、たいして難しいことじゃない。世の中の人々は、それについてずいぶん悩んでいるらしいが――いったいなにをどう悩んでいるのか、さっぱりわからないね。好かれるのなど簡単だ。いくつかのポイントをきちんと踏まえるだけ。まあ、多少の忍耐は必要だろうが、後々得られる利益を考えればその忍耐も楽しく思えるものだ。

では愛されるポイントを説明しようか。まずは、相手の話を聞いてやること。

とにかく聞く。ひたすら聞く。

自分が『話す』前の大切なステップだ。感じのいい相づちと、アイコンタクトを忘れずに傾聴する。つまらなそうな顔を見せてはいけない。どんな顔をすればいいかって？　相手と同じにすればいい。相手が悲しそうな顔をしたら、こちらも悲しそうにする。嬉《うれ》しそうだったら、嬉しそうに。ただ真似をするだけ。楽なものだろ。

ふたつめのポイント。相手の話を決して否定しないこと。

反論は一切なしだ。心の中で「馬鹿げてる、ありえない」と思っても、ウンウンと聞く。これも簡単だ。話の内容なんか右から左に流せばいい。理解する必要はないし、理解する意味も価値もない。ただ否定せずに聞き続けていればいい。

みっつめだ。気のすむまで話させたあとは、肯定する。

思いきり肯定する。「あなたは間違っていない」「あなたの主張は納得できる」「あなたを理解できないほうが、どうかしている」――そんなふうに認めてやる。褒めるというよりは、受け入れる。もちろん褒めてもいいんだが、そもそも褒めようのない相手も多い。愚昧《ぐまい》なくせに自惚《うぬぼ》れてるタイプならまだいいんだ。「すごいね」「すばらしいね」と安易な賛辞で満足する。でも中には、自分がひどく矮小《わいしょう》な人間だと、内心では気づいているタイプもいる。そういう相手に「すごい」を繰り返すのは効果的じゃない。それより「どんなあなたでも受け入れる」という姿勢のほうがずっと効く。なにしろ彼らは、受け入れられたくて、認められたくて、それこそ身悶《みもだ》えせんばかりなんだから。

今までのみっつを、確認しよう。

話を聞く。否定しない。受け入れる。

　これだけで相手の心は摑《つか》める。「この人は理解してくれる」「この人は認めてくれる」「この人は味方だ」――そう思ってガードを外す。

　簡単だろう？

　もっとも、効果の強弱はある。ふだんから周囲の人間に認められ、大切にされている相手には効果が弱い。いつもチョコレートをもらっている人間にキャンディを渡しても、さほど感謝されないのは当然だ。そんな人間は最初からターゲットにしないように。

　甘い物の味を知らない人間を選ぶんだ。

　地を這《は》うように、塩や砂ばかり舐《な》めさせられて、自分がなんの為に生きているのかわからず、かといって死を選ぶほどの決断力もなく、諸々と日々を送って疲れ果て、すべての意思決定は他人と世間にまかせ、けれど文句だけは山ほど抱えている――そういうタイプが望ましい。

　大丈夫、探すまでもない。そんな人間はこの世にごまんといる。

　そういう連中の前に、天使のように微笑んで現れるんだ。

　天使は好かれるし、愛される。

　あとはもう、支配するだけだ。

一

死体を見慣れるということは、あるんだろうか。

目を閉じ、合掌しながら脇坂洋二《わきさかようじ》は考えた。

たとえば今、隣で同じように手を合わせている先輩刑事はどうなのだろう。一見しょぼくれたオジサン風情の鱗田《うろこだ》は、叩《たた》き上げのベテランだ。一緒に仕事をして丸二年が経った今、脇坂もその力量は理解している。

鱗田は、事件の細部と全体、その両方を見る能力がある。

刑事は小さな手がかりを見落としてはならないし、木を見て森を見ずに陥ってもならない。ゲームでたとえれば、鱗田は複雑な迷宮の全体マップを頭に置きながらも、現在いる階層《レイヤー》に隠された宝物と、突然襲ってくる敵にまで気を配っている……といった感じであり、かなり凄腕《すごうで》のプレイヤーだ。もっとも、以前この喩《たと》えで敬意を表したところ
「おまえの話はよくわからん」と困った顔をされてしまったが。

そんな先輩刑事は──今までどれほどの遺体を見てきたのだろう。

「これは、自分で書いたのかねえ……」

鱗田の声に脇坂は合掌を解いて目を開けた。先輩刑事は、普段からやや丸い背をさらに丸くして、男性の遺体を覗《のぞ》き込んでいる。

「角度的には自分で書く……というか、傷つけるのは可能ね」

答えたのは脇坂ではなく検視官の滝本《たきもと》だ。五十すぎの女性で、鱗田とは古いつきあいらしく気安い口の利き方である。検視官というポジションなのだから、滝本もまたかなりの遺体を見てきたはずだ。

「死んだ後ってことは？」

「剖検しないとハッキリ言えないけど、たぶん生きているあいだなんじゃないかしら。ほら、近くに内出血があるでしょ。書きやすいように、皮膚を引っ張って強く押さえてたんじゃないかな」

「ああ、なるほど」

書きやすいように……この、メッセージを。

ジツニ
ツマラヌ
バケモノハ
シン
ダ

実につまらぬ化物は死んだ、になるのだろうか。それは遺体の前大腿部《だいたいぶ》に書かれていた。ただし、ペンやマーカーなどの筆記具は使われていない。文字の赤い線は、傷だ。遺体の右手近くには小ぶりだが鋭利なカッターが落ちていて、それで自分の太腿《ふともも》を傷つけて記したと思われる。

東京都中野《なかの》区。駅から徒歩十五分のやや古い戸建て住宅。

安部友親《あべともちか》は二階の自室で死んでいた。

二十六歳、無職。発見者は同居している母親で、今日の午後一時、友人とのバスツアーから戻ってすぐ、息絶えた息子を見つけたのだ。トランクス一枚だけを身につけ、壁によりかかるように座り、前大腿部には傷で記したメッセージ。死因は見たところ失血死。もちろん腿の傷程度では死ぬはずはない。頸動脈《けいどうみゃく》が切断され、安部の上半身は血まみれになっていた。

「自分で書いたんだとしたら、これが遺書で、自殺って線もあるわけか」

鱗田が言い、滝本が「可能性としてはね」と答える。声がくぐもるのはマスクのせいだ。閉ざされた部屋の中、マスクやヘアキャップは煩わしいが、現場に余計なものを落とすわけにはいかない。

「誰かが押し入った形跡もなさそうなのよね。とはいえ、自殺と言い切れる現場じゃないから、事件性ありという判断でしょ、これは。……和久井《わくい》先生遅いなあ。渋滞してるのかしら」

検視は医師の立ち会いの下に行うことになっているのである。腕時計を確認してから、

「それにしても」と滝本が言葉を続ける。

「今回はずいぶん出動が早いじゃない、Y対《ワイたい》さん」

滝本の指摘に、鱗田はマスクのゴムを気にしながら「まあね」と答える。

Y対。

別名、妖人《ようじん》対策本部。

そして正式には、警視庁ヒト変異型遺伝子保有該当者（通称妖人）対策本部。もっとも、この長すぎる正式名称を使っている人に、脇坂はついぞ出会ったことがない。

脇坂と鱗田はY対に所属し、妖人と呼ばれる人々が関連する事件の捜査に携わっている。設立当初はさして重要視されていない部署だったが、近年、妖人の関わる凶悪事件が増えているため、捜査一課と協力して活動することも多い。

「この仏さん、別件で名前が挙がってたんだよ。ほら、最近警察庁《サッチョウ》がＡＩ捜査をテストしてるだろ」

「ああ、はいはい。人工知能がネット上をパトロールするってやつね」

「そうだ。ここんとこ妖人絡みの事件が増えてるんで、ヘイトスピーチの監視も厳しくしてたらしい。そういった差別思想の傾向が強いアカウントのリストが来てて、その中のひとりだったたわけだ」

「うわあ、怖い」

滝本が言う。

「差別主義者が、かい？」

「AIのほうよ」

滝本の言葉に、内心で同感してしまう脇坂である。

もちろんAI捜査は、プライベートなやりとりまでは監視していないはずだが……それでも、自分の発言が誰かに見張られているというのは不気味だし、その気になればパスワードのかかっている場合ですら………。

「ねえ。きみはどう思う？」

滝本がくるりと脇坂のほうを向いて聞いた。突然だったので、脇坂は「えっ」とやや身構えてしまった。警察庁のやり方に異を唱えるべきだろうか。

「これって、自殺だと思う？　あるいは他殺？」

そっちか。

脇坂は「ええと」と改めて遺体を見つめた。滝本に他意はないのだろうが、なんだかテストされている気分だ。脇坂はチラリと鱗田を見たのだが、いつもと同じぼんやりした顔で、助けてくれそうもない。

「僕は……自殺ではないと思います」

「どうして？」

「カッターが小さすぎるからです」

「ふむ。だけど自分の身体に字を刻もうと思ったら、あれくらいのサイズじゃないと。現状でも、内腿のほうまで文字が行ってるし」

はい、と脇坂は頷《うなず》いた。カバーのかかった靴を一歩踏み出して遺体に近づくと、落ちている刃先の小さなカッターを見下ろす。

「これ、デザインカッターっていうやつですよね。ジオラマみたいな、ちまちましたものを作る人が使うやつです。確かにこれなら、文字の傷を刻むにはいい大きさだと思うんですが、頸動脈を切るには小さすぎますよ。すごくやりにくいはずです。いくら死にたいからって、わざわざ失敗しやすい方法を採るでしょうか。僕なら、もうひとつ別の刃物を用意します。大きめのカッターだとか、果物ナイフだとか。自宅なんだし、探せばあるはずです」

「なるほど。でも、動脈に届いていなそうな傷が二箇所はあるのよね。ほら、あのへん。見える？　これは自殺だからこその、ためらい傷だとは考えられない？」

「あるいは、自殺を演出するものかも」

「つまり、自殺に見せかけた他殺？　殺人事件？」

「……………という線も、考えられるんじゃないかなあと……」

念を押されると、なんだか自信がなくなってしまう。そんな脇坂を見て滝本は笑い、なにも聞いていないふうだった鱗田に振り返ると、「まあまあ、育ってるんじゃない？」と言った。鱗田は軽く肩を竦《すく》めて「どうだかね」と返す。

ちょうどそこで和久井医師が到着し、脇坂と鱗田は場所を空け、そのまま退室した。鑑識チームの邪魔にならないように廊下を進み、安部宅を出る。

「ふぅ」

マスクや靴カバーを取り、脇坂は大きく息をした。閉ざされた事件現場から、空の下に出るとほっとする。

よい天気ではない。六月の下旬、じっとりとした曇天で、夜は雨になる予報だ。脇の下がずいぶん汗ばんでいるのに気づく。気温はまだそこまで高くないので、これは精神的発汗というやつだ。制汗グッズを持ってくるべきだったなと、脇坂は考える。

「ウロさん」

「あぁ」

鱗田はポリポリと頭を掻《か》いていた。ヘアキャップを被《かぶ》っていたせいで、頭皮がむずがゆいのだろう。

「なんだかいやな現場でしたね」

「楽しい現場なんざないさ」

「そりゃそうですけど……なんだろう、言葉で説明しにくいんですけど、すごく陰湿な雰囲気というか……あの傷がどうにも不気味で」

ジッニ　ツマラヌ　バケモノハ　シンダ。

「どういう意味でしょうか」

「まだなんとも言えん」

「つまらぬ化物というのは……なにを示してるんでしょう。自分自身か、あるいは特定の誰かなのか……ぜんぶカタカナなのは、それが一番書きやすいからですよね？」

平仮名の曲線や漢字の複雑な文字ではあまりに書きにくい。なにしろカッターで肉を刻みながら書くのだから。

「僕、ついこのあいだ、通販の荷物を開けるときにカッターでちょっと指先を切ったんですよ。それだけでも痛かったのに、あんな……うう、身震いしそうです。生きてるあいだにされたのか、死んでからか……」

「他殺と決まったわけじゃないぞ」

歩き出した先輩について行きながら「はい」と答える。

「まあ、自殺にしちゃ凝りすぎてるがな」

「ウロさんも他殺と考えますか？」

「うーん……空気がな」

「空気？」

「他殺と自殺じゃ、現場に漂う空気が違うんだよ。おまえも場数を踏めばわかるようになってくる」

現場には、ベテランだけに感じ取れるなにかがある、ということか。脇坂が「はい、頑張ります」と頷いて返すと、鱗田はあきれ顔でこちらを見て、

「納得するな。嘘だよ」

と返す。

「えっ」

「自殺と他殺で空気が違ってたまるか。万が一そんなふうに感じたとしても、ンなものはただの気のせいだ。むしろその予断は排除しなきゃならん。今回は、おまえが指摘していたように、自殺にしては不自然な点が多いから疑ってるだけ。剖検と鑑識結果が出たら、はっきりするだろ」

「ひどいですよう。素直な後輩をひっかけるなんて……」

「脇坂、素直とバカは違うぞ。先生に鍛えられて多少マシになってきたかと思ったんだが、まだまだだなあ」

先生の顔が脳裏に浮かび脇坂は「グゥ」と唸《うな》り声を出した。

先生といっても学校の教師ではない。また、医師でもなければ弁護士でもない。よく考えてみれば、『先生』という呼称を使う必要性はそう高くないかもしれないのだが、それでも脇坂にとって、その人物はほかの誰よりも先生なのだ。

が、その先生と最近は顔を合わせていない。

「少し前、夷《えびす》さんにご連絡したんですが……先生はまだ休養が必要みたいで」

「だろうな。こっちとしてもゆっくり休んでほしいが……」

けれど、事件は待ってくれない。

脇坂よりも先生とつき合いの長い鱗田が、眉《まゆ》を寄せている。

「五百木《いおぎ》さんが亡くなられたことは、夷さんにお伝えしました」

「そうか」

あれは、桜が咲き始めた頃から、すっかり葉桜になるまでの事件だった。悲しい過去を持つ被疑者の五百木可代《かよ》は、拘置所で一度自殺を図った。その時は助かったのだが、結局裁判が始まる前に拘置所内で持病が悪化し、搬送先の病院で亡くなってしまったのだ。

「……先生はご自分を責めているんでしょうか」

「たぶんな」

「先生はなにも悪くないのに？」

「自分が悪くなくても、自分を責めてしまう人はいる」

鱗田の言う通りだ。だからこそ、その感情を利用しようとする者もいる。先生の背中にベタリとついて離れない、影のような男――。

ぞわり。

背中が粟立《あわだ》つ悪寒が、唐突に脇坂を襲った。思わず立ち止まり、周囲を見まわしてしまう。あの男が近くにいる気がしたのだ。だが住宅街にとくに変わった様子はなく、駐車場の隅で猫が毛繕いをしているだけだ。

「………」

脇坂はふいに気づいた。

さっきの現場で感じた、生理的嫌悪に近い、いやな感じ……。

あれは、似ていた。

あの男の起こす事件が醸し出す空気に、似ていたのだ。

たったひとりにだけ執着し、その人の気を引くため、いくつもの残酷な脚本を楽しげに用意する男。人を人とも思わず、他者の痛みになど無関心で、それゆえ他者を操り利用することに長《た》けている男。

脇坂は不思議でならない。あの男のことを考えるほどに、混乱する。

だっておかしいではないか。人を利用しようとするなら……まして他者に罪を犯させるように仕向けるならば、相手のことをわかっていなければならないはずだ。それなりに理解していなければならないのでは？　そうやって理解した相手を、ある意味精神的な距離が縮んだ相手を……なぜああも無慈悲に扱えるのだろう？

もし、この疑問をあの男に直接ぶつけたら……なんと答えるのだろうか。

嗤《わら》いながらなにか説明するのか。

おまえなどにわかるはずもないと、無視されるのか。

すでに何人をも殺し、いまだ捕まっていない、青目甲斐児《あおめかいじ》は。

「脇坂？」

少し先まで行った鱗田がこちらを振り返る。

「あ。すみません」

なんとか笑って答えた脇坂だったが、ひとたび生まれた嫌な予感を身の内から追い出すのは難しそうだった。

窓硝子《ガラス》に小さな水滴がぶつかる。

ほんのつかのま、震えながらも粒の形を保っていたそれは、すぐに観念したように崩れ落ちていった。

洗足家《せんぞく》で弟子《でし》丸《まる》マメが使っている小さな部屋は、庭に面してレトロチックな格子窓がある。マメはそこから庭を眺めるのが好きだった。今も、膝《ひざ》の上にいるにゃあさんを撫《な》でながら、雨粒が硝子を流れていくのを見つめている。

ぽつ、ぽつ、ぽつ、ぽつ。

雨粒は次々とぶつかり、滑り落ち、やがて窓全体に水の膜がかかる。夜から雨になるという予報だったが、少し早まったようだ。まだ夕方の六時前、日の入りまではしばらくあるが、どのみち重たい雲で外は薄暗い。

「なんだか寒いね」

マメは呟《つぶや》いた。独り言ではなく、にゃあさんに言ったのだが、返事はなくプスプスと寝息が聞こえるだけだった。雨の日の猫はすごくよく眠る。にゃあさんの乗っている膝はぬくぬくと暖かいけれど、背中が少し冷える。数日前はすっかり夏を思わせるような気温だったのに……こういうのを梅雨寒、というのだろう。

そこから離れようかと思ったが、目の端にちらりと映ったものに気がついて、再び窓越しの庭を凝視する。雨足は強くなり、水の幕で歪《ゆが》んだガラスの向こうに、あの人の姿があった。

「先生……」

それはモノクロームに沈んだ光景だった。

とても不思議だとマメは思う。こぢんまりとした庭には、緑の茂みも、エニシダの黄色も、青紫の紫陽花《あじさい》もある。それらひとつひとつの色はしっかり意識できるのに……雨の庭全体を見れば、白と黒ばかりに感じられる。

先生は——洗足伊織《いおり》は、こんもりと咲く紫陽花のそばで、傘もささずに立っていた。遠目にはほとんど黒に見える着物に白っぽい帯、裸足《はだし》に下駄《げた》という姿で俯《うつむ》いている。マメは「ごめん」とにゃあさんを膝から退《ど》かし、急いで部屋を出ると、廊下を経由して玄関から傘を手に、庭に回った。

「先生」

駆け寄って、傘を差し掛ける。

洗足はマメを見て微笑んだ。

「綺麗《きれい》だろう？」

そして再び紫陽花を見下ろす。すでにその髪はしっとりと濡《ぬ》れて艶《つや》を増している。

「綺麗ですけど、濡れちゃいます」

「思ってたより降ってたね。……ありがとう。あたしが持とう」

慌てて摑《つか》んだビニール傘は一本だった。マメより上背のある洗足がそれを持ち、マメが濡れないようにと一歩近づく。雨の匂いの中、微《かす》かに焚《た》きしめられた香が漂ってきた。

「また背が伸びたかな」

洗足は小首を傾げて言う。

「最近よくそう仰《おっしゃ》いますけど、さすがに毎日は伸びませんよ」

「いいや。毎日ちょっとずつ、じわじわ大きくなっているんだよ、マメは」

「だとしたら、嬉《うれ》しいですけど……。でも《小豆《あずき》とぎ》は幼形成熟型《ネオテニー》妖人《ようじん》だから、そんなに大きくならないんでしょう？」

雨がビニール傘を叩《たた》く音を聞きながら、マメは尋ねた。洗足家にビニール傘を使う者はいないので、きっと誰かの忘れ物だろう。脇坂……いや、甲藤《かっとう》あたりだろうか。

「そうだね。だが個人差はあるらしい。マメはもう少し背が高くなりそうだ」

「背丈より、心が成長するといいんですけど」

「そんなふうに思えること自体、心が成長している証拠ですよ」

そう語る洗足は穏やかな顔つきをしているが、顔色は青白いし、唇の色もよくない。このふた月ほど体調を崩していて、寝たり起きたりを繰り返しているのだ。もちろん夷が手厚く世話をしているが、今日は所用のために出かけている。

「先生、もう中に入りましょう」

「……マメ、紫陽花の花言葉を知ってるかい？」

マメの提案など聞こえなかったかのように洗足は言う。マメは少し早口に「知ってます」と答えた。

「このあいだ、夷さんに聞いたばかりなんです。『移り気』、ですよね。花の色が変わっていくから。この紫陽花も咲き始めは緑色だったのに、今は青紫です」

「そう。時間の経過とともに花色が変わる。……でも、それだけじゃないんですよ。紫陽花は土によって花の色を変えもする」

「土、ですか」

「土が酸性に傾いていると青系に、アルカリ性に傾いていると赤系になるそうです。品種によって多少の違いはあるだろうがね。……この庭には青が似合うだろうと、芳彦《よしひこ》が土を調整して……」

洗足は近くの紫陽花に触れた。白い手は傘をはみ出し、ぽつぽつと雨に叩かれる。それがひどく痛々しく感じられるのはどうしてだろうか。

「この綺麗な青紫にした」

「はい。綺麗です」

マメは同意しながら、冷たい洗足の手に自分の手を重ねた。それから決して無礼な仕草にならないように、そっとその手を紫陽花からどかす。この人の身体が濡れて冷えるところを見たくないのだ。

「……………土が変われば花色が変わる」

独り言のような、微かな声だった。

「……悪い土ならば花は咲かない。根から枯れるんだろう」

なんの話をしているんですか、と問いはしない。察しはついていたからだ。

この人には半分血の繋《つな》がった弟がいる。

その弟は犯罪者で、かつてはマメも被害に遭った。洗足はマメを庇《かば》い、守り、弟を敵とみなしている。弟を捕らえようとする警察にも協力している。

弟の名は青目甲斐児。

少年時代は、洗足とともにこの妖琦庵《ようきあん》で暮らしていた時期もあったそうだ。それより以前、青目がどんな環境にあったのか、詳しいことをマメが知ったのは最近だった。洗足からではなく、夷から聞いた。幼少の頃から施設で暮らしていたマメも、幸福からはほど遠い生活を送っていたが……青目はもっとひどかった。山奥の劣悪な環境で、精神に異常をきたしていた実の母に監禁されていたという。

青目の妖人属性は《鬼》と聞いている。

誤解があってはいけないのだが、《鬼》の属性を持つ妖人すべてが危険なわけではない。もともとは、ムラ社会に馴染《なじ》めず、他者を遠ざけて人里から離れて暮らしていた人々が、そう呼ばれるようになったらしい。社会性は低くても、善良な人も多いだろう。ただし青目に限って言えば、社会的規範を守らず、自己の欲求をコントロールせず、他者に害をなす《悪鬼》だ。すでにいくつもの傷害や殺人の容疑で指名手配されている。

その青目が唯一執着する相手が、兄である洗足だ。

青目の起こす犯罪はどれも残忍で、繊細で、かつ歪《いびつ》だ。青目にとって犯罪行為は、自分の欲望を満たすためでもあり、同時に兄に向けられた手紙のようでもある。こっちを見てくれと、なりふり構わず叫んでいる手紙。まるで、犯罪を通してしか、兄に接触《アクセス》できないかのような印象すらある。もちろんあってはならないことだ。だからこそ洗足はひどく苦しんでいる。青目が犯罪に走る原因の根本は、自分にあるのではないかと――顔には出さないまま、懊悩《おうのう》している。

青目の気持ちなど、わかりたくない。

けれどマメは、まったくわからないとは言い切れない。時に人は……どうしても諦《あきら》めきれないひとりのために、世界だって壊そうとするのかもしれない。そういう衝動は確かに存在するのだ。

トウが、マメのためにそうしたように。

春の終わりのある深夜、洗足は廃業した個人医院の一室で倒れていた。発見したのはバイクで駆けつけた甲藤で、甲藤を行かせたのは夷だ。夷が車で到着した頃には、洗足はすでに意識を回復させていた。脳震盪《のうしんとう》だったらしく、そのまま無事に妖琦庵に戻ってきたけれど……その時以来、家に籠《こ》もりがちになり、体調も不安定になってしまった。

——恐らく、青目がいたんでしょう。

夷はマメに言った。

マメもまた、同じように考えていた。洗足は見た目は華奢《きゃしゃ》な人だが、内面は強靭《きょうじん》で、聡明《そうめい》かつ頼りがいあるこの家の主《あるじ》だ。その洗足の精神をここまで乱す相手は、《悪鬼》の弟だけなのである。

雨足が強くなる。

洗足はいまだ紫陽花をじっと見つめている。大きくしっかり咲いた紫陽花は、雨粒を躊躇《ためら》いなく受け止め、雄々しさすら感じるほどだ。

「本当に綺麗だ……芳彦が、熱心に手入れしてくれたからね」

その通りだ。マメも見ていたし、時には手伝った。土を作り、水をやり、害なす虫を取り除き、愛情を注いだから……こんなに立派な花を咲かせた。人も同じだと洗足は言いたいのだろうか。環境の影響が大きいと？　もちろん人格の形成は環境に左右される。

でも、それがすべてではないはずだ。

人はやり直しが利くはずだ。マメ自身がそうであったように。

……ああ、けれど。

マメを立ち直らせてくれたこの人とこの場所を——妖琦庵と洗足伊織を、青目は失っている。その経緯については、マメはまだ聞いていない。

「先生」

「うん？」

風邪を引くから、中に入ってください……そう言おうとして、やめた。それよりもずっと効果的なセリフがあると気がついたからだ。

「僕、なんだか寒いです」

「それはよくない。もう中に入ろう」

すぐに返事があり、洗足はマメの肩をそっと押して歩き始めた。

傘が僅《わず》かに傾き、雨は透明なビニールを滑って、庭石の上に身を投げていった。

「なか……」

「なかん……」

「仲村渠《なかんだかり》です」

「なかんだり……？」

「なんだかり……？」

「なか、んだ、かり。です」

二音ずつ区切って発音した後、日焼けした顔がニカッと笑って「琉球語《りゅうきゅうご》の名字さー」と言った。語尾が伸びるイントネーションを聞くと、沖縄に来たんだなあ、という気持ちになる。六月末、すでに沖縄は梅雨明けしており、海はきっと綺麗《きれい》に輝いて……などと南国気分に浸っている場合ではないのだ。脇坂は慌てて首を横に振り、

「す、すみません。何度も間違えてしまって」

と謝る。脇坂の隣では、やはりなかなかその名字を言えなかった常盤《ときわ》が名刺を睨《にら》みつつ、「いや、これは読めないだろ」とボソリと呟《つぶや》いた。

「アハハ、ほんと難しい名字ですよねー。明治以降は、フツーの仲村《なかむら》に変えた人もいたみたいで。なにしろ読めないものー。あははは」

「仲村渠さんが謝る必要はありません」

ピシリと言い放ったのは、仲村渠の隣に座っている女性だ。

「人の名前を間違えるほうが失礼かと。そもそも、名刺にちゃんとふりがながあります。

平仮名がお読みになれないなら、話は別ですが」

実に冷ややかな口調は、仲村渠の愛想のよさとは真逆だった。ちまっ、と小柄で、顔も小さく、目鼻などのパーツもちんまりとして、どちらかといえば童顔だ。黙っていれば小動物のような可愛さのある彼女は、東京から訪ねてきた刑事ふたりを怪訝《けげん》に思っているらしい。もっともなことだし、名前を間違えるのは失礼という意見も正しいので、脇坂は「申しわけなかったです」とさらに頭を下げた。

「いやいや、よくあることですから気にしないで。ほらー、ひろむんもそんな怖い顔しないいしない」

ひろむん？　ずいぶん可愛いニックネームだ。

脇坂がそう思っていると、愛想皆無の彼女が眉《まゆ》をキュッと寄せて「その呼び方やめてって言ってるでしょ」と言い咎《とが》めた。そして、脇坂と常磐に向かって名刺を出す。

小鳩《こばと》ひろむ、とあった。なるほど、下の名前からのニックネームらしいが、本人はお気に召していないようだ。

小鳩の職業は弁護士、所属している事務所は東京の住所になっている。きちんとアイロンのかかった真っ白なシャツに、グレーのスカートというビジネススタイル、さらに表情は厳しく引き締まっており、弁護士と言われれば納得できる雰囲気だ。小柄で幼く見られがちだからこそ、服装には気を遣っているのかもしれない。大柄で色黒、かりゆしシャツを纏《まと》い、沖縄的おおらかさ満載の仲村渠とは対照的だった。

「ひろむんは……あ、小鳩さんは大学からの友人なんですよー。僕、十八から十年間、東京だったので。ほら、言葉もすっかり東京弁になってしまってさー」

刑事ふたりを前にしてもごく自然にリラックスしている仲村渠が説明した。東京弁うんぬんはもちろん彼のジョークであり、そのイントネーションはだいぶ沖縄調だ。ただし、語彙《ごい》はほぼ標準語なので、意思疎通にはまったく問題ない。

「たまたま仕事で那覇《なは》に来てたひろむんと、昨日は一緒に飲んでたんです。ひとしきりカチャーシーしたあたりで、警察の人から連絡をもらったことを話したら、念のために同席してくれると」

「つまり、小鳩さんはこちらの顧問弁護士というわけではないんですね？」

常磐が聞いた。

早口でやや高圧的な常磐の喋《しゃべ》り方は、相手によっては詰問されているように感じるだろう。脇坂は懸念したが、ここは先輩である常磐を立てて、口を挟むことは控えた。案の定、小鳩は常磐に対しあまり良い印象を持たなかったようだ。

「そうです」

と、一言だけの素っ気なさがそれを物語っている。

沖縄県、那覇市。外に出れば、容赦ない日差しが降り注いでいる。脇坂は空港内のドラッグストアで日焼け止めローションを買うのを忘れなかった。常磐は呆《あき》れたような半笑いでその様子を見ていたが、沖縄の紫外線をなめてはいけない。

脇坂と常磐は、市内の雑居ビルに赴いていた。

小さな事務所の片隅で、古い扇風機がキシキシ回っている。来客スペースはおそらくユーズドの、南国風な籐椅子《とういす》だった。全体的にアットホームな雰囲気の事務所で、出された飲み物はもちろんさんぴん茶である。

「弁護士先生に同席していただくほどのことではないんですがね。ちょっとお話を聞きたいだけで」

「ちょっと、ですか？　東京からわざわざ捜査一課の方がいらっしゃるんですから、凶悪事件に関する調査なのでは？」

小鳩の口調は落ち着きの中にも厳しさがあった。その視線も同様で、簡単に言えば、国家権力であるこちらサイドに対し「舐《な》めんなよ」と牽制《けんせい》しているのがわかる。一応補足するが、常磐が権威主義的な人間だということではない。刑事としては仕事熱心で優秀、ただ多少、ノリが体育会系で前のめりなのだ。

「ええとですね。自殺の可能性もまだありまして……」

「ですが殺人事件かもしれません。ご協力を」

フォローに入ろうとした脇坂の気遣いは、常磐によって遮られた。小鳩は表情を変えはしないが、じわりといやな空気が広がる。こうした圧の強い態度は、しばしば相手に不快感を与えてしまう。脇坂はいまだ一人前と胸を張れない刑事だが、威圧感で情報は引き出せないことくらい、鱗田と二年も組んでいればわかる。

「いずれにしても、人ひとりが亡くなっているのは確かなんです。そしてその人は、こちらの団体と関わりがあるとわかりました」

「はあ。安部友親さんという男性ですよね」

仲村渠は自分の無精髭《ぶしょうひげ》をザリザリ撫《な》でながら「初めて聞くお名前だと思うねェ」と首を傾げる。

「SNS上ではmankindと名乗ってます」

「あ、なんだ、人類さんか」

仲村渠が合点がいった、という感じで頷《うなず》き「人類さん？」と常磐が語尾を上げた。

「ほら、mankindって人間、あるいは人類って訳すでしょ。だから僕らはそう呼んでたんですよ。もちろん内々で。……え、ちょっと待って下さい。人類さん、亡くなったんですか？」

仲村渠の顔から笑みが消える。隣の小鳩も眉間《みけん》に皺《しわ》を刻んだ。

「はい。三日前、遺体で発見されました」

「そんな……」

「場所は自宅でしたが、いくつか不審な点があり、事件性も否定できず、目下調査中です。それで我々はここまでお話を聞きに来たんです。まず、ええ……なか、んだ、かりさん。あなたはＮＰＯ団体『妖人《ようじん》の権利を守る会』の代表者ですね？」

常磐は名前を慎重に発音しながら言った。

「はい」

「そして、mankindこと安部さんに、SNS上で差別主義的な発言をされ、絡まれ、迷惑していましたね？」

「はあ。迷惑というか、困惑というか」

「こちらでおふたりのログを辿《たど》ったのですが、かなり荒れていた様子で」

「荒れていた、になるかなァ。こちらとしては、穏やかに話し合いたかったんですけど、人類さん……安部さん、のほうはすぐ感情的になってしまうので、なかなか会話が成立しなくて」

「どんな議論ですか？」

常磐の詰問口調に、小鳩が「お読みになったんなら、ご存じでしょう」とやり返す。だが常磐は「確認したいんです」と引かない。

「大丈夫だよ、ひろむん。……えーと、僕と人類さんの議論はですね、簡潔にいえば妖人問題について。まあ、あたりまえですよ。うち、妖人の人権保護団体だもの」

「普段はどのような活動を？」

「まず、トラブルに巻き込まれた妖人のための相談窓口を開設しています」

「どんなトラブルです？」

「妖人だから、という理由で不当な扱いを受けたという相談が多いです。内容によっては人権侵害にあたる場合もあるから、そういう時はより専門的な窓口を紹介しますし。

寄付を募るのも大事な活動で、あとは啓蒙《けいもう》活動として、会報誌の発行、ウェブサイトの運営、勉強会などのイベントなんかも開催しているよー」

「団体の規模は？」

「正会員は十三名。小さな団体で、まだ法人にもなってません。僕も含め、みんな仕事を持ちながら手弁当でやってます。ボランティア会員さんは、今、三十人くらいだったかな……このへんは流動的ですね」

常磐は手帳にメモを取りながら話を聞いている。スマホなどの携帯機器に記録を付ける人もずいぶん増えたが、刑事はいまだアナログが多い。デジタル機器は故障がある上、データが盗まれやすい。

「安部さんは、妖人に対して敵対意識を持ってましたね？」

「んー、そう感じましたね」

「で、こちらの……『妖人の権利を守る会』の活動の妨害をしていた？」

「たとえば、イベントに直接乗り込んで来て邪魔をするとか、そういうことはなかったですよ。だから僕は安部さんの顔も知らないし、本名もいまさっき知ったわけで。ただ、SNSでひっちーやられてたのは事実ですけどね」

「ひっちー？」

「しょっちゅう」

「なるほど。『妖人の権利を守る会』を批判していた？」

「あれは批判の域を超えていました。むしろ仲村渠さん個人への誹《ひ》謗《ぼう》中傷です」

小鳩が意見を挟む。常磐は一度小鳩をチラリと見たあと、仲村渠に向けて「どんな誹謗中傷ですか？」と尋ねた。

「だからさー、僕は妖人なのね。で、それは公表しているわけさ」

「《キジムナー》ですね。沖縄の妖怪」

「妖怪ではなく、妖人ね」

仲村渠は笑いながらやんわり訂正したが、ここに洗足伊織がいたら常磐は扇子でベシッとやられていたかもしれない。妖怪と妖人は別物だ。混同しやすいが故に、決して混同してはならない。

「外国の血は入ってないんですけど、髪がこの通り赤っぽくて。あ、ちなみに今のこの色は、さらに赤毛っぽく染めてるの。こんな活動してるし、よりキジムナーっぽく、ね。まあ、顔の色は赤くできなかったけど。沖縄にいると、このとおり真っ黒さー」

「キジムナーは魚の目玉が好物だそうですが」

常磐の問いに、「だーる。妖怪のほうはね。僕は食べません」と仲村渠がまた笑う。

「キジムナーは、人間の漁を手伝ったりもするが、一度恨みを買うと徹底的に祟《たた》られると聞きますが」

いやいや、それは妖怪のほうの話で、妖人じゃないから……と内心ヒヤヒヤしている脇坂だが、仲村渠は「ありますね、そういう言い伝え」と心が広い。

「キジムナーがどんな妖怪かについては、地域差もあるんです。ブナガヤ、という名前で呼ぶ所もあるし。そもそも、民俗伝承なので、どれが正しいってものでもありませんしね。……まあ、安部さんはそういう中から悪い部分だけを意図的に抽出して、『だから妖人《キジムナー》も危険な存在といえる』と滅茶苦茶《めちゃ》な主張してたわけです。しかも、わざわざ僕のアカウントにあてての発言ですもん。さすがに、あぎじゃびよい！ってなりますよ」

「……？　あぎ……？」

「『あぎじゃびよい』は、呆れてビックリした時の言葉です。ほかにもね……」

――仲村渠が妖人《キジムナー》である以上、通常は愛想良くしていても、一度怒ればひどく暴力的でコントロールが利かない。そんな危険人物が代表を務めている団体が、真っ当なはずはない。妖人保護を訴える団体なんて、そんなのばかりだ。

安部はそんな発言をしていたそうだ。なるほどこれはもう、誹謗中傷である。

「僕は誤解を解きたいと思ったんですけどね……結局、諦《あきら》めました。安部さん、途中からはこっちの発言なんか読んでないようだったし、なんていうのかな、偏見で凝り固まった暴言に自己陶酔してる感じかねー。SNS上でブロックして、それきりです。ブロックしたのが、二か月くらい前かな」

「そういった暴言をぶつけられて、腹が立ちましたか？」

「それはまあ、こっちも人間だもの」

「人間。かつ、妖人ですよね？　怒ると暴力的になるキジムナーという妖怪の名を持っている、妖人」

脇坂は驚き、常磐の顔をまじまじと見てしまった。

これはもう……差別発言ギリギリというか、いやすでに差別発言なのか？　まるで、妖人《キジムナー》は暴力的なんだろと言わんばかりの……刑事として、言っていいことだろうか。

「同じよ」

だが仲村渠は怒らなかった。

「あのね、刑事さん。えー、常磐さん。人間も妖人も同じよ。そこが基本よ。怒りっぽい人もいれば、そうじゃない人もいて、僕はどっちかと言えばそうじゃないほうです。なんかで腹を立てても、ゴハン食べたらだいたい忘れてしまう。それに、僕のほかに、三人ほど《キジムナー》を知ってますが、とりたてて暴力的な人はいません」

冷静にそう語る。凄《すご》いなあ、人間ができてるなあと脇坂は感心してしまう。

「そうですか。誹謗中傷されても怒らないと」

「いや、まあ、人並みにカッとはするよ？　誰もがそうなる程度には」

「では、カッときた時、安部さんへの敵意はありましたか？」

「そりゃカッときてる時は、ぬ～、と思うでしょ。あ、ぬ～、は『このやろう』くらいの意味ね」

「なるほど。ところで、六月の二十五日から二十七日にかけて、あなたは東京にいらしてますよね？　フライトの記録が残っています。その間、どこでなにをしていたかを詳しく聞かせて……」

ギッ、と音がした。

それほど大きな音ではなかったはずだ。実際、彼女の所作は決して粗暴ではなく、ゆっくり、むしろ静かに籐椅子《とういす》を軋《きし》ませて立ち上がった。

「お疲れ様でした」

ザ・無表情。

そんなふうに言い表したくなる顔で小鳩は言った。視線は常磐に向いている。

「は？」

「お疲れ様でした。どうぞ気をつけてお帰りください」

「いや、まだ全然途中ですが」

怪訝《けげん》というよりも不機嫌に常磐が返し、「で、六月の二十五日から二十七日は……」と話を続けようとした。だが小鳩は、今度はやや大きな声で、

「おや、これは失礼しました。一応気を遣ってマイルドな言い回しにしたんですが、刑事さんには伝わらなかったようですね。かえってお時間を取らせることになってしまったので、最初からはっきり申し上げればよかったです。とっとと帰ってください」

ここで初めてにっこり笑った小鳩の顔を見て、脇坂はヒヤリとした。

もちろん、にっこりと怒っているのだ。

普段無表情な人が微笑んだ時は気をつけなければならない……それを、脇坂はある人物を通してよく知っていた。まずい、早く謝罪しなければ。「あの」と口を開きかけたのだが、残念なことに常磐のほうが早く喋《しゃべ》りだしてしまう。

「話は終わってないと言ってるでしょう。帰りませんよ」

「そうですか。ではこれは強制的な取り調べなのですか」

「はい？　そんな話ではない」

「じゃあどんな話ですか。一般市民のところに刑事が訪ねてきて、帰ってほしいと言ったら拒否されました。もしかしてまだお出しになってないだけで、捜査令状的なものをお持ちで？」

「いえ、だから、任意でお話を聞いてるだけです。でもまだ途中じゃないですか。弁護士先生だからって邪魔をしていいというわけじゃないはずだ」

「邪魔ですか。では確認しましょう。仲村渠さん、わたしは邪魔でしょうか？」

仲村渠は苦笑いしながら「ぜんぜん」と答えた。あまり慌てている様子がないので、小鳩が時々こんなふうに静かにキレるのを、よく承知なのかもしれない。

「もう少し聞きます。この私服警察官は仲村渠さんに疑惑を抱いていて、いわゆるアリバイを確認したいようです。つまり、被疑者扱いしているわけです。まだ殺人事件か自殺かも判明していないというのに」

「べつに、被疑者だとは……」

慌てて言った脇坂だが「まだ私が話してます」と撥《は》ねつけられる。

「仲村渠さんに伺います。あなたは亡くなられた安部さんという人に、なにか危害を与えたんですか？」

「まさかやー。そもそも会ったことないしね」

「さらに聞きます。わたしは先程からこの私服警察官の発言をしばしば不愉快と感じているんですが、あなたはいかがですか」

「んー、だからよー、まあ愉快ではないでしょー」

「わたしは弁護士かつ、あなたの友人として、これ以上この話につきあう必要はないと判断するのですが、同意していただけますか？」

「アハハ。しにじょーとーやっさー」

仲村渠はにやにやしながら言ったが、脇坂には言葉の意味がわからない。なんだか、もはや面白がっている様子だ。一方、常磐は苦虫をかみつぶしたような顔である。

「いや、待って下さいよ。事件解決のために協力していただかないと」

「事件を解決するのはそちらの仕事でしょう」

「人が亡くなってるんですよ？」

「それは聞きました。だから、事件を解決するのはあなたの仕事でしょう？　お給料いただいてるんですよね？　国民の税金から」

「……あのですね。なにかっていうと公僕は税金が給料って言いますけどね、私たちだってちゃんと税金は払ってますよ」

「それがなんだっていうんですか。税金払ってりゃ税金でお給料もらえるなら、私だって税金からお給料もらえるはずですよ」

「いや、そういうことではなく……その、こちらの発言に失礼があったんだとしたら、謝りますから」

「あったんだとしたら？　どうしてここで仮定の文章が出てくるんです？　つまりまだ自分の失言に気がついてないと？　それはかなり絶望的だと思われますが」

「いやいや、気がついてます。というか、先ほどはあえてそうしてたわけで」

「あえて？」

「あえて？」

思わず脇坂も同じセリフを口にしてしまい、小鳩とユニゾンしてしまう結果となった。小鳩がこちらを睨《にら》んだので「あ、すみません。どうぞ」と発言権を譲る。

「あえてとは、どういう意味ですか」

「要するにですね。ああいう疑ってるかのような、多少上から目線のもの言いは、言ってみれば刑事の話術、テクニックというか……その、仲村渠さんは違うとしても、どこか後ろ暗いことのある人間はプレッシャーをかけるとボロが出ることが多いんです。そういう心理を、我々は利用することもある、と」

……いや、どうかなあ、それは。

常磐には同意しかねる脇坂だが、ここで同じ警察という立場の自分が「そんなことはないと思います」などと言い出したらますます場は混乱してしまう。おとなしく口を噤《つぐ》んでいるしかない。小鳩は「話術？」と片眉《かたまゆ》だけを撥《は》ね上げた。今も小鳩だけが立ったままで、両腕は背中側にまわしている。思った通り小柄な人で、おそらく一五〇センチ程度ではないだろうか。

「要するに、わざと仲村渠さんを疑うふりをして、様子を見たかったというか……それで気分を害したなら、申し訳なく思います」

「そうでしょうか。あなたは『仲村渠さんを疑うふり』のふり、をしていたのでは？」

「え？」

話がややこしくなってきて常磐が戸惑う。脇坂もちょっとこんがらがってきた。疑うフリのフリ、ということはつまり……。

「つまり最初から疑っていたのでは？　妖人である仲村渠さんを怪しいと思いこんでいたのでは？　けれどその根拠は『SNSで揉《も》めていた』という脆弱《ぜいじゃく》なものでしかない。そんなことでいちいち人を殺すとは考えにくい。でもなんとなく怪しい気がする、刑事の勘とやらがそう囁《ささや》いている、だから圧をかけてみよう……。言っておきますが、それは勘でもなんでもありません。ただの、あなたの、偏見と差別意識です」

「聞き捨てなりませんね」

常磐もまた立ち上がった。そろそろ止めに入ったほうがいいだろうか。いや、もう少し様子を見てもいいか？　かなり緊迫した状況だというのに、さほど慌てていない自分が脇坂はちょっと不思議だった。

そしてはたと気がつく。こういうシチュエーション、よく見ている。というか、よく参加している。主に妖琦庵で。その場合、脇坂は常磐の役回りだ。それを自覚してしまったら、なんだかもう、常磐のことが気の毒にすら思えてきた。

「安部さんは被害者だが、仲村渠さんが妖人《ようじん》だからと中傷をしていた。それはあってはならないことで、仲村渠さんもまた被害者だと認識してます。だがそこをきっかけに、さらに事件が発生した可能性は見過ごせない。私は仲村渠さんが妖人だから疑っているのではなく、彼が妖人であることが事件の要因だから、疑念を抱いたにすぎない。それを誤解されるのは困る。断言するが、私には偏見も差別意識もない！」

「ないんですか」

「一切ない！」

常磐は揺らがなかった。

隣で脇坂は、言い切っちゃったなァ……と内心でため息をつく。

「……………やはり、お帰りください」

小鳩が静かに言い、今度は仲村渠も立ち上がった。無言のままの会釈は、同じく「帰って下さい」の意味である。すでに笑みもない。

これはもうだめだと、脇坂は立つ。

「お時間をありがとうございました」

「お、おい。脇坂」

「こちらに失言がありましたこと、お詫《わ》びいたします。とりあえず、本日はこれで失礼いたします」

丁寧に頭を下げた後、まだなにか言いたそうな常磐を促して扉に向かう。常磐はまったく釈然としていない顔だが、それでもペコリと頭はちゃんと下げる。ほんと、悪い人じゃないんだけどなあ、と脇坂は残念に思う。

古い扇風機がキシキシ回る音を聞きながら事務所を出た。

階段を下りながら、常磐が「脇坂」と声を掛けてくる。はい、と振り返ると、長い顔をムッとさせた常磐はその場で立ち止まった。

「俺は、そんなに失礼な態度だったか」

聞かれて、うわあ、自覚ないのかと、ちょっと驚く。

「正直なところ、失礼でしたね……」

「自分では普通に話しているつもりなんだ」

「はあ。僕はもう慣れてきてるんで、常磐さんの喋り方をどうこうは思わないですけど、初対面の人にはもっとソフトにしたほうがいいかと」

「どうしたらソフトになるんだ」

「えっと……ですから、多少の気遣いというか……これを言ったら相手がどう感じるかな、というのを想像しながら喋《しゃべ》るわけです」

「いちいち？　それは効率が悪い」

「相手を怒らせて話が聞けないのが、一番効率悪いと思います」

脇坂の口にした現実に、常磐は口をへの字に曲げて黙った。

「得手不得手はあるでしょうけど、ちょっと意識するだけでずいぶん違うんじゃないかなあ……あと、自分には偏見も差別意識もないと言い切ったのはまずかったですね」

「なんでだ。俺はほんとに……」

「あるんですよ、偏見や差別意識は。多かれ少なかれ、誰にでもあります」

「…………おまえにも、か」

はい、と脇坂はしっかり頷《うなず》く。

「もちろん僕にだってあります。それはもう、人間の宿命です。どうあがいたところで、僕たちは主観でしかものを見られず、それは偏ってて当然なんです」

「でも、それじゃ偏見や差別を肯定することになっちまう」

「そんなことはないかと」

脇坂は階段をひとつ上って、常磐に近づいた。

「自分にも偏見や差別意識があると自覚して、そこで初めて、どうすればそれらをコントロールできるか考えられるのかな、って思うんです」

「……………」

「えーと、たとえば、誰だって、苦手な人とか嫌いな人とかいるわけですよね？　でもその嫌いな人にも、当然ながら自分と同じ権利があって、不当な扱いを受けていいわけではない。『あいつ大嫌いだ、消えればいい』と思ってるだけなら、べつに問題ない。というか、思っちゃうのはしょうがないですもんね。だけど、実際それを口にして攻撃するのはだめなんですよ。それをみんなでし出したら、相互で助け合うことを前提としている社会は、グラングランです。そこをしっかり理解することが大事なのかなって。べつに、嫌いな相手を好きになれって話じゃないんです」

常磐はしばらく脇坂の顔をまじまじと見ていたが、やがて「それは」と口を開いた。

「例の先生の受け売りか？　洗足伊織の」

どうだろう？

なにしろ洗足には山ほどのお説教を食らっているので、その中にこういう講釈があったかはっきりとは思い出せない。それでも、脇坂の考えにあの人の影響が大きいことは疑う余地もないので、「そうかもしれません」と笑って答えておく。

「まあ……俺も悪かったんだろうが……それにしたって、あの女弁護士は可愛げがなさすぎだろ」

反省はしているらしいが、追い出されたことに釈然としていない常磐は、まだぶつくさ言うのをやめない。

「常磐さんだって、可愛げのカケラもなかったですよ」

「俺が可愛くてどうすんだ。気味が悪いだけだろ」

「そんなことないです。今の時代、可愛げなんて『感じがいい』くらいの意味なんですから、誰だってあったほうがいいでしょ」

「そうなのか？」

ふたりが再び歩き出そうとした時、「あの」と階段上の踊り場から声が掛かった。小鳩だ。ぴょこんと覗《のぞ》かせている顔にやはり笑みはない。つい今しがた、彼女を「可愛げがない」と批判していた常磐は、顔を固まらせて絶句していた。

「戻っていただけますか。仲村渠さんが、ひとつお話ししたいと」

脇坂と常磐は顔を見合わせる。

「どうしても、とは言いませんが」

小鳩がそうつけ足すやいなや、ふたりの刑事は声を揃えて「うかがいます」と返事をし、階段をバタバタと上りはじめた。

台所に入りかけたマメは、歩みを止めた。

洗足家の母屋は古い造りであり、台所は北側にある。もともとは全体が土間だったが、今は半分ほど床上げされていた。冬場になるとかなり寒く、逆に夏は涼しいのだが、梅雨の時期の湿気ばかりはどうしようもない。

夷は洗い場のほうを向いていて、マメからは背中しか見えなかった。それでも夷の心中が明るいものではないと、充分に伝わってくる。声をかけようかと迷っていたら、夷のほうから「マメ」と呼んでくれた。

こちらを振り向いてはいないが、とっくに察知していたのだろう。

「半分も召し上がってないんだよ」

言い終わったあとでマメを振り返る。困ったような微笑みは、マメに必要以上の心配をさせないためだ。夷のそばには長手盆が置かれていて、その上の食事は確かに半分も減っていなかった。とうもろこしのかき揚げは、あんなに美味《おい》しかったのにまるまる残っている。減っているのは汁物と佃煮《つくだに》、そしてご飯が三分の一程度だ。

「おひとりで食べてるから、いけないんじゃないでしょうか。ご飯はみんなと一緒がおいしいって、先生いつも仰《おっしゃ》ってたのに……」

「そうだね。先生もできれば私たちと食べたいだろうけど……今は誰かと一緒にいることが難しいらしい。考え込んでるところを人に見られるのが苦手な方だから」

サアサアと、雨の音がしている。

東京はもう四日間、降りっぱなしだ。

人は太陽の光を浴びないと気分的に落ち込んでしまうものらしい。マメもなんとなく元気が出ないし、にゃあさんは寝てばかりいる。そして洗足は一昨日から妖琦庵に籠《こ》もってしまい、母屋に戻っていない。

「先生のお籠もりは、たまにあることにせよ……こうも食欲がないのは気がかりだね」

残り物にラップをかけながら夷は言う。

「そうですよね。今までも調べ物や考え事でお茶室に籠もられてたけど、ちゃんとご飯は召し上がってましたし」

「しかも、悪いことに梅雨時だ。空調もない狭い茶室に居続けて、身体にいいわけがないのに」

「今日もなんだか肌寒いです。僕、お布団を運びましょうか」

「そう言ったんだが、断られたよ。しばらく構うなと」

「構うな、ですか……」

「ああ」

夷はラップの切り取りに失敗し、小さく舌打ちをした。普段は舌打ちなどという行儀の悪いことをする人ではないので、ストレスがたまっているのだろう。主《あるじ》である洗足を心配しているのに、なにもできないという焦燥も大きいと思う。

夷は妖人《ようじん》《管狐《くだぎつね》》であり、洗足を守護する存在だ。

普段はその高い能力の一部を家事でのみ発揮しているが、ひとたび洗足が危険に見舞われれば武闘派としての本領を発揮する。そんな夷ですら、洗足の内面的な葛藤《かっとう》はどうすることもできないのだ。

「マメ、台所になにか用事かい？」

気持ちを切り替えるようにやや明るい調子で聞いてきた夷に「あ、はい」とマメも笑顔で応《こた》えた。

「水無月《みなづき》が、冷えた頃だなと思って」

「ああ、それで昨日、小豆《あずき》の蜜煮《みつに》を作っていたんだね」

「はい。今年はなかなか上手に煮えたと思います」

「小豆に関してはいつだって上手だよ。私もぜひいただきたいね」

もちろんですと答え、マメは冷蔵庫を開けた。

水無月というのは、陰暦の六月を表すとともに、和菓子の名称でもある。葛粉《くずこ》、白玉粉、小麦粉などを合わせた生地で白いういろうを作り、その上に小豆の蜜煮を敷き詰めて、蒸し上げたものだ。よく冷やし、三角にカットするのがお約束で、もちもちした食感が楽しめる。ういろうの半透明な白と小豆の濃い色のコントラストで見た目も美しい。

「一緒に食べましょう。あ、先に先生にお持ちしますね」

夷は頷きながらも、「でも、召し上がるかどうかわからないよ」と言い添える。

それはマメも承知だったが、たとえひと口でも食べてくれると嬉《うれ》しい。ただですら細い人なのに、このままでは本格的に臥《ふ》せってしまいそうで心配だ。

刷毛目《はけめ》の角皿に置いた水無月を持ち、下駄《げた》をつっかけて庭に出る。

妖琦庵の裏に回り、勝手口から中に入った。

小さく「先生、失礼します」と声をかけたが返事はない。

茶道口の襖《ふすま》に、隙間があった。

そこから中の灯《あか》りが漏れている。蠟燭《ろうそく》の灯りなので、僅《わず》かなものだ。

もしやうたた寝でもしているのだろうかと、マメはそっと茶室の中を覗き込んだ。

揺れるふたつの炎。

燭台《しょくだい》は、手前畳に一本。そして客畳の床の間前に、もう一本。

洗足は手前畳にいた。

いつもの凜《りん》とした正座ではない。淡い色の着物を纏《まと》い、肩から黒っぽいストールをかけている。ストールは夷が置いていったのだろう。片膝《かたひざ》を立てて座り、その膝を軽く抱えているようだ。

マメからは後ろ姿しか見えないが、それでもわかることはある。

たぶん、見ているのだ。ほぼ対角線に置かれた、もう一本の燭台を。風があるわけでもないのに、不安定に揺れる炎を。

「……また」

小さな声がした。

洗足の頭がほんの少し横に傾いで、「……来たのか？」と続いた。答えるように、蠟燭の炎が揺れ──刹那《せつな》、なんの設《しつら》えもない床の間に、ゆらりと立ちのぼった影にマメは戦慄《せんりつ》した。

あいつだ。

あの男の影だ。

それは瞬きひとつのあいだに消えてしまった。理性的に考えれば、マメの心に巣くっている不安と恐怖が見せた幻影なのだろう。確かに洗足は「また来たのか？」と呟《つぶや》いていたけれど、それもまた洗足の心にあるなにかが、幻影を生みだしたとも考えられる。きっとそうだ。

青目甲斐児はここにはいない。いるはずがない。絶対にいない。

自分に何度も言い聞かせているのは、一瞬にして全身を襲った悪寒が、なかなか消えてくれないからだった。マメの手が震えているので、盆の上の水無月まで微《かす》かな振動を見せている。

「おまえは、あたしをどうしたい？」

洗足はなおも語りかけている。もしかしたら、マメよりよほどはっきりと、その幻影が見えているのかもしれない。

いやだ。

そんなのはいやだ。

洗足は幻などに囚《とら》われる人ではないはずだ。賢く、強く、冷静で……曖昧模糊《あいまいもこ》な対象に、心を奪われ、話しかけたりしない人のはずだ。

「あたしになにをさせたい……？」

雨の音に混じる、囁《ささや》くような問いかけ。

マメは愕然《がくぜん》とした。手痛い衝撃だった。洗足が幻を相手にしていることが、ではない。

もちろんそれも多少はあったが……さらにマメを打ちのめしたのは、その声音だ。

怒りなどない。

憎しみも、ない。

かといって赦《ゆる》しがあるとは言わないが……あまりにも穏やかだった。

穏やかで、静謐《せいひつ》で、諦《あきら》めたかのような――まるで、昨日まで全身全霊で病魔と闘っていた人が、今日にはそれをついに受け入れ、もはや痛みを訴えることもせず、脱力し、ただ、待っているかのような。

死神を、待っているかのような。

――冗談じゃ、ない。

激しい憤り。これはトウのものか、マメのものか。あるいは両方か。

勢いよく襖を開けた。

スパーン、と予想以上の音がした。そういえばつい最近、夷が敷居に蠟引《ろうび》きをしたばかりなのだ。マメもちょっとびっくりしてしまったが、洗足はそれ以上だったようだ。畳に手を突いてこちらを振り返り、目を見開いている。無作法なことをしてしまったのだから、いつものマメならばすぐに謝るところなのだが——。

「先生っ！」

今回はそうしなかった。菓子の載った盆をとりあえず置き、続けて声を張る。

「僕はもう限界です！」

「マメ？」

戸惑いながら「いったいどうし……」と言いかけた言葉に被《かぶ》せ、

「先生はここにいない人のことばかり考えている。ここにいないその人のことは見えてるのに、ここにいる僕や夷さんのことはほとんど見えてない。先生は僕らを案ずるあまり、どうしてもその人について考えざるを得なくて、おかげで先生の中のほとんどは、その人のことでいっぱいになってしまってて、よくわからないけど、こういうのミイラ取りがミイラになるって言うんじゃないですか？　お願いですから、帰ってきてください。ここにいるのに、ここにいないみたいなのは、もうやめてください。ちゃんと帰ってきて、僕を見て、それで僕の」

みっともないことに次第に声は上擦って、涙までポロりと零《こぼ》れてしまった。それでもマメは言葉を止めなかった。自分の中のトウの部分が呆《あき》れ返っているのがわかったが、泣きながらでも言わなければならないと思ったのだ。

「僕の作ったお菓子を、食べてください……っ」

そこまで言い切るのに涙が三粒零れて、あとは慌てて袖《そで》に吸わせた。

勢いで言ったはいいが、結局わがままを爆発させたにすぎないと気づき、恥ずかしくて下を向く。

言わなければよかった。けれど言わずにはいられなかった。

だって、怖かったのだ。

この人がどこか遠くに行ってしまいそうで。

ザリ、と畳をする音がした。洗足がすぐそばに来るのがわかる。

「……水無月だね」

はい、と言いたかったのに「ひぐっ」みたいな音が喉《のど》の奥から出ただけだ。

洗足は泣くなとは言わない。

「綺麗《きれい》なお菓子だ。いただくよ」

白い手が黒文字を取るのが見える。水無月を食べながらマメが泣き止むのを待っていてくれている。相変わらず部屋の中はろうそくの灯りだけなのに、洗足の纏《まと》う雰囲気が変わったことで、ほんのわずか明るさが増したような気になる。

ハンカチを持ってくるべきだった。そう悔やみながら袖で顔を拭《ふ》いていると、洗足が懐紙を渡してくれた。ありがたく受け取り、ちょっと硬い和紙を顔に押しつける。

「とても美味《おい》しくできている」

「……ありがとうございます。……それから、すみませんでした……」

「謝る必要はないだろう？」

「でも、僕、先生に失礼なこと」

「マメはなにも失礼なことは言っていない。もし芳彦が聞いていたら、拍手喝采《かっさい》だったろうさ」

「……僕のお菓子はともかく、夷さんの作ったご飯はもうちょっと食べてください」

「うん。そうしよう」

洗足は穏やかに答える。

「先生のお身体をとても心配なさってます」

「知っている」

「僕も心配なんです」

「ああ。……おいで、マメ」

手を差し伸べられて、その人のすぐ近くまで寄る。着物に焚《た》きしめた香が優しくマメを包み込んだ。

「悪かったね」

優しく頭を撫《な》でられるのは、どれくらいぶりだろう。嬉《うれ》しくて、でも少し恥ずかしくて頰が熱くなる。

トウがこの身に馴染《なじ》んで以来、洗足も夷もマメをあまり子供扱いしなくなっていた。見た目は高校生程度のマメだが実年齢はじきに二十二歳だ。子供扱いされないのは当然ではあるが、つい一年前まではまさしく幼子のように可愛がられ、守られていた。

……いや、今も守られていることに変わりはない。

それは有難く、光栄なことだけれど——そんなふうに甘え続けていて、本当にいいのだろうか。

「情けないことだ。おまえたちに、ここまで心配をかけてしまうなんて」

「そんなことおっしゃらないでください。先生が僕たちのために悩んでることは、ちゃんとわかってるんです」

「おまえたちのためと言いつつ、本当のところは自分のためかもしれない」

洗足の言う意味がよくわからなくて、マメはようやく顔を上げた。蠟燭《ろうそく》の灯りを受けた綺麗な顔は、苦笑いを零している。

「マメや芳彦を失うことは、あたしにとって大きな痛手だからね。それを避けたいだけなのさ」

「……それって、いけないことなんですか？」

「うん？」

「誰かを失うと自分が辛《つら》いから、その誰かを守ろうとする。それって悪いことなんでしょうか」

「悪くはないよ。だが利用されやすい」

「僕がもっと強ければ……」

「それはどうだろうね。人はどこまで強くなれば、自分や、自分の大切なものたちを完全に守ることができるのか……あたしにもよくわからない」

完全に？

自分を、あるいは大切な誰かを、完全に守る？

それは果たして可能なことなのだろうか。例えばマメが夷ぐらい強くなったとして、自分の身を完全に守れるだろうか。今よりはマシなのかもしれないけれど……危機が去るわけではないだろう。青目が洗足を諦めるとは思えない。どれほど身体を鍛えたところで、銃を突きつけられれば終わりだし、それは夷でも同じことだ。

強くなるとは、どういうことなのだろうか。

決して動じず、なににも惑わされず、情に流されることもなく、銃で撃たれても跳ね返す……それはもう人間ではない。まるで庭に置いてある大きな石だ。

「……この気候もよろしくないね」

顎《あご》を少し上げ、庵《いおり》の屋根を叩《たた》く雨の音に耳を澄まし、洗足は言った。

「今年の東京は雨が多すぎる。もちろん雨は必要なものだが、こう続くと正直心身に堪《こた》えるな。気分転換が必要かもしれないね……。マメ、ひまわり食堂のアルバイトをしばらく休むことはできるのかな」

「え。……あ、はい。先月新しいスタッフも来たので、相談できると思いますけど……どれくらいですか？」

「そうだねえ……一週間か、十日か……」

「あの、もしかして、それって」

洗足は微笑み「海は好きかい？」と聞いたのだった。

＊＊＊

きみのことがわかるなんて言ったら、気分を悪くするかな？

もちろんこんなの僕の勝手な想像だし、わかるような気がしているだけで、本当のところは全然わかってないのかも。でも少なくとも、きみについてわかりたいと思う気持ちは間違いじゃないと言えるんだ。ああ、ほら、そうやってすぐ目をそらして笑うね。それはたぶんきみのよくない癖だけど、そんな癖がついてしまうことも理解できるような気がする。手ひどい裏切りに遭った過去がある人は、近づいてくる人間を拒絶しようとするんだ。

理由は簡単、自分を守るため。

きみはきっと今までたくさん傷ついてきた。きみが傷つく必要なんてないのに、傷ついてきた。ほら、たまにいるだろ？　暗い顔してるからダメなんだとか、説教始めるやつ。気持ちを前向きにしなきゃ、いいことはなにも起こらないとか、まるで呪いみたいなことを言い出すやつ。あれってどういう神経なんだろうね。僕にはさっぱりわからないよ。気持ちを前向きにする気持ちって、どんなの？　気持ちが前向きにならないから困ってるのにね。車が故障して立ち往生してるのに、壊れるような車を買うからいけないんだって、お説教されてるみたいな気分にならない？　壊れない車なんかないのに。

あのね、わかんない人はいるんだ。なにをどうやっても、通じない相手っていうのはいる。まさしく糠《ぬか》に釘《くぎ》だよ。お互い別の言語を喋《しゃべ》ってるみたいに通じない。それはもう仕方ないけど……僕が悔しいのは、きみがすべてを諦《あきら》めちゃってることなんだよね。自分と相性のいい人間なんかいないって、自分はひとりでいるしかないって、達観しかけてるだろう？

今まできみが誰とも相容《あいい》れなかったのは、きみのせいじゃない。この場合、相性ってやつもちょっと違うと思う。

相手がきみのレベルに達してなかったんだ。

きみのレベルが高すぎた。いや、レベルが高い低いとかそういう言い方はあまりよくないかもしれないけど……実際そうなんだからしょうがない。これは家柄だとか学歴だとか、就いてる仕事だとかそういう上面な話じゃないよ。もう少し深くて、深いがゆえにわかりにくいことを、僕は今伝えようとしてる。頭がいいとか、愛想がいいとか、世間のことをよく知ってるとか……そんなことは本当の価値《バリュー》じゃない。単に世の中を渡りやすくなる道具《ツール》みたいなものだ。

きみは、きみの価値をもっと理解したほうがいい。

というか、してほしい。ああ、また笑ったね。僕がまるで懇願してるみたいだからおかしいんだろう？

きみは周りの人間と根本的に次元が違うから、生きていくのは大変なんだよ。

そのせいで傷ついただろうし、きみみたいなタイプの人はたいがいそうなんだ。少ないけどほかにもいるから、わかる。僕？　僕もきみと近いタイプだとは思うけど、きみほどの次元にはいない。ちょっと残念だけど、いいこともあるんだ。もし僕がきみと同じ高さにいたら、きっと僕は気がつけない。きみの価値、その内面に潜《ひそ》在させている力だとか……そこまでのものを僕は持っていない。持っていないから、眩しく見えて、その存在に気づくことができる。

きみはまだ若くて、特別な可能性に満ちている。

自分は特別なんじゃないかって、頭を掠《かす》めたことはない？　この歪《ゆが》んだ世の中に、どうしても馴《な》染《じ》めないって思ったこともあるんじゃないかな。その感覚は間違ってなかったんだよ。世の中のレベルときみのレベルが合っていない。調和してない。そんな世の中が住みやすいはずがないんだ。

でも、もう大丈夫。僕がいる。

僕はきみの価値を守りながら、少しでも生きていきやすいように手助けできると思う。きみよりは多少は人生経験があるから、役立ててもらえれば嬉《うれ》しい。

あはは、ちょっと語りすぎて気持ち悪い奴になっちゃったかな。

きみが引かないでくれるといいんだけど。

いつでも連絡して。ＬＩＮＥでも電話でも。

ほんとに、いつでも。

二

帳場が立ち、戒名が決まった。

警察の符牒《ふちょう》で帳場は捜査本部、戒名はその事件につけられた名称のことをいう。要するに、「捜査本部が開設されて、事件名が決定した」という意味になるわけだ。

中野区・世田谷《せたがや》区偽装自殺殺人事件。

今回の戒名である。捜査本部は世田谷区内の所轄に設置された。なぜ先に事件の起きた中野区ではないのかといえば、他殺であるという確定がとれたのが世田谷の現場だったからだ。

中野区の自宅で死んでいたのは安部友親。

その太腿《ふともも》には遺書とも読み取れるメッセージ……ジッニツマラヌバケモノハシンダ。

意味はいまだわからない。安部は人間関係のトラブルが多く、仕事はどれも長続きせず、友人は少なかった。自宅に引きこもるようになってからは母親との関係も悪化し、ほとんど口を利いていなかったそうだ。

ごく小さなカッターによる、頸動脈《けいどうみゃく》の切断で死亡。

カッターには本人の指紋だけ。脇坂は「自分だったら、もっと大きなカッターにする」と話していたし、鱗田もそう思うが、剖検を担当した医師いわく「まあ、切れ味はいいから、やれないことはないね」だそうだ。

そして、三日後。

今度は世田谷区で四十一歳の女性が、安部と酷似した状況で発見された。

こちらは司法解剖の結果、他殺と判断された。顔面に殴打の痕跡があり、首にカッターが突き立てられた角度も、被害者自身ではあまりに不自然だったのだ。この事件が他殺であれば、安部友親も『自殺に見せかけた他殺』の可能性が高くなり、ふたつの事件は同一犯、あるいは同一グループの犯行と考えられる。

被害者の堀英美里《ほりえみり》はアパートでの一人暮らしだった。

同じアパートに大家が住んでおり、家賃を引き落とそうとしたが口座の金額が足りないというトラブルが、四か月続けて発生していたそうだ。その苦情を言おうと大家が部屋を訪ね、何度呼びかけても返事はなく、鍵《かぎ》が開いていたため中を覗《のぞ》き込んで、遺体が発見された。

遺体は下着姿で、太腿にはやはり――。

「ジッニツマラヌバケモノハシンダ、か……」

ぼそりと呟《つぶや》き、鱗田は耳を引っ張ろうとしてやめた。考えごとをしていると耳を引っ張る……脇坂に指摘されるまで、自分にそんな癖があるとは知らなかった。

まったく、自分のことなどろくに見えていないものである。

「つまらぬ化物、ってのは誰を示してるんですかね」

その声に顔を上げると、玖島《くじま》が立っていた。鱗田は手にした写真を――ふたりの被害者の傷跡の写真を眺めながら、「わかりませんな」と返す。ノリの効いたワイシャツを着た玖島はパッと見、銀行員のような風情の男で、捜査一課特別係Y対連携係長だ。手にはコンビニコーヒーの紙カップをふたつ持っていた。

「どうぞ」

鱗田の隣の席に座り、玖島が言う。つい先ほど、朝の捜査会議が終わったところで、もうほとんどの人員が出払っていた。

「こりゃどうも」

「ウロさんはスタバ派だと聞いたんですが、コンビニので我慢してください」

「誰がそんなこと言ったんです」

尋ねながらも、どうせ脇坂だろうなと思っていた。ところが玖島の答は意外にも鑑識係の警察官であり、鱗田はほとんど話したことのない女性だった。つまりその鑑識係も脇坂のネットワークに入っているということだろう。脇坂はちょっと驚くくらい顔が広い。最近は警視庁のみならず、所轄にも知己を増やしているようだ。意識的に人脈を作ろうとしているわけではなく、スイーツだのスパだの美術展だの、職務とまったく関係ない趣味の繋《つな》がりだという点が、いかにも脇坂らしい。

「このメッセージですが、そもそも、べつに意味がないのかも」

自分もコーヒーを啜《すす》り、玖島が言う。

「捜査を混乱させるためだとか。あるいは、面白がって猟奇殺人を演出しているとか」

「猟奇的にしたいなら、もっと方法はあると思うんですがね。それに、配置がな……どうも気になるんですわ。似とるけど、ちょっと違う」

「配置？　文字のですか？」

玖島は聞きながら、自分の前で写真をぴっちり綺麗《きれい》に並べる。

ジツニ
ツマラヌ
バケモノハ
シン
ダ

ジツニ
ツマラヌ
バケモノハ
シンダ

「なるほど、安部さんのほうは『ダ』が独立してますが、ほかは同じだ」

「まあ、意味があるとは限りませんがね」

「一番上の文字だけ読むとか？　ジッバシダ……うぅん、違うなあ……。ところでウロさん、堀英美里さんのSNSには目を通しましたか？」

「ウン。これまた典型的なヘイトスピーカーでしたな」

誰に対するヘイトスピーチか。妖人《ようじん》である。

この点も安部友親の殺害事件と共通している。安部、堀のふたりともにSNS上で、『妖人は人間とは違い、危険な存在だ。人間と同等の権利を与えるべきではない』と主張していたのだ。自分で勝手にほざいているだけならばまだしも、その論調で妖人権利団体などに嚙《か》みつき、何度も炎上騒ぎを起こしている。

「まあ、ほとんどの団体はあの手の連中はブロックして終了、ですがね。たまーに、この論争につき合ってしまう人たちも……ええと、沖縄の『妖人の権利を守る会』、ですか。あそこみたいにね。……時にウロさん、あのふたりは大丈夫ですかね……」

「大丈夫でしょう。子供の使いじゃないんだから」

現在、脇坂と常磐はふたりで沖縄に出向いている。Y対とY対連携班、両方の若手を組ませてみたわけだ。

「どうも脇坂と常磐の相性がいいとは思えなくて。……常磐は真面目で頭もよく、仕事熱心なやつですが、いまひとつ空気を読まないんですよ」

「べつに構わないんじゃないですかね。いちいち空気読んでたら疲れる」

「おまけに愛想もない」

「刑事に愛想、いりますかな」

猫舌なのでコーヒーをチビチビ飲みながら鱗田がそう答えると、「私も以前はそう思っていたんですが」と玖島がやや前のめりになり、椅子をギッとならした。

「でも脇坂を見ていると、なんというか……」

「あァ、まあね……」

「あいつ、ほとんど愛想とノリだけで洗足家へのアクセスパスをゲットしたようなものでしょう」

玖島の言いたいことはなんとなくわかったが、脇坂も愛想だけで洗足家に出入りできるようになったわけではない。あの男には何度叱られようと罵《のの》られようと不死鳥のごとくよみがえる、不屈の精神があるのだ。別名、叱られ上手。これは洗足家家令の夷が言っていたのだが、言い得て妙だ。

「いえね、脇坂だって、空気を読まないところは、常磐と似たようなもんだとは思います。刑事のくせに、平気でパステルピンクのネクタイをしてくるような奴ですし。でも愛想がよくて、いい意味でお喋《しゃべ》りだ。そういうフレンドリーさが常磐にはない。……ま、私も人のことは言えませんが」

「なら玖島さんも、パステルピンクのネクタイしたらいい」

「ウロさんがしたら、します」

「俺はしねえなァ」

鱗田の返答に、玖島が「ですね」と笑った。あまり笑わない男なのかと思っていたが、そういうわけでもないらしい。最近の玖島は角が取れてきたように思える。以前は鱗田にコーヒーを差し入れることはなかった。もとい、人が変わるのは当然だ。鱗田にしても、自分がスタバのラテをカスタマイズ注文できるようになるとは思っていなかった。これは明らかに、若くてチャラくて、愛想はいいが空気は読まない相棒の影響だ。

「で、本題なんですが」

「本題があったのかい」

「ありますよ。コーヒーブレイクしに来たわけじゃないんです」

玖島がA4用紙を差し出し、説明を始めた。

「被害者のふたりについてまとめてみたんです。ここにあるとおり、性別も違うし年代も違う。安部さんは二十六歳、引きこもり状態で、それ以前も定職にはついていませんでした。東京の中流家庭に生まれて、ずっと実家を出ていません。そこそこの大学を出ていますが、社交性が低く、友人は少なかったようですね。そして堀英美里さん。四十一歳、ひとり暮らし。出身は千葉県。高校卒業後に上京、就いた仕事は販売員、接客業、事務員……水商売もしてますが、どれも長くは続いていません。ここ二年は食品工場に勤務していました」

鱗田は頷《うなず》きながら紙を見る。細かいところまでまとめてあり、読みやすかった。

「堀さんの遺体は、目の下が白っぽくなってました。涙の跡ですね。かなり泣いたらしい。……恐ろしかったんでしょう、可哀想に」

「安部さんのほうは、泣いてないんですな？」

「目の充血はあったようですが、涙の痕跡《こんせき》はありません。……で、問題は二枚目のほうなんですよ。こっちはSNS上の、被害者ふたりの発言の一部を抽出したものです。似てると思いませんか？」

「そりゃ、ふたりとも妖人に対する差別的発言をしていたわけですからなあ」

「たしかにそうですが、ここまでいくと、似すぎてますよ。ほら、このへんとか」

玖島に示された部分を鱗田は目で読んでみる。

安部『生物学的に見て、妖人は人間とは違う。これは専門の学者の研究によってはっきり示されている事実だ。違うものを同じに扱えば、社会は混乱するに決まっている。また妖人の犯罪率は、普通の人間の犯罪率よりもずっと高い。これも統計によって示されており、疑いの余地はない』

堀『生物学的に見て、妖人は人間とは違うんです。専門の学者さんがはっきり示しています。違うものを同じに扱えば、世の中は混乱してしまいます。それに、妖人の犯罪率は、私たち普通の人間の犯罪率よりもずっと高いって知ってましたか。これもちゃんと統計が出てるんです』

なるほど、これは似すぎだ。

「玖島さん。この発言を投稿してるのは安部さんが先だろう？　なら堀さんは、この文章を拝借したんじゃないのか」

「私も同じことを考えました。ところが逆の場合もあるんですよ。これなんかは、堀さんの投稿が先です」

堀『一番問題なのは子供たちについてです。とにかく早急に対処してほしいのは、公立だろうと私立だろうと、高校までのすべての学校の教職員の妖人検査です。妖人だとわかった教職員は、一定の思想や素行の調査を受けてから、教壇に立つべきです。なにかが起きてからじゃ遅いんです。子供の安全には代えられないと思います』

安部『早急に講じたいのは子どもたちの安全対策だ。私立公立にかかわらずすべての学校の教職員に妖人検査を義務づけるべきだと考える。この検査で陽性が出た場合、さらに思想や素行について調査し、そこをクリアした者だけが教育に携わるべきだ。子供になにかが起きてからでは遅い』

「……なるほど。この投稿は堀のほうが十七時間ほど早いんだなあ……。では、お互いのアカウントを知っていて、真似し合っていたということは？」

「堀さんが安部さんを真似るのはありえると思います。が、その逆はどうでしょう。安部さんは中学生からパソコンを使ってる、いわばネットのヘビーユーザーなんですよ。いわゆるパクツイはすぐばれて、恥を掻《か》くだけとわかってたはずです」

「すぐバレるもんですか？」

「検索でひっかかるでしょう。誰でも何でもググる時代です。エゴサだとか」

エゴサ。たしか、自分のことを検索する、という意味だ。人間はみな、自分の評判を気にしてしまうものなのは鱗田も理解できる。ちょっと怖いのは、芸能人でも有名人でもない個人の名前が、ネット上に相当数あるという現実だ。

「でもねウロさん、私はこのふたりが知り合いだった線が濃いと思うんですよ」

「つまり、ネット上での関わりだけでなかったと？」

玖島は頷いた。

鱗田はちょうどいい感じに冷めてきたコーヒーを啜《すす》り、考えてみる。安部と堀に面識があった可能性……。ふたりとも東京在住で、妖人への差別意識がある。今時はＳＮＳで誰とでも繋《つな》がれる時代だ。なにかのきっかけで「会おう」という流れになってもおかしくはない。ただ……。

「だが安部さんは社交的なタイプじゃないわけでしょう。この半年はバイトもせずほとんど引きこもり状態。堀さんと会おうとしますかな」

「ほとんど引きこもりだったからこそ、人恋しくなったとか？　ほら、堀さんは若くはないですが、なかなか美人です」

添えられていた写真を見ながら玖島は言った。ややふっくらした堀は、綺麗《きれい》な顔だちをしているが、表情は覇気がなかった。

「仮にふたりが知り合いで、お互い妖人《ようじん》についての話をかなりしていたんだとしたら、発言の内容やタイミングが近くなるのはあり得るかな、と」

「ふむ……」

「ただ、それにしてはお互い直接のやりとりをした形跡がなくてね……今、ログを洗い出しているんですが、まだなにも見つからない。当然SNSで連絡を取っていたと思うんですが……」

「伝書鳩でも飛ばしてたんですかな」

「は？　……え、ああ。ウロさんも冗談言《たた》うんですね」

生真面目な顔で返され、つい軽口を叩いてしまったことを鱗田は後悔した。脇坂だったら軽いノリで「クルッポーですね！」などと返してくるところなのに。

「ゴホ……あと、ふたりが知り合いだったとして、合点の行かないところがある」

「もしかして『麒麟《きりん》の光』ですか？　私もそこは引っかかってました。うーん……」

『麒麟の光』もまた、妖人団体である。

安部友親は複数の妖人団体へのヘイトスピーチをしていたわけだが、中でも『妖人の権利を守る会』にしつこく絡んでいた。代表の仲村渠が相手をしてしまったのがその理由だろう。さらにもう一箇所『麒麟の光』という団体にも迷惑行為に及んでいたのだが、堀のほうは『麒麟の光』に興味がなかったようで、攻撃的なメッセージのログは残されていない。

「その『麒麟の光』とね、ちょうど今日アポを取ってまして」

言いながら鱗田は立ち上がる。

「そろそろ行かんと」

「脇坂がいないからおひとりですよね。同行しましょうか?」

「いや、車は所轄が出してくれるし、大丈夫だ」

玖島の申し出は、丁重に断った。

電話での対応からして、訪問先は警察をかなり警戒しているようだ。まあどんな団体にしろ、警察に話を聞きたいと言われれば喜ぶはずもない。こんな時、脇坂がいるとピリピリした雰囲気を緩和させる場合もあるのだが、玖島では緊張感が増しそうである。

「わかりました。ネット上にほとんど情報の上がっていない団体なので、探りを入れてきてください。よろしくお願いします」

「はいよ。コーヒーごちそうさんでした」

鱗田は返事代わりに軽く片手を上げ、その場を後にした。

『麒麟の光』の本部は三鷹《みたか》市にある。

所轄の刑事には車内で待機してもらい、ひとりで目的のビルに入った。駅からほど近く、なかなか立派な建物のワンフロアがすべて『麒麟の光』の施設だった。エレベーターを降りると、こぢんまりしたレセプションがあり、二十代半ばくらいのにこやかな女性が「お待ちしておりました、鱗田様」と声をかけてくる。

こちらはまだ一言も発していない。これがオフィスだったら、社員教育がよく行き届いている、といえるだろう。

「ああ、どうも。その……」

「宝來《ほうらい》とのお約束ですね。ご案内いたします」

丁寧かつ機敏に動き、鱗田を導く。廊下を進むとすぐに『応接室』と書かれたプレートの扉があり、中に通された。動きにまったく無駄がない。あわよくば施設の中を少しうろつきたかった刑事としては、残念な展開だ。

同じ女性がお茶を出してくれて、「少々お待ちくださいませ」と部屋を出て行った。応接室の中を観察してみるが、清潔で居心地よく整えられている。ホテルの一室にありそうなソファやテーブル。茶器も繊細で高そうだが、かといって鱗田でも知っているようなハイブランドではない。もし脇坂がここにいれば「高級感と親近感を両立させている、絶妙なラインですね」などと評しそうである。

宗教法人、麒麟の光。この団体に関する情報は多くなかった。法人格として登記されたのは妖人DNAが発見された後だが、前身である『救いの光』はそれ以前から活動していた。つまり、そもそも妖人に関わる団体ではなく、いわゆる新興宗教団体として発足したわけだ。その後、何らかのきっかけで妖人権利の啓蒙《けいもう》活動をするようになったのだろう。こうした経緯を持つ団体はほかにもあり、たいていの場合、団体の幹部が妖人であると判明したのをきっかけにしている。それ自体は自然な流れだ。

ただし、『麒麟の光』はほかの団体と比べ異質な点がある。

多くの団体は、すでに社会問題となっている妖人差別の観点から、妖人を弱者とみなし、彼らの人権を保護しようという活動がメインだ。けれど『麒麟の光』では、妖人を弱者とはしていないらしい。むしろ、選ばれし者、特別な存在としている。

中でも崇《あが》められているのが、象徴様、と呼ばれている人物だ。

象徴様はまさしく、『麒麟の光』の象徴たる存在である。

この団体はインターネットでの布教活動をほとんどしていない上、かなり秘密主義らしい。教義は仏教をベースにしているようだが、儀式についてはほとんどわかっていない。信者に他言を禁じているのだろう。象徴様についても、伝手《つて》を辿《たど》ってやっと見つけた元信者からの情報だ。この元信者は初期からいたそうで、象徴様という制度ができた直後に脱退している。高齢の女性で、彼女は顔をしかめて話してくれた。

——だってねえ、その象徴様っていうのが……。

「お待たせしました」

ひとりの中年女性が入ってきて、鱗田もソファから立つ。

笑顔、という記号を貼り付けたような表情だ。丁寧な挨拶《あいさつ》をし、「宝來万記子《まきこ》と申します」と名刺を差し出す。中肉中背で地味な服装だが、身のこなしは堂々としていた。

名刺の肩書きは『麒麟の光　ファーストガイド』とある。鱗田もあくまで低姿勢に名刺を手渡した。

名刺交換が終わると、宝來は鱗田の正面に座って、「当団体が、なにか社会にご迷惑をおかけしたでしょうか」とストレートに聞いてくる。

「いえいえ、違います。そういうわけではなく」

鱗田はあえてゆっくりと返す。相手が早口の時はそうすることにしているのだ。

「ときに、宝來さん。ファーストガイドとはどういう？」

「はい。第一の指導者、と解釈していただければ結構です。つまり、信者を導く指導役ですね。教義の解釈もいたしますし、私的な相談にも乗ります。ガイドには階級があり、ファーストが一番上になるのです」

「なるほど、ではセカンドとサードもいる、と」

「いえ、二番目はただのガイドで、その下がガイド候補、となります」

「はあ、はあ。そうですな。セカンド、サードだと野球みたいですな」

「あの、そちらのご用件は」

これは失礼、と鱗田は安部友親の顔写真を出した。

「電話でもご説明しましたが、こちら、安部さんについてなのです」

「そのお名前は記録にありませんし……お顔も、存じ上げません。ですが、当団体に迷惑なメールや手紙を送ってきた方かもしれないわけですね？」

そうです、と鱗田は頷《うなず》いた。

「送信メールアドレスが、こちらの代表メールと一致していましてな」

『麒麟の光』はウェブ上にごく簡略なホームページだけを作っており、そこに問い合わせ用のメールアドレスを公開している。新しい入信者のための窓口のひとつだろうが、安部はそこから抗議メール……というより、難癖メールを送っていた。

相手にする必要なし、と判断したのだろう、『麒麟の光』がメールを受け取らない設定にすると、今度はアナログでの作戦に転じた。つまり、普通郵便で手紙を送ったのである。これは、安部の部屋から書き損じが出てきて判明した。

「迷惑なメールもかなり届いていましたし、読むに値しない誹謗《ひぼう》中傷の手紙が届いた事実も、確かにありました。差出人は書いてありませんでしたが」

「そうですか……。ところで宝來さん、沖縄で活動している『妖人の権利を守る会』をご存じですね？」

「はい、存じ上げています。去年、複数の団体が集まって妖人差別についての勉強会があり、そこで代表のな、なか……」

「仲村渠《なかんだかり》さん」

ええ、と宝來は幾らかバツが悪そうに頷いた。

「いやいや、難しい姓ですよね。その勉強会で、仲村渠さんとお知り合いに？」

「はい。仲村渠さんは……なんというか、とても社交的な方で」

その報告は脇坂からも聞いていた。南の島の人らしいおおらかな笑顔を持ち、なんのてらいもなく他人の懐に入っていくタイプのようだ。

その仲村渠が、安部と酷似したタイプの人物が『麒麟の光』にかなり絡んでいたようだ、という情報をくれたのである。

「しつこいメールが来るようになった時、一度ご相談したことがあるんです」

「なるほど」

「どうやら、『妖人の権利を守る会』さんにも、似たようなヘイトスピーカーの攻撃を向けていらしたようで、親身に話を聞いてくださいました」

「それがですなあ、宝來さん。似たような、ではなく同一人物だったわけです。つまり、亡くなった安部さんですな」

宝來は神妙な顔で「そうでしたか」と目を少し伏せた。

「大変お気の毒ではありますが……あのような迷惑行為を色々な団体にしていたとすれば、トラブルに巻き込まれたのかもしれませんね」

「はあ。なにか心当たりがおありで？」

「まさか。一般論を言ったまでです」

ぴしゃりと否定されたが、鱗田は「でしょうなぁ」と頷きながら受け流す。

「もちろん、こちらも『麒麟の光』さんが、今回の事件に直接関係してるとは思っていないんですが、安部さんについて知るための手がかりがほしいわけです。そこで、こちらに届いた手紙を見せてはいただけませんでしょうか」

「おそらくそういった要請かと思いましたので、手紙を用意させてるところです」

「それはありがたい。廃棄してないんですな」

「万一、なにか問題が起きた時に、証拠になるかもしれないと思いましたので」

「正しいご判断です。うん、やはり、違いますなあ」

わかりやすい言葉で褒める時には、不必要にニヤニヤしないことが大事である。鱗田は愛想のいいほうではないのだが、真顔で褒めると相手のガードがいくらか緩むことは経験則として知っていた。

「なにが違うんでしょう？」

宝來はつんと顎《あご》を上げて言い返したが、それが得意顔を見せまいとしているからこそだとわかる。

「失礼ながら、こちらも仕事として『麒麟の光』さんのことは多少調べたわけです」

「でしょうね」

「こちらでは、妖人《ようじん》は保護されるべき弱い存在ではなく、むしろ大きな力を持つ存在として考えられているとか？」

「その通りです。ご存じのように、特別な能力を持つ妖人は多く、それを他者のために惜しみなく使うのは、まさしく善と考えております」

「なるほど、確かに善です。妖人とそうでない人、両方の信者がいることも聞きました。これも素晴らしいことですな」

「ええ、そうなのです」

今度ははっきりと得意げな表情を見せ、宝來は深く頷く。

「我々は分け隔ていたしません。心の安寧を求める方ならば、妖人でもそうでなくとも、光の中に招かれるべきなのです」

「光の中」

「象徴様の光です」

宝來の口調は、さらに自信に漲《みなぎ》る。瞳《ひとみ》が輝いて、鱗田は『心酔』という言葉を思い出した。あるいは『盲信』もちらつく。

「我々『麒麟の光』という団体を象徴する御方の持つ、光の力です」

うぅん、と鱗田は目を瞑《つぶ》り、感心したような唸《うな》り声を上げて「象徴様の光」と吟じるように言った。それからパッと両眼を開いて、まともに宝來と目を合わせ、

「ぜひともお会いしたいです」

とストレートに言う。宝來が一瞬たじろいだのがわかった。

「それは……」

「いやいやもちろん、そちら様になにか不都合があれば無理にとは」

今度は早口に畳みかける。ここでノーと言えば、まるで不都合があるかのような印象になることを承知の、ちょっとした言葉のひっかけだ。いつでも効果があるわけではないが、場合によってはうまくいく。

「いえ、不都合ということは……。ええ、いいですよ。お目にかけましょう」

「光栄です。いやあ、実にありがたい」

「ただし、象徴様は基本的にお話しされないとご承知おきを」

「それは……なにか身体的な問題が？」

訝《いぶか》しんで聞いた鱗田に、宝來は淡々と「いいえ」と答えた。

「そういったことではありません。ただ、象徴様は言葉を厭《いと》われるのです。言葉は曖昧《あいまい》であり、人を惑わし、真実を遠ざけるものですから」

「まあ、そういうとこがありますなあ、言葉ってのは」

それでも喋《しゃべ》るしかあるまいよ、と鱗田は思う。

言葉なしで、どうやって信者を導くというのか。語らずして、互いのなにを理解しうるというのか。

「それに、あの方には言葉など必要ないのです」

顎をツンと上げ、宝來はさらに添えた。

「《麒麟》とは、そういうものです」

「いませんよ、《麒麟》なんて」

その人の纏《まと》う藍格子《あいごうし》の着物は、透け感があっていかにも涼しげだった。

「おかしいねえ。その話はウロさんに伝えたはずだけれど」

にっこり。

そしてその人の笑みは……こういう時の微笑みは、涼しげどころの話ではない。脇坂の毛穴はたちまち冷や汗を滲《にじ》ませ、だがすでに暑さゆえの汗もかなりかいているわけで、二種類の汗がワイシャツをベタリと背中に貼りつかせる。

ジージーと蟬が鳴いている。

東京の蟬より、少し音が高い気がする。

「脇坂くん」

「は、はい」

「あたしの嫌いなものを知ってるかい？」

「え、ええと……先生はたしか、蝦蛄《しゃこ》がお嫌いだったかと……」

「うん。そうだね」

その人、つまり洗足伊織は冷ややかな笑みのまま、頷《うなず》いた。

彼はフクギの木陰に設《しつら》えられたラタンの椅子に座り、一方の脇坂はやや距離を取った位置に直立不動状態であり……ちなみに、ここはめちゃくちゃ日向《ひなた》である。暑いなんてものではない。島の風がなかったら、五分と立っていられないだろう。

「だがね、ほかにも嫌いなものはあるんですよ。あたしは何度も同じ話をするのが嫌いだし、夏の休暇を邪魔されるのも嫌いだし、まして滅多にない旅行の最中に、どうせ楽しくない事件の話を持ってくる刑事に押しかけられるのは、ことさらに厭《いと》わしい。このおおらかに美しい南の島で、なんだってきみの生っ白《ちろ》い顔を見なきゃならないんだか……おや、今、きみはあたしの顔だって生っ白いじゃないか、と思ったね？　言い訳はいらない。そういう目でこっちを見てましたよ。まったくもって、失敬な刑事だね。そりゃ、あたしもたいがい生っ白いですがね、言っておくが自分の顔なんざ自分で見えないから構やしない。ところが他人の顔は見える。残念なことにきみの顔はよーく見えてしまう。べつにきみのその甘ったるい顔の造作に文句をつけるつもりはありませんがね、はっきり言って、台無しだ。せっかくの我々の休みが、休養が、バケーション、ホリデー、あるいはバカンスが台無しなんですよ」

ああ、よかった。

本当に、よかった。

しおしおと俯《うつむ》いた姿勢で、生っ白いと罵《ののし》られて多少傷つきつつも、脇坂は同時に安堵《あんど》していた。洗足はずいぶん調子が戻っているようだ。ここしばらくは体調を崩し、面会もままならず、鱗田ともども心配していたのだが……こんなふうに説教できるようになったのなら、だいぶ回復したのだろう。

「……ずいぶん元気になったなあ、なんて思ったね？」

ぎくり。

ひきつった作り笑いで「まさかそんな」と返したが、洗足は脇坂を睨《ね》めつける。

「そうかい、そうかい。きみにはあたしのくだらないお説教なんか馬耳東風、せいぜいこっちの体調を判断するバロメーターにしかならないわけだ。それで？ いかがでしたか脇坂刑事殿？ あたしは使えそうですか？ 我が国の大権力、警察様の事件解決にお役に立てそうですかねえ？」

「か、勘弁してください、先生」

作り笑いも消し飛び、脇坂はあわあわと両手を動かす。

「僕の顔つきがご不快だったなら謝ります。見たくないとおっしゃるなら、ひたすらに下を向いてます。あるいはお好みのお面をつけてもいいです！ それに、その、先生のお加減がよくなってきたようで、それを嬉《うれ》しく思ったのは本当ですけど……でもそこに他意はないんです。僕ごときが先生を『使う』なんて大それたこと、神に誓って、考えたこともありません……！」

「神だって？ きみ、信じてる神様いるのかい」

「い、いえ……とくに帰依する宗教はなく……」

「なら簡単に『神に誓って』なんて言うんじゃありませんよ。それに、現にきみはあたしを使ってるじゃあないか。こんな日本の南端にまで、事件と刑事に追いかけられて、まったく辟易《へきえき》です。そんなことはないと主張するなら、海ぶどうでもしゃぶりながら、さっさと帰りなさい」

「うう……海ぶどう、プチプチしてて好きですけど……。あの、ちょっとだけお話を、麒麟《きりん》について……」

「だから、いませんよ《麒麟》なんて。以上。さようなら。よいフライトを」

日向でだらだら汗をかきながら、縋《すが》る言葉を探している脇坂を見かねたのだろう、家令の夷が現れ、「先生、そのへんで」と声をかけてくれた。

「あんまり脇坂さんをいじめると、マメが悲しみますよ？」

「いじめてなんかいません。はるばるいらした刑事さんに、来訪目的を尋ねていただけじゃないか」

「まあ、先生が脇坂さんで楽しんでいることは私も存じてますがね。脇坂さんも先生に叱られるのがいささか楽しいらしいし、どっちもどっちということでしょうか。はい、さんぴん茶どうぞ」

どっちもどっちと言われ、洗足は「心外だね」と汗をかいたグラスを受け取った。ぽってりと厚く、気泡の入った水色のグラスは沖縄工芸品だろうか。ちなみに脇坂のぶんはないようである。

「たしかに……僕は先生のお説教をしばらく聞いてないと、寂しいような、物足りないような……。歯切れよく罵ってもらうと、なんだかこう……ある種の爽快感《そうかいかん》が……」

「気持ちの悪いことを言うんじゃない。で、芳彦。マメはどこに行ったんだい？」

「市場まで買い物を頼んだんです。そろそろ戻るかと」

そう、と洗足がさんぴん茶に口をつけないまま、立ち上がる。

スイと歩き出して、すれ違いざまグラスを脇坂に突きつけた。脇坂が「あっ、ハイ」と反射的にそれを受け取ると、自分はさっさと縁側から屋内に入ってしまう。赤い瓦《かわら》と白い漆喰《しっくい》の屋根が載った、風情ある沖縄民家だ。

「えっ、あの、先生？」

「飲め、ということですよ」

夷が、脇坂の手にあるグラスを示して少し笑う。

なんとありがたいことか。この家を探し、うろうろと二十分ばかりうろついたので、恐ろしく喉《のど》が渇いていたのだ。さんぴん茶を一気に飲み干し、脇坂は生き返るような心持ちになる。要するにジャスミンティーなのだが、なぜ沖縄ではさんぴん茶と言うのだろう。夷が空いたグラスを受け取って「中にどうぞ」と言ってくれる。

「一番座にはエアコンが入ってますよ」

「いちばんざ？」

「こちらで言う、客間のことです。そこの縁側から直接上がってください」

家令の言葉に従って、家屋に入る。庭に面した和室は天国のように涼しく、エアコンのありがたみを享受する脇坂だ。壁や柱の様子からして伝統的な沖縄民家だと思うのだが、住みやすいように改装や修繕が施されている。

かといって、デザインだけ沖縄ふうにした流行の宿泊施設という感じではない。

「ここはね、先生の知己の方にお借りしてるんです」

キョロキョロと室内を見回していた脇坂に、夷が説明した。洗足の姿は見えない。

「息子さん一家が北海道にお住まいで、冬のあいだだけ、こちらで過ごされるとか」

「それはまた理想的な……うらやましい限りです……」

かなり本気で呟《つぶや》いてしまう脇坂である。

やがて洗足が一番座に戻ってきた。西瓜《すいか》の盛られた大皿を持っている。

「おや、先生。ご自分でお切りに？」

夷のからかうような口調に「あたしだって西瓜くらい切れますよ」と返す。

「リンゴよりは簡単だ。ほら、脇坂くん、食べなさい」

ありがたくも、脇坂のために切ってきてくれたらしい。礼を言い、よく冷えた西瓜にかぶりつく。ちょっと不思議な切り方だったが、味には関係ない。

「お……おいしい……」

西瓜には、塩が強めにかけられていた。自分の身体が水分だけではなく、ミネラルを欲していたことをしみじみ嚙《か》みしめる。六月末とはいえ、沖縄の、しかも離島の暑さは過酷だ。だがここに向かう途中で見た、透き通った海の青さたるや……海外のリゾートもいくつか経験している脇坂だが、群を抜いて美しい。

「で？」

口の周りを西瓜の汁だらけにしている脇坂に、洗足が聞く。

「ウロさんには詳しく聞きませんでしたがね。なんだって《麒麟》が出てくるんです？　あれはそもそも、中国に伝わる吉祥の霊獣だ。日本の妖人属性になりにくいだろうし、実際にいない」

「はい。アドバイスをいただく以上、事件に関しきちんとご説明をしなければと思い、せっかくのお休みと知りつつも、説明に上がった次第でして……」

西瓜を置き、脇坂はしゃんと座り直す。

もともとの予定通りならば、脇坂はすでに東京に戻っているはずだった。那覇で『妖人の権利を守る会』の仲村渠に会ったのが一昨日、その翌日の羽田《はねだ》便を予約していたのだが、鱗田から連絡が入り「先生が近くにいるから、話を聞いてこい」と命じられたわけである。近くと言っても、沖縄本島ではなく離島で、那覇から離島への便に乗れたのが今朝である。約五十分のフライトで、昼過ぎにこぢんまりとした空港に降り立った。

なんとも気持ちのよい島だ。

高い建物がなにもなく、空はひたすら大きく、海風が渡る。スラックスにワイシャツなどではなく、Tシャツとハーフパンツで、浮き輪でも抱えてここに来たかったと、心の底から思ってしまった脇坂だった。

だが、仕事だ。事件だ。

もうふたりの被害者が出ている。

「整理して最初からお話しいたします」

口の周りをタオルハンカチで拭《ぬぐ》い、脇坂は説明を始めた。

「安部友親さんという男性が死体で発見されたのが、五日前のことです。その三日後には堀英美里さんが、安部さんと非常に似た状況で亡くなっているのが発見されました。当初、安部さんが他殺だという物的証拠はなく……今でも、見つかっていません。ただ、堀さんについては、首の傷が他者に刺されたものだとわかったんです。このふたりはそれぞれSNSで妖人《ようじん》に対するヘイトスピーチをしており、Y対も捜査に加わることになりました」

洗足は床の間の前に静かに座している。床の間に飾られているのは蛇の皮を張った沖縄の三線《さんしん》だ。

「現在のところ、ふたりが知り合いだったという証拠は出ていません。そしてこれは公表されていない事実なので伏せていただきたいのですが……」

ふたりの遺体にあった文章について、脇坂は語る。

大腿部《だいたいぶ》に傷で書かれたメッセージは、
ジツニ　ツマラヌ　バケモノハ　シンダ――。

洗足は表情を変えることなく、ただ脇坂を見つめて話の続きを促す。

「僕が那覇にいたのは、『妖人の権利を守る会』の代表者に会うためでした。この方は妖人《キジムナー》で、仲村渠さんという方です」

やっとスルリと名字を言えるようになった。

「この仲村渠さんが、被害者の安部さんとSNS上でかなり論戦していたというか……いや、論戦以前なんですけどね。安部さんの、妖人に対する差別的な発言を、仲村渠さんは窘《たしな》めようとしていたんです」

「それはおそらく無駄骨だったことだろうね」

洗足が淡々と言い、脇坂は「仰《おっしゃ》る通りです」と認めた。

「僕もログを見ましたが、会話がある程度成立していたのは最初のうちだけでしたね。安部さんはすぐに攻撃的になって、感情に任せためちゃくちゃな主張を続け、最終的には仲村渠さんもブロックせざるを得なかったと。仲村渠さんって、とてもいい人なんですよ。明るくて、気さくで、考え方もポジティブで。だから安部さんにも真摯《しんし》に説得すれば、もしかしたら考えを変えてくれると思ったらしく……」

「そんないい人を、警察は容疑者と見ていたわけですか」

「うう……面目ありません……。安部さんの死亡推定時刻内に、たまたま、仲村渠さんが上京してたこともあり……」

痛いところを突かれてしまい、脇坂は言い訳を試みる。

「ご友人の結婚式があった日で、でも事件が起きた頃には披露宴も終わっていて……。結局、お仲間と朝まで飲んでいたとのことで、山ほどアリバイを証明してくれる人がいました……」

その知らせを受けたのは、仲村渠と面会した日の夜だ。東京の捜査本部によって、仲村渠と会っていた人々の証言が確認されたのである。脇坂は『妖人の権利を守る会』の事務所に電話を入れた。疑うのが刑事の仕事なわけで、疑ったことを謝罪するというのはちょっと違うかもしれない。だが、時間を割いて会ってくれた中、常磐の言動が失礼だったのは事実なのだし、報告くらいはすべきだろうと思ったのだ。仲村渠は留守で、対応してくれたのは、彼の友人かつ弁護士の小鳩ひろむだった。

――わざわざご報告をありがとうございます。

平坦《へいたん》なイントネーションで言われ、畳み掛けるように、

――東京那覇間往復二名分のチケット代という血税が、無駄になりましたね。

と手厳しい嫌みもいただいた。なにを言い返せるはずもない。小柄で可愛い小動物みたいな人だったのに、ものすごく冷たい声だった。もっとも、あれくらいはっきりとものを言えなければ弁護士など務まらないだろう。

「仲村渠さんと会った日、『麒麟《きりん》の光』という団体のことを教えてくれたんです。こちらも妖人が関係する団体なんですが、やはり安部さんがヘイトスピーチを仕掛けていて、『麒麟の光』の幹部からその相談を受けたことがあると」

「『麒麟の光』ねえ」

視線をふわりと浮かせて洗足が呟く。夷が小振りな盆をその横に置いた。グラスにはオレンジジュースのような液体が入っていた。オレンジというより黄色だろうか。

「『麒麟の光』は、宗教法人です。その点、『妖人の権利を守る会』みたいな市民団体とは違います。設立は一九八五年で、当時は違う名称でした。教義のベースは仏教ですが、僧侶《そうりょ》が在籍しているわけではなく、いわゆる新興宗教ですね。簡単に言うと『来世のために、現世を誠実に生きましょう、弱い者を助けましょう』というような感じでしょうか。現在では妖人を特別な存在として崇《あが》めるような……そういった教義が加わっているようです。法人になったのは八年前で、この時に『麒麟の光』となりました。ここ数年、信者数は順調に増えているようです。基本ウェブでの活動はしておらず、SNSのアカウントもありません。シンプルなホームページに連絡先が記されてる程度です。安部さんの誹謗《ひぼう》中傷は最初はメールでしたが、のちには手紙で届いていたと。ええと、約八か月のあいだに四十九通」

「筆まめなことだ」

「まったくです。昨日、『麒麟の光』本部に、鱗田が話を聞きに行きました。その足で先生のご自宅に向かったそうですが、お留守で」

「でしょうね。我々はここにいたんだから」

洗足は携帯電話を持っていない。急ぎの連絡があれば、家令である夷の携帯電話にかけることになる。鱗田は夷にこう聞いたそうだ。

――《麒麟》なんて妖人は、いるんですかね？

洗足は夷の近くにいたのだろう。その場で否という回答は得られた。

鱗田としてはほかにも聞きたいことがあったはずだが、休暇中の洗足は結局電話に出てくれなかったそうだ。まあ、脇坂だって南の島にエスケープ中、仕事の電話がかかってきたらいやである。しかも常に物騒な事件絡みの話なのだから、リラクゼーション台無しに決まってるのだ。

それなのに、

——おまえ、先生に話を聞いて来い。ちょうど那覇にいるんだし。

と鱗田に命じられてしまった。

ちなみに常磐は同行させないようにと念を押された。連れて行けと言われても連れて行かない。常磐は仕事熱心で優秀な先輩刑事だが、洗足との相性はよくない。……この先生と相性の良い刑事が存在するのかは謎だけれど。

「妖人《麒麟》がいないのはわかったのですが……なぜその団体が、わざわざ麒麟というシンボルを使おうとしたのか、鱗田はそこが気になっているようです」

「脇坂くん、『麒麟の光』は設立当時、別の名称だったと言ってましたね」

「はい。当初は『救いの光』という名です」

「設立は一九八五年……宗教ブームがあった頃か……。そして名前が変わったのは八年前。妖人遺伝子はもう発見されているね」

「そうなんです。この頃から、妖人の信者も増え始めています」

「教義のベースになる教典などはあるんですか？」

「とくにないようですね。鱗田が信者用の冊子を読んだそうですが、仏教各宗派の、わかりやすい部分のつまみ食い的な感じだったと。ただ、妖人の中にはヒトを導くために特別な力を授かった者がいる、というところが独特で、これは『救いの光』の頃にはありませんでした。また、最も大切な善行は『麒麟の光を尊ぶこと』、だそうで。もちろん善行には寄付も含まれてます」

「喜捨が大きな善行なのは、どの宗教でも云えることですよ。……その団体の、信仰的な中心人物は誰です？」

「あ、はい。ですから、存在しないはずの《麒麟》ですね。そこでは象徴様という呼ばれ方をしているようです」

「《麒麟》だけですか？　その《麒麟》を従える人物は？」

洗足の問う意味がいまひとつ摑《つか》みきれず、脇坂は「ええと」と困惑した。

「それは……つまり団体の実権を握っている的な？」

「そういうことではありません。信者達にとって、信仰の対象は《麒麟》以外にいないのかと聞いているんです」

「いない……はずですが」

少なくとも、鱗田からそういう報告はなかった。なぜそこに拘《こだわ》るのかなと戸惑っていると「では『礼記』を知らなかったのかな」と洗足が呟《つぶや》く。

「らいき？」

「儒教の経書ですよ。『礼記』では、麒麟は仁のある王の治世に現れる瑞獣《ずいじゅう》とされている。だから、その団体内に王たる中心人物がいて、その人物の性質を保証する形で、麒麟という存在を置いたのかなと推察したんだが、どうやら違うようだ」

「はあ、なるほど。まったく知りませんでした……。きっとそこまで考えずに、なんとなく縁起がいいので麒麟にしたんじゃないでしょうか」

「誰しもがきみほど浅い考えの持ち主だと思いたくはないが、実際そうなのかもしれないから困ったものだ。まあ、麒麟は殺生を嫌う霊獣だから、アイコン向きとは云える。……その団体、現世利益は謳《うた》ってるんですか？」

「現世利益……生きてるうちにいいことがあるか、ということですよね？　利益と呼べるかわかりませんが、徳を積むと……ぶっちゃけ、寄付金が多かったりすると浄化の儀式に参加できるそうです」

「誰が、どのように、なにを浄化するんです？」

「すみません。かなりガードの厳しい団体のようで、具体的な儀式内容は秘匿なんだそうです。信者も口が堅くて……。ただ、浄化してくれるのは象徴様、つまり《麒麟》だというのはわかっています。だからこそ、団体の中で最も大切な存在とされているんでしょう。まあ、それが本人にとって良いことかどうかは別ですけど……」

「本人にとって？　それはどういう意味です？」

「鱗田は象徴様に面会したんですが……まだ十七歳の、女の子だったそうです」

洗足の眉《まゆ》が微《かす》かに歪《ゆが》む。脇坂もこの話を聞いた時、なんだかいやな心持ちになった。十七歳で新興宗教の中心人物に祀《まつ》り上げられている——本人自らの意思でそうしているとは考えにくい。

「象徴様の名前は宝來リン。母親の宝來万記子は団体の幹部で、ファーストガイド、という役職だそうです。信者達の指導役ですね。離婚歴があり、母娘は団体の施設内に居住しています。娘は一昨年中学校を卒業し、高校には行っていません」

「ウロさんはその子に、直接会ったんですね？」

「はい」

「どんな様子だったと？」

——お人形かと思ったよ。

電話口で鱗田はそう言っていた。

——可愛い、って意味じゃない。いや、顔だちも綺麗《きれい》な子だったし、いわゆる美少女ってやつだな。だが人形みたいってのは、表情がないって意味でな。穏やかに笑ってはいる。だが本物の笑いじゃない。そもそもこっちは刑事で、面白いことなんかなにも言ってないんだから笑う必要もない。なのに、最初から最後までずっと微笑んでるんだ。作り笑いなんてのは誰でもするだろうが、あそこまで徹底したのはなかなか……まるで、微笑んだ顔で作った人形、だ。

「しかも喋《しゃべ》らないそうです」

「喋らない？」

「はい。隣にいる母親の言うことに、ただ頷《うなず》くだけだと」

例えば、鱗田が「高校に行きたいとは思わないかい？」と聞くと、すかさず母親が「象徴様は今の生活に満足しておられます」と答え、少女はにっこり頷く。「自分の特別な力をどんなふうに思ってるのかな？」と聞けば、やはり母親が「詳しくは申し上げられません。ただ、与えられた力を使い、信者の皆様を救えることは象徴様にとっても幸福なのです」とすらすら答え、少女は再びコクリだ。

「一事が万事、そんな調子だったそうで。母親いわく、言葉は曖昧《あいまい》で危険なものであり、象徴様は別の手段で信者たちと心を通わせるのだと」

——言葉は危いもの。ひとつの言葉に絶対的な意味はありません。受け取る側によってその意味は変化してしまいます。そんな曖昧なもので、どうして真実に辿《たど》り着けましょうか？　だからこそ象徴様は言葉を厭《いと》うのです。

「……とのことでした。そんなの言い訳ですよ。まだ十七歳じゃ、大人の信者たちを導くような話ができるはずないし……余計なことを喋らないようにさせるにも、都合がいい。それに、喋らない美少女なら、神秘的なイメージですし」

「もちろん言い訳だろうが、主張の一部は間違ってるわけではないよ。たしかに言葉は不安定なもので、使い方によっては危険を伴う」

「あの、でもそれは言葉の問題ではなくて、使う人間の問題ではないでしょうか」

脇坂としては、勇気を振り絞っての反論だった。いつもハイハイと返事をしているばかりでは、いつまでたっても認めてもらえない。洗足に叱られ、罵倒《ばとう》され、呆《あき》れられるより怖いのは、まったく成長のない人間だと思われることなのだ。

「おや」

洗足が微かに笑う。

どっちだ、と脇坂は焦る。これは怒ってる時の笑い方だろうか。あるいは呆れている時か。はたまた、小馬鹿にしているだとか……。

「脳味噌《のうみそ》の本来の使い方を、少しは覚えてきたらしい。なるほど、あらゆる物事は常に諸刃《もろは》の剣です。益と不利益のあいだを行ったり来たりしている。火は人を温めるが、人を焼きもする。肝要なのは使い方……脇坂くんが言いたいのはそういうことだね？」

「はい」

いくらか安堵《あんど》して頷いた。どうやら間違ってはいないらしい。

「火ならば、火事を出さないように注意深く扱うことができる。だが言葉の場合、そう簡単ではないんですよ」

「その……慎重に言葉を選んで、話すというのではだめなんでしょうか」

「その姿勢は大切だが、解決方法にはならないね。言葉の持つイメージというのは人によってあまりにも差がありすぎる。例えば、『幸福』。きみの考える幸福と、あたしの考える幸福と、芳彦の考える幸福は恐らくは一致しない」

洗足は言いながらちらりと家令を見た。夷はいつもの涼しい顔で、「どうでしょうね」と小さく言っただけだ。

「ええと、抽象的な言葉だとそうなりますが、具体的な言葉ならば……」

「最も具体的とされる固有名詞だって、イメージは必ずしも合致しない。脇坂洋二、という言葉のもつイメージが、あたしとマメで同じだと思うかい？」

「お……思いません……」

そういうことだよ、と洗足がグラスを手にした。

黄色いジュースをひとくち飲んで顔をしかめ、夷に「酸っぱい」と文句を言う。家令は涼しい顔で「ビタミンCを取っていただきたく」と返した。シークヮーサージュースだったのかもしれない。

「ゲホッ……酸っぱ…………それにね、脇坂くん。言葉の持つ不安定さをどれほど熟考したところで、熟考するに当たって我々が使うのは、やはり不安定な言葉なわけだ。これではどうにもならない。もっとも、その『不安定さ』はすなわち『柔軟性《フレキシビリティ》』でもあるのだから、そう嘆く必要もありませんがね」

するする語る洗足の言葉を理解しようと、脇坂は必死に考える。不安定な言葉を安定させようと必死に考えても、思考そのものに不安定な言葉を使わざるをえず……ああ、だめだ。だいぶ混乱してきた。

「す、すみません先生、なんだかわからなくなってきました……」

「べつにいいよ、わからなくて」

「そんなあ」

見捨てられたような気分になり、脇坂は情けない声を出す。

「へんな顔をするんじゃない。きみはそのままでよろしい、と言ってるんです。言葉は日常の道具だ。迷ったり、口籠《くちご》もったり、時には誤解を生んだりしながら、普通に使えばいい。必要以上に巧みに操る必要はありません。あたしのように、つらつらと言葉を連ね、訳知り顔でああだこうだと語る奴に、ろくなのはいないんだから」

「それは違います！」

つい、大きな声になった。夷がちょっと驚いた顔をこちらに向けている。

「あっ……すみません……いや、その……でも、僕は先生を尊敬してるんですから、ろくなのはいない、は困ります」

洗足は脇坂から視線を外すと「は」と短く息を吐いた。

「ありがた迷惑とまでは言わないがね、とんだ見当違いだよ。尊敬するならウロさんになさい。彼から学ぶことは多いはずだ」

「ふたりとも尊敬してます。見習いたいところがたくさんあります」

脇坂は胸を張って主張した。取り立てて美点のない自分だが、アドバイザーと先輩に恵まれた点だけは自慢できるのだ。洗足は実に嫌そうな顔をして黙り、残りのジュースをこれまた不味《まず》そうに飲んでしまってから、

「話を戻しますが」

と素っ気ない声を出す。

「その団体が、なぜ麒麟《きりん》というアイコンを選んだのか……特別な理由があるようには思えないね。儒学的に、麒麟がどういう位置づけにある霊獣なのかも知らないようだし、たまたま思いついて、なんとなくありがたそうだったから、という可能性が高いだろう。これが白澤《はくたく》あたりだったら、なにか思い入れがあるかもしれないが」

「はくたく？」

「白い澤、と書く」

洗足はけほ、と小さく咳《せき》をして「芳彦、喉《のど》がヒリヒリする」と言った。シークヮーサージュースはよほど酸っぱかったらしい。夷はすぐにさんぴん茶を出す。あらかじめ用意しているあたり、さすがに主《あるじ》を熟知している。

「石燕《せきえん》の『今昔百鬼拾遺《こんじやくひやっきしゅうい》』にも出てくる。やはり中国の霊獣で、徳の高い治世者の前に姿を現すとされている」

「あれ、麒麟と同じですね」

「そう。異形の姿という点も共通しています」

「異形？」

「石燕の描いた白澤は牛のような角、山羊《やぎ》のような顎髭《あごひげ》、額にも胴にも目があり、全部で九眼」

「九？　そんなに？　胴に目は……いらないんじゃないでしょうか……」

「そんなことをあたしに言われても困るよ。人面で描かれた白澤もあったような気がするな……まあ、特別な力を持つ存在はしばしば異形とされるものです。麒麟も然《しか》り」

「でも麒麟は異形じゃないでしょう？　だってキリンがモデルですよね？」

「………なんて？」

洗足に聞き返されて、脇坂は「ですから」と自らの頭の上でピョコンと指を立てた。

「こんな具合に、先の丸いツノみたいなのがあって、まつげがバサバサで、模様の可愛いキリンです。動物園にいるほうですよ。あれがモデルなんでしょう？」

「…………。芳彦、氷嚢《ひょうのう》を持ってきてあげなさい。この島の暑さで脇坂くんの脳味噌《のうみそ》が煮えて、大変なことになっているようだ」

「いっそお味噌汁に使いましょうか」

「いやですよ。食べたくもない」

「アオサなど入れて」

「入れられるアオサが可哀想だ。高級食材なのに」

「えっ、えっ、えっ？」

洗足と夷、それぞれの顔を何度も見ながら脇坂は慌てた。どうやら自分はまたしても愚かしい発言をしてしまったらしい。縋《すが》るように洗足を見ると、哀れみにも近い視線を寄越《よこ》しつつ、説明してくれる。

「きみの脳味噌汁なんか食べたくないから教えますけどね、逆です。逆」

「逆……」

「霊獣の麒麟が先で、そこから動物園のキリンの名がついたんです。ちなみにキリンは和名で、日本だけですからね。中国では長頸鹿《チャンジンルー》、長い首の鹿と呼ばれています。霊獣の麒麟とは姿がまったく違うから当然だ」

「え、違うんですか？　霊獣麒麟も、可愛いほうのキリンと同じ姿なのかと……」

「体は鹿、顔は龍《りゅう》、牛の尾と馬の蹄《ひづめ》をもち、肉に覆われた角を持つ。背毛は五色に彩られ、毛は黄色く、身体には鱗《うろこ》。諸説ありますが、だいたいこんなところです。動物園にこんなのいますか？」

「……いません……ね……」

ああ、また無知を晒《さら》してしまった……。動物は好きだから、比較的知識はある方だと思っていたのに……キリンはとても背が高いから、脳に血流を届かせるため、動物の中でもっとも血圧が高いとか……そういう話なら知っていたのに……。

「本当に、実に、つくづくと、馬ッ鹿ですねえ。きみは」

バとカのあいだに小さいツが入ったのがありありとわかる発音で、いっそ清々《すがすが》しいほど明瞭《めいりょう》に罵倒《ばとう》された。

「中国の古典に出てくる霊獣麒麟と、明治の終わりに日本の動物園にきたキリン、どう考えたって霊獣が先になるでしょうが。なにをどう考えたら逆の発想になるやら……。

もはや感心する域の馬鹿さ加減だね。びっくりして黄色いキリンも青くなるだろうよ。
きみが馬鹿だから、なかなか話が進まないじゃないか」
そんな文句を言われ、脇坂は「申しわけありません」と項垂《うなだ》れるばかりである。また
やってしまった。ああでも、ちょっと久々の、胸にズキズキくるこの感じ……。
いやいや、堪能《たんのう》してどうする。
もっと深く反省しなければと、脇坂は気を引き締める。
「話を続けますよ。つまり、『麒麟の光』という団体は、異形にして吉祥である伝説の
霊獣をいわばアイコンにし、団体の中心には象徴として、妖人《ようじん》《麒麟》を据えた。まだ
十七の、喋《しゃべ》らない少女を、です」
「はい」
「この団体が今回の事件にどう関与してるのか、あるいはまったく関与していないのか、
それはあたしにわかるはずもない。だがそれとは切り離して、『麒麟の光』について調
べたほうがいいと思いますね。その少女が儀式においてどんな役割を担っているのか、
本人の意思は尊重されているのか……利用されている可能性だってある」
利用されている……母親が一緒にいるのに？
いや、違う。
悲しいことに、親は時に子供を利用する。それどころか、虐待だってするのだ。
「わ、わかりました。鱗田に伝えます」

「もし本人が自分の意思だと言っても、安易に信じないように」

「脅迫されている可能性があると……？」

「脅迫なら、まだわかりやすいんですがね」

洗脳だと、厄介だ。

ややトーンダウンした声で、洗足はそう告げた。

＊＊＊

あなたのことがわかるなんて言ったら、気分を悪くします？

もちろんこんなの僕の勝手な想像だし、わかるような気がしているだけで、本当のところは全然わかってないのかも。でも少なくともいえることは、あなたをわかりたいと思う気持ちは間違いじゃないってこと。ああ、ほら、そうやってすぐ目を逸らしてしまう。それはたぶんあなたのよくない癖だけど、そういう癖がついてしまうことも理解できるような気がします。手ひどい裏切りに遭ったことがある人は、近づいてくる人間を拒絶しようとするんだ。

理由は簡単、自分を守るため。

あなたはきっと今までたくさん傷ついてきた。数え切れないほどにね。

子供の頃は無力な女の子として翻弄《ほんろう》され、家族ともうまくいかなかったんじゃないかな。わかるよ、だって悲しい影がある。そんなに可愛らしい顔をしてるのに、どこかフッとさみしくて……だめだめ、下を向かないで。あなたは頰のラインがすごくいい。

お世辞？

こう見えて僕はお世辞が苦手なんだ。思ってもないことを言う時間なんて、人生において無駄なだけだと思わない？

あのね、わかんない人はいるんですよ。ほんとに、糠《ぬか》に釘《くぎ》。豆腐に鎹《かすがい》なにをどうやっても、通じない相手っていうのはいる。お互い別の言語を喋ってるみたいに通じない。それはもう仕方ないけど……僕が悔しいのは、あなたが全部諦《あきら》めてしまっているってことなんですよ。自分に価値なんかないって、誰にも愛されるはずがないって、まさかそんなふうに思ってたりしないよね？　もしそうなら、僕はちょっと腹立たしいな。

今まであなたが誰ともうまくいかなかったのは、あなたのせいじゃない。この場合、相性ってやつも違うと思う。

相手があなたを理解していなかったから。

正直に言いましょうか。たぶん、あなたを理解できる人はそう多くはない。あなたは簡単な女じゃないからだ。どうしてわかるかって？　あはは、そうだね。初対面なのに語りすぎてしまったかな……いつもはこんなんじゃないんだけど、でも、なんだかあなたと一緒にいたら、つい……。すみません、気分を害したならもう……え、いいの？　まだ話して構わない？　ありがとう。

あなたは、複雑で難しい人だ。

つらい経験を多くした人はそうなりやすいんです。もともとの性質が悪い人ならば、悪人になってしまう場合もある。世間を憎み、犯罪に走ったり、ね。でも、もともとの性質が優しくて善人なのにつらい経験をすると……心が閉じた人になってしまう。

蕾《つぼみ》のまま咲かずに、朽ちようとする花みたいになってしまうんです。

その花を咲かせるのはなかなか難しい仕事だ。観察力に優れた、腕のいいガーデナーだけが、適切に水をやり、日射しを当て、育《はぐく》める。その花はね、咲けばひときわ美しいんです。バラのような華美さではないかもしれない。けれど、その小さな可愛い花を見つけた者を、きっと癒《いや》してくれる。

あなたは、あなたの価値をもっと理解したほうがいい。

というか、してほしい。ああ、また笑われてしまった。こんなことを語る男って、みっともないかな。ほんと、いつもはこんなんじゃないんです。

あなたが引かないでくれるといいんだけど。

その、よかったら、また連絡してもらえますか。

LINEでも電話でも。朝でも夜中でも。

ほんとに、いつでも待っているので。

三

黒目がち、というのが苦手だ。

漢字で書くと『黒目勝ち』だそうだ。なんとはなしに検索してみて、初めて知った常磐だった。白目より黒目の印象が勝っている、という意味だろう。若い女の子のあいだでは、黒目がちはカワイイとされていて、カラーコンタクトで黒目を大きく見せるという手段もあるらしい。わざわざご苦労なことである。

常磐が黒目がちを苦手とするのは、古い記憶のせいだ。

中学二年の時、同じクラスの女子生徒に恋心を抱いた。思春期にありがちな、恋だという思い込みにすぎなかったかもしれないが、それでも勘定に入れないと、常磐の恋愛経験はあまりに少なくなってしまう。

とにかく、好きだった。可愛かった。黒目がちで、細い脚が真っ直ぐで、子鹿っぽい子だった。たまたま委員会が一緒だったから、話す機会は時折あった。内気だった常磐は、女子との会話に乏しい男子中学生だったので、もしかしたら一番喋ったのが彼女だったかもしれない。

なにがあったわけではない。

常磐が告白するはずもないし、ほかの同級生に恋心がバレることもなかった。ただ、彼女は知っていたような気もする。チラチラとその横顔を盗み見ている時に、不意に目が合うことが何度かあった。あの黒目がちな目に捉えられると身が竦《すく》み、好きなはずなのに、怖いと感じた。彼女が怖かったのではなく、自分の気持ちがばれるのが怖かったのだろうか。

二学期に入ると、彼女からの頼まれ事が多くなった。

委員会の仕事はふたりですべきなのだが、なにかと理由をつけて「お願い」されるのだ。小さな掌《てのひら》を合わせ、小首を傾げての「お願い」を断れるはずもない。三学期には、委員会業務をほぼひとりでやっている状態になった。要するに、ていよく押しつけられていたわけだが、それを苦に思いはしなかった。女の子の頼みごとを聞いてあげる自分のことは、わりと気に入っていた。

彼女がほかの女子に「常磐ってキモいけど便利だよ」と話すのを聞くまでは。

常磐が弁明するのもおかしな話だが、彼女にさしたる悪意があったわけではないと思う。キモい、というとても不愉快な言葉はあの頃流行《はや》っていたし、ちょっとしたことでキモいだのヤバいだのと騒ぎ出す、中学生なんてそんなものだ。子鹿のような目をした可愛いあの子が、特別性根《ね》の捻じ曲がった子だったわけではないのだ。単に、みんなと同じだった。

それでも言葉は人を傷つける。

相手はスポンジを放り投げたつもりだったとしても、こちらに届く頃には尖《とが》った石になっていたりする。それが言葉というものだ。

そんな甘酸っぱい記憶……いや、ほぼ酸っぱいだけの記憶が蘇《よみがえ》ってしまったのは、あの少女の目がやはり黒目がちだったからだろう。

宝來リン。

宗教法人『麒麟《きりん》の光』の象徴様である。妖人《ようじん》《麒麟》であると団体は主張しているが、洗足伊織に確認したところ、そんな妖人は存在しないらしい。

「今、あの子が外に出ました」

常磐は携帯電話を手に、小型の商用バンの中から降りた。玖島と話しながらも、視線は決してリンから離さない。

「木村《きむら》という男と一緒です。ええ、運転手の」

『母親はいないんだな？』

「はい。たぶん、いつものコンビニだと思います。荷物もないですし」

リンは白いシャツに紺のプリーツスカート姿で、やや俯《うつむ》きがちに歩いている。木村は背を丸めてリンになにか話しかけながら、時々笑みを見せる。気遣うように、リンの歩調に合わせて歩いているのが見て取れる。

木村達男《たつお》、四十四歳。

十年来の信者で、リンや団体幹部が移動する時の運転手を務めている。猫背なので小柄な印象だが、実際は中肉中背というところだろう。

リンがどこかに行くときは、必ずこの男がついている。さらに母親である宝來万記子が付き添っている場合も多く、いずれにしても彼女が外でひとりになることはない。そもそも、外出自体が極端に少ないのだ。

「高校にも行かず、ほぼ一日中閉じこもり。車で出たなと思えば、行き先は信者の家で、決まって豪邸……」

『寄付金が高額だと、象徴様自らが出向いてくださるらしいな』

「自分の足で行けるのは、二百メートルばかり離れたコンビニだけで、それも木村がついてくる、と。……もしかしたら、あの子を憐《あわ》れに思って、木村が内緒で連れ出してるのかもしれません」

『木村が？』

「ビルに出入りする時、妙に周囲を気にしてるんです」

一定距離を保って尾行しながら、常磐はそう伝えた。僅《わず》か十七歳の少女が宗教法人のお飾りとして崇《あが》められ、ほとんど閉じ込められている状態は異様だ。木村も内心ではそう思っているのではないか。リン自身が助けを求めれば保護は可能だし、中学までは公立校に通学していたのだから、助けてほしいと訴える機会はあったはずだ。しかし、今まで彼女がそういう行動を起こしたことはない。

宗教法人施設内に住んでいるという家庭環境はかなり特殊なわけだが、中学での面談時には、母親も本人も微笑みながら「問題ありません」と繰り返すばかりだったそうだ。

だが、それを真に受けていいものだろうか。

親が特定の宗教に傾倒していれば、子供もその影響を受ける。また、ある種の宗教は信者とその子供を、社会の一般常識から切り離してしまう。幼い頃から閉鎖的な環境にあった子供は、自分の置かれている状況が正常ではないと気づきにくい。

宝來リンは、コンビニの雑誌棚の前に立っている。

常磐は店の外からその様子を観察した。リンが若い女の子向きのファッション誌を手にすると、隣に立っていた木村は困ったように少し笑い、首を横に振る。どうやらその雑誌は象徴様には不適切と判断されたらしい。黒目がちの少女は素直に頷《うなず》いて雑誌を棚に戻した。言い返す素振りはまったくなかった。

ふいに木村がポケットを探る。

携帯電話を取り出して話し始めた。電話がかかってきたらしい。頷きながらの通話はごく短いもので、それが終わると、コンビニのガラスごしに道路を挟んだ向かいを指さし、リンになにか言っている。再びリンが頷き、木村はコンビニを出た。足早に横断歩道に向かっている。道路の反対側にはドラッグストアなどがあるので、買い物を頼まれたのかもしれない。

リンはコンビニから出なかった。

木村もいなくなったのだし、この隙にさっきの雑誌を見ればいいのにと思ったのだがそうすることもない。ただ雑誌棚の前にぼんやりと立っている。信者の前でいつも浮かべている薄笑いもなく、視線は定まらず、感情の読み取れない表情だ。

それでも、やはり並外れて綺麗《きれい》な少女だった。常磐が彼女から視線を外せない理由は、刑事として見張っているからというより、人形のような顔がなんらかの意思を発する瞬間を見たい、という感覚かもしれない。なにも考えていないはずはないのだ。あるいは、自分の意思にもはや気づいていない可能性はあるかもしれないが――。

と、常磐は目を瞠《みは》った。

それはあまりにも唐突に起きた。

リンの大きな黒い瞳《ひとみ》から、涙の粒がぽろりと零《こぼ》れ落ちたのだ。

涙の意味がわからずに、常磐は戸惑った。彼女の感情が動いたようには見えなかった。リンは相変わらず微動だにせず立ち尽くし、だらりと両腕を下ろし、表情を変えることもなく――涙だけが、ボロボロと零れ落ちている。

まるで、等身大の人形が泣いているかのようだ。

涙を拭《ふ》こうともしない。もしかしたら自分が泣いていることに気がついていないのでは……そう思えるほど動かない。

これはまずいのではないだろうか。まだ十七歳の少女が、ほかにも人がいるコンビニで、見張り役がいなくなった途端、棒立ちの無表情で泣き出す。

この状況はつまり、彼女の精神状態がぎりぎりだと示しているのではないか。

常磐はリンの死角から出て、歩き出した。

コンビニ店内に入る。リンはまだ棒立ちのままだ。

どうする？

声をかけるべきなのか？

確かに、チャンスかもしれない。母親もおらず、木村もまだ戻っていない。この少女の本音を聞ける、滅多にない機会——。

しかし常磐に与えられた任務は、『麒麟の光』の捜査であって、リンの保護ではない。もちろん未成年者であるリンが過酷な状況にあるならば、児童福祉法に則《のっと》って保護すべきだが、今ここで殴られているという話ではないのだ。まずは上に報告を入れて指示を仰ぐべきだろう。勝手な判断が許されるわけがない。

発作的に動いてしまった自分を反省しながら、常磐は自然な速度で店内を歩いた。このまま一周し、探し物は見つからなかったという素振りで店から出ればいい。自分の中から「本当にそれでいいのか」という声がしたようにも思えたが、理性は無視しろと命じていた。黒目がちな女の子と関わると、ろくなことにはならない。

出口へと向かってリンの背後を通る。

ガラスには自分の姿も映っているだろうから、彼女のほうは見ないようにした。そのまま通りすぎて、コンビニから出る。

……はずだった。

常磐はそうするはずだったし、そうすべきだった。

けれど、聞こえてしまったのだ。

泣いているのに意思のない人形。そんなふうに見えるリンが、とても小さく呟《つぶや》き続けているのを。

たすけて　たすけて　たすけて……。

東京から那覇へ。

那覇から離島へ。

その離島からさらに四キロ沖合の小さな島は、神々が降り立つ聖域とされている。

旅支度に白装束を入れておくように――主《あるじ》である洗足伊織にそう言われた時から、この島に渡るとわかっていた。過去にも一度、同じことがあったからだ。前回は伊織がひとりで赴いたので、芳彦がこの島に入るのは初めてである。

日に数本のフェリーもあるが、伝手《つて》を頼り、地元の漁師に船を出してもらうことになった。真っ黒に日やけした高齢の船長は手慣れた操縦をしながら、「ここらのモズクはうまいんだァ」と自慢していた。

よく晴れて、海は眩《まぶ》しいほどだった。

沿岸には、キノコのように頭でっかちな形をした不思議な岩がある。なぜあんな形になったのだろうか。芳彦が眺めていると、船長が「あれは奇石《ノッチ》さぁ」と教えてくれる。島から転がり落ちた岩が、長いあいだ波の浸食を受け、少しずつ削られてあんな形になったそうだ。

島に到着し、船を下りる。船長が「気ィつけて」と見送ってくれる。

先に進む伊織の真っ白な着物は、神々への敬意だ。小さな漁港にはシュノーケリングを楽しみに来たのであろう家族づれがいて、白装束の伊織を不思議そうに眺めていた。今日最後の定期船を待っているのだろう。小さな子供が伊織を指さして「かみさま？」と母親に聞き、母親は「そうかもね」と答えていた。

人口三十人に満たない小さな島は、漁港を過ぎればもう誰ともすれ違わない。珊瑚礁《さんごしょう》の煌《きら》めきを横に、見晴らしのいい道を進む。丘の上にある遠見台……こちらの言葉ではトゥンパラというらしい、そこを目指している。

「芳彦、脇道に入ってはいけませんよ」

少し先を行く伊織が言った。

「はい。心得てます」

この島は、集落と漁港を除くほとんどが聖域になっているのだ。とくに大切とされている御嶽《うたき》は、島の人間以外は立ち入りを許されない。祭祀《さいし》の時期ともなれば島民にとっても禁足の場となり、唯一祭事を司《つかさど》る神女《しんにょ》だけが御嶽に入れる。沖縄で祭祀を司るのは神女、つまり女性であり、地域によってノロ、カミンチュ、ツカサンマなどの呼び名があるという。

伊織はその神女に会うためこの島を訪れた。

遠見台《トウンパラ》を目指して階段を上る。遠くに水平線が見渡せた。紺碧《こんぺき》、瑠璃《るり》、群青《ぐんじょう》……青を表す名前はいくつあるだろうか。そのすべてを使ったとしても、ここの海と空の美しさは語り尽くせない。

ざわざわと濃い緑が騒ぐ。海に囲まれた小さな島は、風が強い。

ふと、それが凪《な》いだ。

「先生、あれは」

芳彦が言うと、伊織も足を止める。

遠見台まであと少しというところ、拝所《ウガンジュ》の前に、小さな女の子がいた。五、六歳だろうか。肌の白さや、小洒落《こじゃれ》たレモンイエローのワンピースからして、地元の子供ではないようだ。観光客の子が迷子になってしまったのだろうか。だがそれにしては、女の子はあまりに真っ直ぐ、伊織を見つめている。まるで、待っていたかのように。

「おばあはね、ヒザがすごく痛いんだって」

　唐突に、女の子が言った。

「だから、わたしがきたよ。どっちが《サトリ》？」

　大人びた口調の子で、物怖《ものお》じなく尋ねる。伊織が数歩進み、静かに頭を下げてから「私です」と答えた。女の子はくるりとした目で伊織をまじまじと見て「にてるね、おかあさんに」と真顔で言った。伊織の母である洗足タリも、やはりしばしばこの島を訪れていたのだ。

「じゃ、そっちが《管狐》？」

　言い当てられ、芳彦も「はい」と丁寧に礼をした。どんな事情があるのかよくわからないが、とにかくこの幼い子が神女の代理なのだ。

「いこ。海をみながら、はなそう」

　女の子は軽やかな動きで残りの階段を上り始める。明るい黄色のスカートがひらりと揺れ、伊織と芳彦もあとに続く。

　遠見台からの景色は素晴らしく雄大だった。

　波の音に包まれた、三六〇度のパノラマである。海の向こうに宮古《みやこ》島が見え、その向こうは霞《かす》んでいる。飲み込まれそうな大きさは、いささか怖いほどだ。こんな場に立つと、自分の存在をひどく小さく感じてしまう。……否、普段の認識がおかしいのかもしれない。そもそもちっぽけな自分を、過大評価しているだけなのか。

「タリはここがすきだった」

　女の子は言った。

「あの人には、きまった神はいなかったようだけれど、ちゃんと神々をかんじていたとおもう。なにかにまようと、ここにきて、ずっと耳をすませてた」

「神々の声を聞こうとしていたのでしょうか」

　伊織が尋ねる。

　女の子は海を見つめ、肩までの髪を島風になびかせながら「どうかな」と返す。

「ただ、なみかぜの音をきいてただけかもしれない。でもそれは、神々のこえをきくことと、それほどかわらないから」

　くるり、と彼女の小さな身体が伊織を向いた。

「それで、おまえは？　タリのむすこは、どうしてここに？」

「……私にも、迷いが生じたからです」

　ほんの一瞬、伊織がこちらを気にしたのがわかった。一緒にいないほうがいいのだろうかと、芳彦は静かに距離を取ろうとする。だが伊織が気づき、首を横に振った。ここにいるように……つまり、芳彦も話を聞くべきということだろう。

「なにを、まよう？」

「私たちに害なす者に、どう対処すべきか――どうやって、大事な人たちを守るかを」

「まもりたい人がいるんだね」

「はい。ですが、もはや……守りきる自信がありません」

自信がない――そんなふうにはっきり言う伊織を、芳彦は初めて見た。

もともと自信過剰な人ではなく、常に自分を疑っているところはある。けれど、その自信のなさを口に出すことは今までなかった。それは自分の弱さを晒《さら》すことになってしまい、その弱さはともすれば……あの男のつけいる隙になる。

「まもるは、『目守《まも》る』だよ」

女の子が遠見台の柵《さく》にひょいと腰掛け、指で空に字を書きながら言った。なんと身軽なことか。その柵はさして頑丈そうではなく、芳彦はヒヤリとしてしまう。

「つまり見守る、目をはなさないということ。そもそもはそういういみ。おかあさんは、小さな子から目をはなさないでしょ？」

「見守る……」

「もちろん見ているだけじゃない。ころびそうになったら手をさしのべるし、おなかをすかせてたら、たべものをあげる。でも、ずっと見ているわけにもいかない。いっときも目をはなさないでいたら、おかあさんがうえて死んでしまうもの。そしたら、おやをなくした子も死んでしまうよね。いみがない」

女の子が、すっくと柵の上に立った。

芳彦はもう少しで「危ない」と言いそうになったが、彼女はぐらりともせず、あまりにも鮮やかで眩しい海を背景に背筋を伸ばしていた。

この子は……もしかしたら、人ではないのか。

人ならぬ者に、神女は言葉を託したのではないか。現実離れした考えだとわかっていたが、それが起きてもおかしくない……ここはそんな島なのだ。

「《サトリ》なら、しっているはず。人なんて、じぶんを守るのでせいいっぱいだ。それなのに、ほかのだれかを守りたいなんて――みのほどしらず、だね」

ニカッ、と女の子が初めて笑う。

身の程知らずとは、厳しい言葉だ。だが伊織は柵の上に立つ女の子を見つめながら「きっと、そうなのでしょう」と静かに答える。

「それでも私は、守りたいと思ってしまうのです。どうしても、それを止められない」

「ごうがふかい」

「はい」

「おなじことを、そこの《管狐》もおもっている」

まっすぐな視線が芳彦に移る。

「あるじを守るためなら、じぶんをもぎせいにする。まさしく、けんしんてき、だね。だけど、守られて生きのこったほうのきもちは？　じぶんのために、だれかがぎせいになって、そのあとしあわせに生きられるものなの？」

その献身は実のところ利己的だ……そんなふうに責められている気持ちになる。芳彦はなにも言い返せない。その指摘は間違っていないからだ。

伊織を守り切って死んだなら、芳彦は満足だ。悔いはなく、思い残すこともないだろう。けれどそのあと、主《あるじ》の悲しみを癒《いや》すのは？　もういない自分にはできない。芳彦の死で芳彦の世界は幕を閉じるが、伊織の世界は続いている。主はきっと、自分の為に芳彦が死んだことを引きずりながら生きて行く。それがどれほど酷なことか……具体的に想像したことはなかった。

「ですが」

思わず、芳彦は口にする。

「だからといって……この方を守らないことなど、できません。この方に危険が及ぶなら、私は……」

「たすければいい」

さらりと、女の子は言う。

「たすけるなとは言ってない。あるったけの力をかせばいいよ。そしてじぶんがあぶない時は、やっぱりだれかにたすけてもらえばいい。ずっとむかしだから、わすれちゃったかな。わたしたちは、まだじぶんたちがニンゲンだということもわかっていなかったころから、そうやってきたんだ。ひふを守る毛はうすく、ツメもキバもなく、かけ足はとってもおそい。ひとりひとりはひどくよわくて、だけどわたしたちは、あつまり、たすけあうことで生きのこってきた」

「助け合う……」

「たすけると守るのは、にているけどちがう。おばあのおばあが、むかし言ってたそうだよ。『一生おまえを守る』なんていう男には、とついじゃいけないって。そんな安うけあいしてもらえるほど、こっちの命はかるくないって。ただ、なにかあったときに、おしみなくたすけてくれる男を、えらびなさいって」

アハハッと笑い、女の子は柵の上から両腕を伊織に向かって伸ばした。降ろしてくれ、ということらしい。伊織は柵に近づき、女の子を恭しく抱きかかえる。

「だれかを守るためにつよくなる。そういうおはなし、よくあるけどね。でも逆もある。守るべきものがいると、よわくもなる。この《サトリ》がそうなってるように」

伊織の腕の中で女の子は言った。強い島風に伊織の前髪が乱れ、引き攣《つ》れた左眼の縫い目が顕《あら》わになる。

「タリも、むすこを守りたかった」

女の子はその傷を恐れることなく、伊織に抱っこされたまま、そっと指で触れる。

「だからこの目をふうじた。それがよかったのかどうかはわからない。この目があれば、見えるものはもっとおおかったはず。今まで死んだ人のなかで、すくえた命もあったかもしれない。あるいは、見えすぎることで《サトリ》の心はこわれ、しょうきをなくしたか、でなきゃ死んだか……じっさい、《サトリ》はながくは生きにくい。とくに男の子は、せんさいすぎて育ちにくい。タリはきっとよろこんでいる。ここまでむすこが、大きくなってくれて」

「……そうだとしたら嬉《うれ》しいです」

「そうにきまってる」

ぎゅっ、と女の子は伊織の首に抱きついた。やわらかそうな頰が触れ、伊織の表情がフッと緩むのがわかる。

「守ろうとするな。あれのことも」

伊織の耳元で、女の子は囁《ささや》いた。

その瞬間、伊織の顔に緊張が走ったように見えたのは気のせいだろうか。

「おまえはやさしすぎるね。あきらめがわるくて、いたいたしい。ほんとはわかってるはず。すべてを守ることはできないよ。あきらめて、うけいれたとき……見えてくるものもある」

言い終わると、小さな顎《あご》を上げて海を見渡す。しばらく、どこかわからない遠くをじっと見つめていたが、やがて呟《つぶや》くように、

「あらしが近い」

そう言った。

それを最後に、小さな頭がカクンと脱力する。頭だけではなく、全身から力が抜けたようだった。脱力した体が急に重くなったのだろう、伊織が慌てて腕に力を入れている。

芳彦がすぐに確認したが、呼吸は正常で、ただ眠っているだけのようだった。

そこからは芳彦が女の子を背負い、来た道を引き返す。

ふたりとも、なにも喋《しゃべ》らなかった。

なにを語ればいいのか、芳彦にもよくわからなかった。伊織が不安を抱えていることは以前から気づいていたし、この旅でより明確になった。主は、芳彦やマメを始めとした自分に近しい人々を、あの悪鬼からどうにか守りたいと思っていて、けれど現実的にそれはかなり難しく……ほとんど無理なことだともわかっている。

両腕に大事なものを抱えたままで、剣は振り回せない。

その剣がどれほど鋭利だろうと意味はない。

なにひとつ守るべきものを持っていない青目のほうが、遥《はる》かに有利なのだ。

集落に戻ると、東京から観光で来ていたという両親が、真っ青な顔で女の子を捜していた。遠見台にいたことを話し、女の子を母親に引き渡す。

女の子は年相応にぐずりながら母親に抱きついて「アイスたべたぁい」と言った。さっきまでのことは、まったく覚えていない様子だった。

「神女様が、あの子の体を借りてたんでしょうか」

帰りの船で、芳彦が聞くと伊織は「おそらくね」と頷《うなず》いた。

それきり芳彦は口を噤《つぐ》んだ。聞きたいことはほかにもあったが、そのほとんどは、聞いたところで意味の無いことだ。

あなたは弟が怖いのですか。

あなたは弟のなにが怖いのですか。

あなたは、本当のところ、弟と私たちの、どちらを選ぶのですか。

いいえ、選びたいと思っているのですか。

……聞けるはずがない。

空と海は互いの青を映し合うかのように美しく、船の揺れも少なかった。

けれど、あの子は言っていた。嵐が近い、と。

それはきっと、間違いではないだろう。

※

さて、相手を手懐《てなず》け、心を開かせたら次のステップだ。

ここからは飴《あめ》ばかりではなく鞭《むち》も必要になってくる。飴と鞭の意味はわかるな？　褒めてばかりでは相手はつけあがる。たまには否定することも大切だ。今まで自分を認めてくれていた者に否定されると、ものすごく不安な気持ちが芽生える。認めてもらえなくなったらどうしようと、怖くなるんだ。ずっと舐《な》めさせてもらっていた、甘い甘い飴がもらえなくなるなんて、とても耐えられない。だから、否定されたところを修正しようと必死になる。ダメ出しされた所がちゃんと直せたら、たくさん褒めてあげることだ。犬も人間も、褒めてやれば悪いところを直す。

もっとも、自分の悪いところをすんなり直せる人間なら、「誰も自分を認めてくれない」なんて甘ったれた泣き言を口にはしない。自分の欠点を自覚できず、あるいは自覚してる欠点を無視し続けて大人になった連中に、ろくなのはいない。そんなクズを手懐けるのだから、配慮は必要だ。

最初に否定するのは、ごく小さなことがいい。

その場ですぐ直せること。たとえば、視線が落ち着かない相手には「ほら、こっちを見て」と言う。それくらいは誰でもできる。たとえ0.5秒でもできたら、褒める。

あるいは、忙《せわ》しなく貧乏ゆすりをする癖なんかも指摘しやすい。ガタガタうるさい膝《ひざ》にそっと……ここは大切だ、そっと、優しく触れて「だめだよ」と教える。相手は絶対にやめる。優しく触れられることに慣れてないから、効果はてきめんだ。おとなしくなった膝をもう一度撫《な》でて「そう、それでいい」と笑いかければいい。

そんなふうに最初のうちは、簡単なことを優しく指導する。

そのうちに連中は『優しい否定』に慣れてくる。だが慣れは敵だ。連中を慣れさせてはならない。落ち着かせたり、安心させたりしてはならない。いつも不安定がいい。不安定な方がこちらは操作しやすいんだ。

だから、『優しい否定』はもうやめて『厳しい否定』にする。

この厳しさにもコツがある。ただ厳しいだけじゃだめだ。怖い顔で怒鳴って否定するだけでは意味がない。ポイントは落胆してみせること。「こんなこともできないなんて、きみにはがっかりだ」と嘆いてみせる。不安定な犬はまたうろたえる。落胆させてしまった、嫌われたらどうしよう、自分のことを認めてくれなくなったらどうしようと、大慌てでだ。そうならないために、こちらのいうことを聞く。今までと違って多少修正が難しい内容でも、必死に直そうとする。直すことができたら……そう、その通り。忘れずに褒めてやること。

こうやって少しずつコントロールしていく。

最初は簡単なことから、徐々に難易度を上げる。

なにをさせてもだめな犬でも、信頼してる飼い主の命令なら頑張るものだ。もちろん能力に応じた限界があるから、そこを見極めるのも大切。

飴と鞭でのコントロールがある程度進んだら、次に言葉を与える。

決まったキーワードを会話の中に繰り返し織り込んで覚えさせる。これは「覚えろ」と強制してはならないし、強制する必要もない。信頼する主《あるじ》が好んで繰り返している言葉は、犬も覚えるんだ。

だがしょせん犬だから、その言葉が持つ本来の意味なんか気にしない。多少物を考える犬が意味を欲しがったら、こっちに都合の良い解釈を与えてやればいい。その言葉はとても素晴らしく、犬の価値を高めるものだと、教えてやればいい。

ほら、言葉を吠《ほ》える犬のできあがりだ。

四

「沖縄といえばちんすこうなわけですが、僕もなんだかんだでかなりいろんな種類のちんすこうを食べてきました。チョコ、紅芋、雪塩、ココナッツ、ゴーヤ、唐辛子なんてのも。どれもそれぞれに美味《おい》しさはありましたが、究極的に自分がなにを求めていたのかを考えると、ちんすこうにバラエティな味は、果たして必要なのか。そんな疑問を抱き、最終的にやはりここに帰したわけです」

沖縄土産をデスクの上に置きながら、脇坂は朗々と語った。鱗田は眠そうな目で立っている脇坂を見上げ、「……ここって？」と聞く。

「プレーン。オリジナル。原点です」

「つまり普通のちんすこうか」

「ウロさん、普通って言っちゃうと、ちょっとつまんなくないですか」

「ちんすこうにつまんないも面白いもないだろ。ついでにもらっといてなんだが、この菓子、そんなにうまいか？」

「ああっ、またそういうことを！」

脇坂は、デスクに置きかけたちんすこぅの箱を、再び自分の胸にぎゅっと抱える。

「僕が苦労して買ってきたちんすこぅに、なんておっしゃりようです！　名物に美味《うま》いものなし、なんて言葉もありますけどね。あれは嘘ですよ。おいしいから名物になるんです。ただ、昔ながらの素朴な味わい重視ゆえ、クリームだのバターだのに慣れた舌にはわかりにくいだけで！」

「おまえ、クリームだのバターだのすごく好きじゃないか」

「そりゃ好きですよ。こう見えて、警視庁スイーツクラブの幹部ですからね僕は。でも僕ぐらい津々浦々を食べ歩きますと、舌はさらなる次元に肥えて、シンプルで素朴なお菓子の醍醐味《だいごみ》もちゃんとわかるようになるんです！　いいですか、このちんすこぅは空港や土産物屋あたりで買えるものじゃないんです。あらかじめ予約して、店舗に取りにいかなければならない伝統の味、原材料は小麦粉、砂糖とラードのみという……」

　ぬぅ、と出てきた手が脇坂の言葉を止めた。

「御託はいいから」

　ボソリと言ったのは目呂《めろ》である。Y対の事務方を引き受けてくれている女性で、とても無口な人だ。余りにも無口なので、たまにこうして口をきくと脇坂はギクリとしてしまうほどである。

「あっ、はいっ」

　目呂にちんすこぅの包みを渡す。

大きな黒縁メガネの下、目元がニヤリとした気がする。ちんすこうが好物なのかもしれない。お茶の時間にみんなに配ってくれることだろう。

「こだわりのちんすこう買う暇があったら、働けよ、おまえ」

鱗田に言われ「働きましたよ、ちゃんと」と返しつつ、ようやく椅子に腰掛ける。

「強風で帰りのフライトが延びたのは、僕のせいじゃないです。沖縄は台風の通り道ですからねえ」

「で？　報告は」

「はい。まずですね、先生はだいぶお元気になってました。僕を罵《ののし》るお声も溌剌《はつらつ》と」

「そうか。よかったな」

「はい！」

勢いよく頷《うなず》いたあとで、鱗田の「よかったな」が「先生が元気になったこと」にかかっているのか、それとも「脇坂が罵られたこと」のほうなのか、ちょっと気になった脇坂だが、話を進めることにした。どっちでも構わないし、もしかしたら両方なのかもしれない。

「先生いわく、やっぱり麒麟《きりん》なんて妖人はおらず、でも縁起の良い瑞獣《ずいじゅう》ってことで採用されたんじゃないか、と。宝來リンについてはとても気にしておいでした。宗教的な象徴としての立場を強要されている可能性、あるいは洗脳されている可能性についての懸念ですね」

「洗脳ってのはつまり、自分の意思でやっていると、思わされている？」

「そうです。マインドコントロールとも言いますよね」

「そう簡単にできるもんなのか？　催眠術にかけたりだとか？」

「催眠状態にして暗示をかける方法もあるそうですが、これには相応の知識とテクニックが必要らしいです。それより、徐々に思考力を奪ってしまう方法のほうが確実だと。時間と工夫は必要ですが」

「思考力を奪う？　暴力や恐怖で？」

「ある種の圧力をかけるわけですが、暴力や恐怖とは限らないそうです。いずれにしても、本人は自分でちゃんと考えてるつもりなのに、必ず洗脳する側が望む結論になるように仕向ける……」

「そんなことができるのか？」

「できるらしいです。たとえばウロさん、たまごサンド好きですよね？」

「なんで知ってるんだ」

「コンビニでサンドイッチ買う時、たいていたまごじゃないですか」

「まあな」

　鱗田が嫌そうな顔で肯定する。

　この人はなぜか、自分の好物を知られるのがあまり好きではないらしい。脇坂など、むしろ多くの人に語りたいと思うのだが。

「でも、ある日たまごサンドを食べたらそれが傷んでて、お腹を壊したとしますよね。それが三回続いたとしますよね？」

「そのコンビニは問題だぞ」

「保健所の検査が入りますよね……いやいや、今はそういう話ではなく。たまごサンドで三回続けてピーピーになったウロさんは、四度目にたまごサンドを買いますか？」

「買わんだろ」

「でしょ？」

店の品質管理の問題を疑っても、ほかの商品は正常なのだ。あるいは、違う店舗で買ってみても、やはりたまごサンドでだけ腹を下す。なぜなら、誰かが故意に鱗田の買ったたまごサンドに下剤を混ぜ込んだからだ。だが鱗田はそんなことは知らないので、悪者はたまごサンドになる。

「で、ウロさんは自分の意思で『たまごサンドは嫌い』になったと思う。つまりこれが洗脳です」

「ちょっと待て。そんなんでいいなら、わりと誰でもできちゃうんじゃないか？」

「それが怖いところだと先生も仰《おっしゃ》ってましたよ。洗脳だと意識せずに、似たようなことをしている人は結構いるだろうとも。ほら、他人をコントロールしたがるタイプの人っていますよね」

「いるなあ……すぐに何人か浮かんだぞ」

「もちろん今の喩《たと》えはわかりやすくシンプルにしたものです。似たような過程をもっと複雑にいろんなシーンで繰り返せば、より強い洗脳になります。そうすると第三者が『洗脳されているんだよ』と注進しても、もはや聞く耳持たず……」

怖《こえ》ェな、と鱗田が顔をしかめた。脇坂もまったく同感である。

「『麒麟の光』についてはどうです？　常磐さんが張ってたんですよね？」

「ああ。やはり宝來リンはかなり制限された生活を送っているようだ。基本、ひとりで出歩くことはできないようで、外出には必ず母親と、運転手もしている木村という信者がついてくる。外出先はほとんど、金持ち信者の自宅だな」

「たっぷり献金すれば、象徴様がお出ましになってくれる、と」

「そのとおり。香を焚《た》いて、瞑想《めいそう》みたいなことを一緒にしてくれるらしい。ただし、一番大切な浄化の儀式だけは、本部の特別な部屋でしかできないそうだ」

「どんな儀式なんでしょう」

鱗田は手帳をペラペラと捲《めく》りながら「えー、光のイニシエーション、だな」と教えてくれた。つい最近、鱗田はやっと、儀式についての詳細を聞かせてくれるもと信者に辿《たど》り着いたのである。

「一定の資格を得た者だけが『光のイニシエーション』に参加できる。象徴様がその信者に光を授け、心身を浄化してくれるそうだ。それすなわち麒麟の光、だな。見届け人はファーストガイドである宝來万記子と、象徴様の従者」

「従者？」

「木村という男かもしれんな。いつもリンちゃんに付き添ってるそうだから」

「いずれにしても、なんか胡散臭《うさんくさ》いですね……でも、そういった現実離れした状況をうまく演出できれば、人はそこに神秘を見いだすのかも。ほとんど喋《しゃべ》らない美少女が象徴様なのも、まさしく神秘っぽいですし。だけど、リンちゃん本人は……まだ十七歳でその生活はやっぱり問題ありですよ」

「あの子に関しては、殺人事件とはわけて考えなきゃならんからな。生安と児相が連携して動くことになりそうだ。ただ、まあ……うーん……」

鱗田が言葉を濁した部分は、脇坂にもなんとなく伝わってきた。身体的な虐待ではないし、本人に現状を厭《いと》う気持ちがないなら、あるいはその気持ちが自覚できていないなら、保護するのは容易ではないだろう。

「リンちゃんのお母さんは、どういう人なんです？」

「宝來万記子は十年前に入信しているな。その当時から施設内で暮らしていたらしい。本人の話では、神の声を聞いたこともある、と」

「神の声……」

「入信して二年くらいの時、神様のお告げがあったそうだ。娘を指し、『その子は麒麟であり、人々を導く存在だ』と」

「……なんというか……そうなんですか、としか答えようがないですね……」

「俺もそう答えたよ。神様を持ち出されると、それ以上追及できなくて困る」

　その当時、リンはまだ九歳の小学生だ。自分になにが起きているのかわからないまま、宗教団体の施設で暮らす事になったのだろう。

「あの子は高校に行ってないわけだが、本人は進学したかったようだ。木村がそう零《こぼ》していたと、もと信者から聞いた。リンは、自分の希望を口にすることを忘れてしまっているのかもしれないと……。なにか欲しがると罰せられるとか、そういうことじゃない。ただよってたかって『麒麟は欲を持たない聖なる存在』と言い含められてきたせいで、なにかを望むことを諦《あきら》めてしまった、と。あくまで、木村の印象ではあるが」

「でも、リンちゃんの近くにいるなら信憑性《しんぴょうせい》は高いかと」

「そうだな、木村にしても熱心な信者であることは変わらない。象徴様を崇《あが》め、麒麟の光の力も信じてる。だが、あの子は崇高な存在であると同時に、まだ十七歳の少女なんだから、ある程度の自由を認めてやればいいのに、と思っているらしい。口にはできないそうだけどな。団体内での地位はさほど高くないようだし」

「『麒麟の光』には、やはりヒエラルキーみたいなものがあるんですね？」

「あるぞ。幹部クラスが数人いて、金銭の管理や、儀式・伝道の指揮をしている。リンの母親はファーストガイドという伝道のトップだな。もちろん象徴様の母親として、娘の世話役でもある。信者たちはガイドの指導を受けながら、信仰心を磨いていくんだ。祈り、瞑想、奉仕活動、それから……」

「献金、ですね」

鱗田が頷いた。

「信者たちもグレード分けされていて、一定のレベルになると定期的に象徴様に会うことができる。つまり、麒麟《きりん》の光で浄化されるわけだ」

「その浄化って、具体的にどんないいことがあるんですか？」

「俺もまったく同じことを、もと信者に聞いたよ。そしたら、『具体的ないいことを求めているうちは、象徴様にお会いできないんです』ってことらしい」

愚問ということか。まあ確かに、信仰心のある人に「神様を信じるとどんないいことがあるんですか？」と問うのは愚かな俗物なのだろう。だが同時に、うまい言い逃れだなという気もしてしまう。

そのほか、脇坂がいないあいだにわかった事実を、鱗田は話してくれた。

まず、『妖人の権利を守る会』の仲村渠の疑いはきれいに消えたそうだ。仲村渠に明確なアリバイがあったことは脇坂もすでに聞いている。『麒麟の光』関係者の中にも、安部友親と接触した可能性がある人物は、今のところ見つかっていない。

「ただな、堀英美里のほうは『麒麟の光』とまったくの無関係ってわけじゃなかったんだよ」

二人目の被害者の名前が出た。

「まさか、信者だったとか？」

「本人じゃなくて、母親がな」

堀小夜子《さよこ》は堀英美里の実母で、一九八七年から四年間、『麒麟の光』の前身である『救いの光』に入信していた。

「母親は七年前に亡くなってるんだが、当時一緒に入信してた友人から当時の話を聞くことができた。かなりの入れ込みようだったと。ただ旦那《だんな》はそういう宗教活動を嫌ってたらしい。それだけが原因じゃないかもしれないが、結局離婚してる」

「母親が『救いの光』に入信していた頃、英美里さんは中学生くらいですね」

「多感な頃だな」

「もしかしたら彼女も母親の宗教活動を嫌がってたんじゃないでしょうか。そうだとしたら、『救いの光』を恨んでいた可能性はありますよね。まだこちらが気づいていないだけで、なにか復讐《ふくしゅう》的な行為をしていただとか……」

ウーン、と鱗田は首をまわして関節をポキポキ言わせる。デスクの隅には資料が山積みになっていた。老眼が進んで読むのが辛《つら》いと最近よくこぼしている。

「母親は『救いの光』のあとも、あちこちの小さな宗教に入信してるんだよ。仮に娘が宗教に母親を取られた恨みを持っているとしても、それは特定の団体というより、宗教そのものに対して、になるんじゃないか」

「ドクターショッピングならぬ、神様ショッピング……」

「それに、堀母娘《おやこ》はかなり仲が悪かったらしい。おまえがちんすこう買ってるあいだ、俺もあちこち奔走してな。堀英美里の実家は千葉にある公団で、同じ団地に、一家のことを覚えている人がいた。離婚した後は母と娘のふたり暮らしになったわけだが、喧嘩《けんか》の声がしょっちゅう聞こえたそうだ。娘は高校を卒業してすぐ、ほとんど家出も同然でそこを出たらしい」

――アタシはさ、「娘さんが心配じゃないの？」って聞いたんだけどねえ。あんな子は娘じゃない、って言ってたもの……。

公団で隣に住んでいた住人の話である。

――やっぱり、お母さんがよくわからない宗教にすぐハマっちゃうのが原因だと思うのよね。いえね、宗教が悪いってわけじゃないわよ？　ただ、それを子供に強要したり、離婚した旦那さんが入れてる養育費を献金しちゃったりっていうのはねえ……。

なるほど、そういう状況だったなら親子仲は悪くなるだろう。そして娘は宗教を嫌悪するようにもなる。

「だが、堀英美里さん自身が『麒麟の光』と関わってた証拠はまだなにもないんだよ」

つまり、捜査はさして進展していないわけだ。

脇坂は今一度、頭の中で整理を試みる。

安部友親、堀英美里ともに、頸動脈《けいどうみゃく》からの大量出血で死亡。太腿《ふともも》にナイフで傷つけた同じメッセージ。検視から、傷のメッセージは死亡する前に書かれたものである可能性が高いとされている。使われたナイフには本人以外の指紋はなし。

両者の共通点として、妖人《ようじん》に対する差別発言をSNSで繰り返していた。さらに、鑑取りでわかったこととして、両者とも親しい友人はおらず、人間関係の形成が苦手なタイプだったと思われる。安部はほとんど自宅に引きこもっていたし、堀は販売員などの接客業をしていた時期もあったが、どれも長続きしていない。当時の同僚の言だと「そこそこ美人なのにパッとしなくて、なんだかズレてる人だった」そうだ。これだけではよくわからないが、少なくとも同僚に良い印象を与えてはいなかったらしい。

SNSで酷似した発言をしていたにも拘わらず、被害者ふたりの接点はいまだ見つかっていない。お互いのことをまったく知らなかった可能性もある。

だが犯人はこのふたりを選んだ。

そして、あのメッセージ。

「……ウロさん。あの文章、ど、ち、ら、が書いたかはっきりしたんですか?」

被害者本人か。

あるいは犯人か。

「剖検でそれを明確にするのは難しそうだ。ナイフの指紋はそれぞれの被害者だが、そこはどうにでもなるしな……。座った状態で書いたとすれば、被害者本人と考えるのが自然。とはいえ、仰向《あおむ》けに寝かせたりすれば、犯人でも書ける。ただ、それぞれの遺体の傷の深さや、文字の癖を比べたところ、別人が書いた可能性が高いんだと。メッセージを書いたのが被害者だとしても、犯人に強要されたんだろう」

「犯人にとって、メッセージを残すことは必要だったわけですよね……。でも、自殺に見せかけたかったなら、堀さんの顔を殴りはしなかったはずです。犯人は殺人事件を隠蔽《いんぺい》したいわけじゃない。あと考えられるのは……」

なにかの暗号？

単に捜査を混乱させたいだけ？

あるいはどこかに出典《モトネタ》があったりするのだろうか？　だが、さんざん検索しているが、なにもひっかかってこない。ミステリ小説じゃあるまいし、このメッセージに捜査の鍵《かぎ》が隠されているわけではないだろう。しかし、少なくともここに犯人の一面は表れているはずだ。意味のないメッセージだとしても、『意味のないことを面白がる者』だということがわかる。

脇坂は改めて検視写真を見て、ふたりの傷を見比べた。

ジツニ
ツマラヌ
バケモノハ
シン
ダ

こちらが先に殺害された安部友親だ。そして、

ジツニ
ツマラヌ
バケモノハ
シンダ

こちらは堀英美里。脇坂は二枚を凝視しながら「改行がなあ……」と呟《つぶや》いた。

「改行？」

「どうしても、一箇所だけ改行が違うのが気になるんですよ。安部さんのほうは、どうして『ダ』が独立してるんでしょう」

鱗田が写真を手元に引き寄せ「俺も気になってたよ」と頷《うなず》く。

「書きやすさの問題かとも思ったんだが……安部さんは痩《や》せ型で、大腿《だいたい》前部の面積が堀さんよりだいぶ少ない」

「そうですね……」

脇坂はつい考えすぎてしまうが、そういった単純な理由なのかもしれない。人間は複雑な思考をしたかと思うと、ある瞬間は驚くほど単純にもなるのでややこしい。

「なぜあのふたりが犠牲者に選ばれたのかも、まだわかっていない」

「共通項は、妖人差別ですね」

「妖人差別主義者を懲らしめる殺人……ってのは、無理がありすぎるしな。仮にそうだとしたら、もっとわかりやすいメッセージを残すはずだ」

「ふたりが妖人差別をしていたのはただの偶然で、まったく別の理由があるとか」

「偶然にしちゃ、言葉の選び方まで似てておかしいんだよなあ……」

ウーン、と鱗田が顎《あご》を掻《か》いた。無精髭《ぶしょうひげ》から察して、三日は自宅に帰っていない。

「いわゆる劇場型犯罪という線は？　被害者への怨恨《えんこん》などがあるわけでもない。通常考えられるような動機はなく、世間を騒がせて注目を集めたいという犯人……あのメッセージも猟奇的な話題性を求めただけで、意味はないかもしれません。……そういう異常者の犯行だと考えた場合、あの傷のメッセージは……」

見たかった、のではないか。

被害者が怯《おび》えながら、そして痛みに苦しみながら、自分の身体をナイフで切りつける様子を見たかった——それをさんざん楽しんだ後は、あっさりと自分で殺し……。

ぞわり、とした。

「……あいつ、は関わってないんでしょうか」

名前を出さなくとも、鱗田には伝わったはずだ。

事務椅子に寄りかかり、キィと小さく鳴らしてから「その顔がちらつく気持ちはわかる」と先輩刑事は言う。

「いかにもあの男が作り出しそうな現場だった。だがな脇坂、あいつにあまり囚《とら》われすぎるな。可能性のひとつとしては常に考えなきゃいかんが、思い込みは危険だ。下手をしたら、真犯人を取り逃がすことにもなりかねない」

「はい。肝に銘じます」

脇坂は頷き、気を引き締めた。鱗田の言う通り、青目甲斐児に囚われすぎれば事実を見失うことになるかもしれない。常人では理解できない残虐性、決して証拠を残さない綿密な犯行……それに対し、「青目だから」と思ってしまえば、そこで思考停止に陥る。犯人に辿《たど》り着くための地道な調査も、鑑取りもしなくていい。しかも、青目甲斐児は相変わらずまったく居所が摑《つか》めない。捕まえられない青目を被疑者と確定し、実は他に犯人がいましたなどという顚末《てんまつ》になったら……それこそ、目も当てられない。

脇坂と鱗田は、その日も遅くまで捜査資料に目を通した。

深夜、脇坂はとりあえず一度自宅のマンションに戻ることにした。沖縄に出発してから数日自宅に戻っていないので、着替えも限界だ。

マンションに帰っても食べるものがなにもないと気づき、コンビニエンスストアに立ち寄る。零時の手前頃だ。ちょうど次の搬入が来る直前なのだろうか、おにぎりの棚がスカスカでがっかりしてしまう。チャーハンおにぎりは残っていたが、今は白いお米が食べたい気分だった。チンするご飯でも買おうかな……とおにぎりの棚から離れた時、レジカウンターのほうから大きな声が聞こえた。

「だからぁ、ちゃんと謝れって言ってんのぉ」

だいぶ酒が入っているな、と脇坂はそちらを見た。レジの中に入っているのは若い女性がひとりで、酔客は彼女に向かってクレームをつけているらしい。しわくちゃのジャケットを抱えた中年男性だ。会社帰りに、かなり聞こし召したらしい。

「はい、あの、もしわけ、ありませんでした」

ややたどたどしい日本語からして、外国人留学生なのだろう。アジア系だが、日本人よりだいぶはっきりした顔だちだ。

「モシワケ、じゃないってば。モウシワケ、だよ。詫《わ》びもまともにできないのぉ？」

「……もうしわけ……」

「笑顔もないしさぁ。感じ悪いんだよ。だいたい、最初にそっちが釣り銭落としたんだからな？　それに対して謝れって言ってんだよ。オレ、間違ってる？」

「いいえ……ほんとに、もしわけ……」

「も、う、し、わ、け！」

男の声が店内に大きく響く。これはひどい。脇坂が止めに行こうとした時、ほとんど走るようにして、大股《おおまた》でレジに向かう姿があった。その女性を見て、脇坂は「あ」と小さく声を上げた。

「いい加減にしていただきたいのですが」

淡々と、だが明瞭《めいりょう》な口調だった。

酔っぱらいは小柄な女性を見下して「はぁ？」と身体を揺らめかせる。

「どうも勘違いしてる人が多いようですが、お客様は神様ではありません。サービスを提供する側と受ける側は同等です。客だからといって、店員に無茶ないちゃもんをつけていいわけではありません」

「なにいってんのあんた、いちゃもんなんか」

「今までのやりとりを客観的に判断したら、どう見てもいちゃもんですよ。あるいは差別意識に基づく、外国人に対する嫌がらせに見えます」

「俺はァ、そんなつもりないっての！　ただ、この子の謝罪がァ、ちゃんとしてねえからさァ！」

「それではあなたが外国に行った時、現地の言葉がうまく喋《しゃべ》れなくて執拗《しつよう》にからかわれたとしたら、それは嫌がらせではないと？　完璧《かんぺき》に喋れない自分が悪いのだと、そう思うわけですか？　外国語をきちんと喋れないことを謝罪しろと言われたら、あなたはそうするんですか？　アイムソーリーのrの発音がなってないと指摘されたら、何度も何度もソーリーソーリーと繰り返しますか？」

やっぱり、似てる。

彼女の語り口を聞きながら脇坂はそう思った。サラサラと流暢《りゅうちょう》に、だが確実に相手を追い詰めていく感じが、あの人にとても似ているのだ。男はグッと言葉に詰まっていたが、さすが酔っ払い、すぐに「知るかよっ」と勢いを取り戻した。

「失礼なことをされたから、謝れって言ってるだけだよ俺は」

「失礼なのはあなたですよ。彼女はさっきから一生懸命謝罪してるじゃないですか。だいたい、お釣りを落としたくらいでそんなに謝罪を要求するほうがどうかしています。彼女がお釣りをあなたに向かって投げつけたというなら話は別ですが、先程から見てる限りそんな様子はありませんでしたし、むしろそれだけ酔っぱらってるあなたがお釣りを受け取りそこなったという可能性が高いのでは？」

「てめえ、えっらそうに！」

男はますます声を大きくし、一歩女性に近づいた。

「引っ込んでろ！　俺ァなァ、舐《な》められるのは大嫌いなんだっ。女だからって容赦しないぞ！」

「おや」

彼女の方も男に一歩近づく。臆《おく》する様子はなく、堂々とはしているが……でもやはり小柄なので見ている脇坂がヒヤヒヤする。

「それはつまり、私が引っ込まなければ、あなたは私に害をなすかもしれないという脅迫でしょうか。だとしたら私は直ちに警察を呼びます。脅迫罪が成立しますからね。あ、ちなみに私、弁護士です」

男は今度こそ言葉を失った。赤ら顔にさらに血が上り、拳《こぶし》を握りしめる。

まずい。

脇坂はなるべく静かに、だが素早くレジに近づき、男と女性のあいだにスッと割り入る。男が「な、なんだ」と身構えた。女性は脇坂の背中側にいるので、その表情は見えない。

「あっ、ちょっと、すいませ〜ん」

我ながらとても軽薄な声が出た。

「なんかなんか、揉《も》めてます？　でも、そろそろいいんじゃないかなって。ねえ、もういいですよねえ？」

満面の笑みを作り、まずはレジの中にいる店員に問いかけた。なにがどういいのか、さっぱりわからないはずの彼女だが、それでも真顔でコクコクと頷《うなず》く。胸につけている名札はニャットさんだ。彼女がとにかくこの事態を収束させたいという気持ちがよく伝わってきた。

「ですよね、もういいですよ〜。そちらのお父さんも、時間もね、ほら、遅いし、そろそろ帰りましょう。明日もお仕事なんじゃないですか？」

「お、俺は……」

逆上しかけていた中年男は、その感情のやり場に困っているようだった。まだ握ったままの拳を小さく振りながら「俺は、ただ、謝ってほしかっただけで」と整わない呼吸でいう。

「ですよね！」

脇坂は大きく頷いて肯定した。

「謝罪、謝罪は大切です。人と人とに確執が生じた時、謝罪によってそれが解決することも多いわけで！　謝罪することは大切、そして謝罪されたほうは気持ちよく相手を許すことも大切かと！　そこで今回はですね、海外から日本語を勉強しようと来てくれた彼女にかわりまして、僕が謝罪させていただきます！」

ビシッ、と脇坂は姿勢を正す。

これでも一応警察学校は出ているのだ。なんなら挙手敬礼だってできるが、日本の警察では、脱帽時に挙手敬礼は行わない。脱帽時の室内敬礼は15度と決まっているのだが、酔っぱらいおじさんに対してのパフォーマンスならば、もう少し深い方がいいだろう。

「申しわけありませんでした！」

明瞭に発音しながら、上体を30度くらいまで曲げる。

そのまましばらく静止する。中年男の「お、おぉ……まあ……いいよ……」と次第に小さくなる声が聞こえてから、シャキン、と身体を戻す。

「ご理解ありがとうございます」

男と目をあわせて、微笑んだ。男はすぐに脇坂から目を逸《そ》らし、なにかブツブツ言いながらコンビニを出て行く。だがレジカウンターの上には男の買ったビールとつまみの入った袋が置き忘れられていて、脇坂はそれを摑んで後を追った。店の前で男に手渡し「気をつけて帰ってくださいね」と言い添える。

男は自分の買ったビールをしばし眺めてから「ウン」と小さく頷いた。

店内に戻ると、店員のニャットさんが何度も礼を言ってくれた。

深夜はふたり体制のシフトなのだが、ちょうどもうひとりが休憩に出ているところだったらしい。ベトナムから来てまだ三か月という彼女はとても怖かったことだろう。同じ日本人だってあんな酔っぱらいを相手にしたくはない。

そして、その酔っ払いと果敢に対抗しようとした人は……。

「……脇坂さん、でしたね」

「はい」

名前を覚えていてくれたことがちょっと嬉《うれ》しく、脇坂はにやついてしまった。

だが彼女、小鳩ひろむはニコリともせず「ご協力ありがとうございました」と静かに頭を下げる。

「落ち着いて考えれば、酔っぱらいを理詰めで納得させるのは無理がありました。もっと効果的な方法があったと反省しています」

「あっ、いや、でも突然のことでしたから。見て見ぬふりをしないだけでも、勇気がいると思います」

「結果的に、脇坂さんがあの男性を懐柔してくださって助かりました。頭を下げさせてしまい、申しわけなかったです」

「いえいえ！　全然大丈夫です」

脇坂は明るく答える。

「僕、謝るの得意ですから！　謝ったところでなにが減るってわけでもなし！」

「……減りませんか」

窺《うかが》うように、小鳩は上目遣いになる。

「減りません減りません」

「でも脇坂さん、警察官ですよね。自尊心的なものとか、傷つきませんか」

「じそんしん。うーん」

小鳩がなにを言いたいのかわからないわけではなかった。誰かに対して謝ったり、自分の非を認めたり、失敗したり間違えたり……そういうことを恥ずかしいと思う気持ちは、もちろん脇坂にだってある。だが、自尊心が傷つくというのはちょっと違う気がする。そういえば姉たちにも「洋ちゃんのプライドはどこにあるんだろうねえ」としばしば不思議がられていた。そんな脇坂なので、さっきのようなケース、つまり自分はちっとも悪くないがとりあえず謝って場を収める……みたいなことでも、やはり自尊心は傷つかない。

「ええとですね。僕にも、それなりにプライドっぽいものはあると思うんです。でも」

言葉を探していた脇坂だが、もう深夜なのだということにはたと気づいた。自分はともかく、小鳩は早く家に帰してあげるべきだろう。

「すみません。こんな遅くに話すようなことじゃないですね」

「私はべつに構いませんが」

「ええと、じゃ、歩きながらとか。僕、三丁目なんですが」

「同じ方向です」

どうやら、小鳩は近隣に住んでいるらしい。これは嬉しい偶然だ。

ニャットさんが手を振って見送ってくれる。静かな夜道を歩きながら、脇坂はしみじみとこの巡り合わせに感謝していた。那覇で会って以来、小鳩のことは気になっていたのだ。第一印象が「可愛いなあ」で、次に「怖いなあ」に変わり、しばらくして「正しいなあ」となり、最終的に「やっぱり可愛いなあ」に着地した。もらった名刺に連絡してみようかと考えたこともある。だが小鳩のほうは、失礼な刑事だった脇坂たちにいい印象は持っていないはずなので、二の足を踏んでいたわけだ。

「刑事って、プライド高そうに見えるんでしょうか」

小鳩の歩調に合わせながら脇坂は聞いてみた。

「もちろん警察官の皆さんには、国民を危険から守るというプライドがあってしかるべきかと思います。それを悪いと言うつもりはありません。中でも警視庁の捜査一課といえば、優秀な刑事さんが揃っていると聞きますので、自尊心もひときわなのではと想像しました」

「ハイ。たしかにそういうところがあるかもしれません。でもまあ、僕は捜査一課と連携しているものの、妖人《ようじん》対策の部署なので。……あ、先だっての仲村渠さんの件では、不愉快な思いをさせたことをお詫《わ》びします」

「不愉快だったのは常磐さんで、脇坂さんではありません。また常磐さんにも悪気がないのはわかっています。ただし、悪気がなければ許されるわけでもありませんので」

「まったくです」

「……私も少し短気でした」

「仲村渠さんのご友人として、立派だったと思いますよ！」

小鳩がふいに立ち止まった。どうしたのかと思ってその顔を見ると、少しだけ眉《まゆ》を寄せ、きょろりとした眼でこちらを見上げて、

「脇坂さん、変わってると言われませんか？」

そんなふうに聞かれる。

小柄で幼顔、鼻はちんまりと目は黒目がち、口元はだいたいへの字……小鳩はなにかに似てると前から思っていた脇坂だが、今わかった。

コツメカワウソ。

あれに似てて、可愛い。

「変わってるというか、チャラいとよく言われます」

「ああ、それもわかりますけど」

そこですんなり頷かれるのはいささか悲しい。

「刑事って個性的な人多いですし、みんな変わり者なのかもしれません」

「刑事としてというか……男性として、でしょうか。私、わりと男性から敬遠されがちなんです。理屈っぽく、面倒くさい女なので」

「そうですか？　でも仲村渠さんとは親しいんですよね？」

「男友達は彼くらいなんです。仲村渠くんは、とても鷹揚《おうよう》だから」

「わかります。いい人ですよね。…………あのー、友達、なんですか？」

「はい？」

コツメカワウソがきょろりと脇坂を見る。

「いえ、あの、もしかしたら交際されてたりするのかなって」

「違います。仲村渠くんにはもう長くつき合ってる彼女がいますよ」

「そうでしたか。……そうでしたか、うん」

なぜか足取りがふわりと軽くなり、スキップしたい気分になった脇坂である。もちろん自粛したが。

「小鳩さんはちょっと理屈っぽいかもしれませんが、面倒くさくはないですよ」

「お気づかいいただいて恐縮です」

「あなたの論理的な思考を面倒くさがる人は、自分に論理性が足りないんでしょうね。まあ、気分と直感で生きてる人もいますし、それはそれで楽しい人生かもしれません。人それぞれってやつです」

でも、と脇坂はにこやかに続けた。

「僕は、物事の道筋をきちんと考えられる人が好きです。正直、僕はそういう考え方が得意じゃないので、刺激を受けます。自分の間違いを教えられることも多いです。ただ、自分が間違ってることに気がつきたくない人もいますからね」

「さっきの酔っぱらいのように？」

「はい」

酒くさく、くたびれ果てた、おそらくは定年寸前であろう男の顔を思い出す。自分の酒量がわからないような年ではない。酔っぱらいがみっともないことも百も承知だろう。それでも、飲んで忘れたいことがあの男にはありすぎたのかもしれない。そういう酔っぱらいに同情し、許してやれというつもりは毛頭ないのだが……。

「どんな事情があるにしろ、酔っぱらってコンビニの店員に絡むのはよくないことですけど……でも、ああいうのは、なんだか……」

悲しい。

小声で、そう結んだ。

自分が弱いと認められず、自分が弱いことを受け入れられず、酒の力を借りて憂さを晴らそうとする。圧倒的に強い者が弱者から搾取するのではない。弱い者が自分よりさらに弱い者から奪うのだ。脇坂が扱う事件にもそういったケースは増えている。そのたびに気分は沈み、いったいなにをどうすればこういう連鎖が終わるのかと考え、いい考えが浮かんだことなど一度もなく——その度に無力感に苛《さいな》まれる。

「……脇坂さんはやっぱり変わってます」

再び歩き始めながら小鳩が言った。

「悪い意味ではありません。ユニークな方だと思います」

「悪い意味ではなくユニークなら、小鳩さんもですよ」

「かもしれません」

「僕の尊敬する方に、ちょっと似てるかも」

「………背が低くて無愛想な女性なんですか？」

「あ、いえ男性なんですが」

洗足伊織の顔を思い浮かべながら、脇坂は言った。

「聡明《そうめい》で、厳しく、心根の優しい方です」

だが小鳩からの返事がない。

なにか気に障ってしまっただろうかと不安になり、脇坂は長身を折り曲げるようにして「小鳩さん？」と彼女の顔を覗《のぞ》き込んだ。

深夜の歩道はぼんやりした明るさで、小鳩の顔は困っているようにも見えた。

＊＊＊

だめだな。これはだめだ。

ひどいものだ。失敗だ。

まあ失敗はある。失敗を重ねてこそのスキルアップだ。それにしても、ここまでの時間と手数をかけての失敗ともなると、さすがに残念だね。殴りたくもなる。こっちに書け、って何度も教えたのに……ここじゃ意味がなくなってしまう。伝わらないかもなあ。

ちょっとした遊び心にすぎないけど、そういうのを大事にしたいんだよ。

言っとくけど、彼はちゃんとできたんだぞ？　小さいナイフで、上手に切ってた。

なにがだめだったのかな……女は催眠が効きにくいとか？　いや、そのへんはむしろ個人差のはずだ。もっとデータが欲しい。何人かまとめてデータを取る方法があればいいんだけど……ああ、もういいから。泣かなくていいから。

わかったわかった、自分でできないならしょうがない。

うるさいな、静かに。泣くな。黙りなさい。

やってやるから、黙れ。

五

——おまえはほんと、理屈っぽくて可愛げがないわね。

小鳩ひろむは、母親によくそう言われていた。

小学校の高学年ぐらいで、すでに言われていた記憶がある。とはいえしょせん小学生だ。たいした理屈をこねたわけではないと思うのだが、母親はしょっちゅう渋い顔をしていた。子供の頃のことを母親に聞くと、とにかく「どうして?」と聞く子だったらしい。「靴を脱いだら、向きを変えてそろえなさい」「どうして?」「その方が、後で履くとき履きやすいでしょ」「どうして履く時にそろえるんじゃだめなの?」「先にそろえていたほうがいいでしょ」「先でも後でも、そんなに変わらないと思うんだけど」……と、こんな感じだったらしい。たしかに面倒くさい子供だ。

だが、これだけは誓って言えるのだが、ひろむは母親に対して反抗していたとか、困らせてやろうとか、そう考えて質問していたわけではない。本当に疑問に思ったから聞いていたのだ。おそらく当時の自分が求めていた回答は、「靴をすぐそろえても後からそろえても、それほど大差ないように思えるが、出かける時は急いでいる場合も多く、ほんの短い動作であっても省略できるに越したことはない。また、帰ってすぐに靴をそろえるということを習慣づけてしまえば、玄関に何足かの靴があったとしても常にそろっているはずで、見た目もいい。以上の理由で、靴は帰宅して脱いだ時に毎回そろえるのが望ましい」というものだったのだろう。

それでは仮に自分に子供がいたとして、毎回こんな調子で詳細に説明できるかと問われれば、ひろむも自信がない。大人の日常はとても忙しいのだ。従って、母親を恨むつもりはさらさらないし、理屈っぽい子、と呼ばれたことに対しても仕方ないかなと思う。そのあともずっとひろむは理屈っぽい子供だったが、両親は愛情を注いで育ててくれた。母親は弟をより可愛がっていたような気もするが、その程度の不平等はどこの家庭でもあるだろうし、実際弟はとびきり可愛かったから仕方ない気もする。それでも、「可愛げがない」と言われるのは、幼心に傷ついた。

可愛げがない、あるいは可愛くない。長じてからも、しばしばその言葉をぶつけられ、そのたびにひろむは悩んだ。その「可愛げ」とはいったいなんなのだろう。いくつかの状況から判断すると、それはどうも、「常に愛想よくして、相手の意見に逆らわず同意する」ことらしい。これはひろむにはとても無理だった。相手の言葉を真摯《しんし》に受け取り、きちんと考えれば、同意できないことも多いのだ。

ひろむの理屈っぽさは父譲りだったらしく、大学病院の研究員だった父は「おまえは理系か法律系に進むといい」とよく言っていた。

結局ひろむは後者に進んだわけだが、法律の世界というのは論理優先というより判例優先であり、想像していた世界とは違った。それでも誰かの役に立てるこの仕事にはやりがいを感じている。

三十三歳になった今も相変わらず理屈っぽいひろむだが、それなりの処世術は身につけてきた。例えばクライアントの話が論理的に支離滅裂でも、最後までじっと聞くくらいの忍耐力はある。女友達に恋愛相談を持ちかけられた時には、とりあえず論理的思考は置いておくべきであることも学んだ。もっとも、ひろむは友達が少ないので、恋愛相談をされたことはほとんどない。

だが、我慢ならない場合もある。

大きな権力を持った者が、理屈に合わない要求を強いてくる時だ。

数少ない男友達である仲村渠のところに警察が来た時も、ついアグレッシブな反応をしてしまった。あとから仲村渠に「ひろむんは相変わらずだなあ」と笑われて少し気恥ずかしく、けれどそのあと真顔で「ありがとね」と礼を言われて、ますます恥ずかしくなってしまった。あの時、ひろむは一度刑事たちを追い返した。しかし、直後に仲村渠が「あ、『麒麟《きりん》の光』のこと話しといたほうがいいかも」と言い出したので、彼らを追いかけて階段室に出たのだ。その時、脇坂という刑事がこう言っているのを聞いた。

——自分にも偏見や差別意識があると自覚して、そこで初めて、どうすればそれらをコントロールできるか考えられるのかな、って思うんです。

なんだ、この人はちゃんとわかってるんだなと思った。もうひとりの刑事、常磐のほうが先輩なので口出しは控えていたのだろう。さらに彼は、

――今の時代、可愛げなんて『感じがいい』くらいの意味なんですから、誰だってあったほうがいい。

いわゆる、目から鱗《うろこ》だった。

そうなのか。それだけの話なのか。そう考えたら、楽なのか。

そしてあの刑事は、当然のように男でも「可愛げ」を装備すべきと考えているのか。

偶然にも脇坂と東京のコンビニで再会した。話をしながら夜道を一緒に歩き、脇坂はかなり遠回りになるのに、ひろむのマンションの近くまで送ってくれて、別れ際になんとなくSNSのアカウントを交換した。

あれから十日ほど経つ。

脇坂とは二回、駅前のカフェで一緒にモーニングを食べている。一回につき三十分ほどしか時間はない。脇坂の仕事は、夜の終わりがほとんど読めないらしい。捜査本部が稼働している間は自宅に戻れないこともしょっちゅうのようだ。朝なら時間をつくれるんですが、ご迷惑でしょうか。そんなふうに聞かれたので「迷惑ではありません。合理的だと思います」と答えた。

脇坂洋二は、なんだか風変わりだ。

今までもひろむの理屈っぽさを面白がる男はいた。

「そんなに理論武装しなくていいよ」とにやつく勘違い男、「さすが弁護士さんは違うね」とイヤミを垂れる男、さらには「クールなんだね。なら、割り切った関係も平気でしょ？」などと言い出すセクハラ野郎。ひろむが思うに、彼らの中には『女は理屈っぽくないはず』という大前提があるようだった。だからこそ、その規範から外れるひろむには、なにか特別なレッテルが必要だったのだろう。

脇坂はひろむにレッテルを貼らなかった。

女なのにだとか、弁護士だからだとか、そういうことは一切口にせず、ただ、

──物事の道筋をきちんと考えられる人が好きです。

と言っていた。自分の尊敬する人に似ているとまで言ってくれた。

ひろむからしてみれば過分な褒め言葉をいただいた気分で、むしろ褒め殺しを疑ってしまうほどなのだが……脇坂にそんなつもりはとんとないらしい。もしかしたらひろむを褒めているということすら、意識していないのかもしれない。ただ思ったことをそのまま口にしている、そんな感じなのだ。自然体すぎて怖いほどである。

脇坂はとても綺麗《きれい》な顔をしている。

柔和そうで品が良く、物腰もソフトだ。逆に言えば、力強さや押しの強さは感じられず、正直刑事には見えない。

──姉に囲まれて育ったからだと思いますよ。

ＢＬＴサンドにかぶりつきながら脇坂は語った。

――僕、いまどき珍しい六人姉弟《きょうだい》なんです。上の五人、ぜーんぶ姉。いやあ、なかなかタフな環境ですよ。あはは。

屈託ない笑顔が朝の光に眩《まぶ》しいほどだった。ひろむの所属している事務所はくたびれたおじさん弁護士ばかりなので、いっそうである。もっとも、そのくたびれた人権派の弁護士おじさんたちを、ひろむは心から尊敬もしている。ワイシャツはまめに替えてほしいと思うが。

「へえ、それじゃ夜のデートはまだなんだ？」

仲村渠に言われ、ひろむは「デートはしてない」と答えた。

「一緒にモーニング食べるのはデートじゃないでしょ。ほんの三十分だし」

「デートでしょ」

「違います」

「うはは。脇坂さん、チムいやっさ〜」

からかい気味の沖縄言葉に、ひろむは軽く仲村渠を睨《にら》んだ。チムい、とは確か可哀想という意味のはずだ。

七月も下旬に入った頃、仲村渠が東京に出てきた。

『麒麟の光』本部を訪れる為である。だが、先だっての殺人事件は関係していない。それとは別に、『麒麟の光』は現在、窮地に立たされているのだ。

「いやー、マスコミは怖いねー」

定食屋のテーブルで、仲村渠は大きな身体の肩を竦《すく》めた。

「もっと怖いのはSNSだよね。雑誌の記事があっというまに拡散して、さらに詳しい情報まで出て、でもそれがウソかホントかぜんぜんわからないまま広まって」

「……なんだか、作為的なものを感じるのよね」

定食屋のメニューを見ながら、ひろむは零《こぼ》す。真偽の程が怪しい情報もしばしば掲載される雑誌に、『麒麟の光』の記事が掲載されたのだ。


17歳美少女教祖が家庭を崩壊させる！

宗教法人『麒麟の光』の生み出す闇とは!?


使い古されて、もはや扇動的かどうかもよくわからないタイトルである。17歳美少女教祖というのは必須《ひっす》ワードだったのだろう、くどいほど強い字体が使われていた。しかも、事実誤認だ。十七歳の少女を崇拝しているという実情はあるようだが、その子は教祖ではない。教祖というのはその宗教の開祖を示すのだ。『麒麟の光』の前身である『救いの光』は八〇年代に設立されたそうだから、十七歳で教祖では計算が合わない。こんな基本的なところもチェックしないことに呆《あき》れたひろむだが、もしかしたら間違っていることを承知なのだろうか。『美少女教祖』という語感を優先させた？　だとしたらさらに悪い。

記事内容は、かつて信者だった数名を取材したものだ。今、テーブルの上で仲村渠がペラペラと捲っている。

「『麒麟の光』に入れ込んだ母親が、生活費を献金しつくして、闇金にまで手を出した、と。……まあ、こういうケースはないわけじゃないからなあ。でも家も土地も全部売ってしまったとか、娘を風俗嬢にして稼がせたとか……盛ってる感あるよね。取材先は匿名だからなんとでも言えるし」

「仮に、そういったことがあったとしても、どうして急にその話が出てきて、しかも雑誌にすっぱ抜かれたのかも気になるのよね」

「それはさ。たぶん、ここが書きたかったんじゃないの？」

トン、と仲村渠の指先が小見出しを叩《たた》く。

妖人《ようじん》崇拝宗教か⁉　美少女は《麒麟》！

ひろむも同意見だ。この記事を書いた人間が「おいしいネタ」だと思ったキーワードは、美少女、宗教、妖人なのだろう。

「数で言えば、差別されてる妖人の方が圧倒的に多いけど、稀《まれ》に特別視されて崇《あが》められる妖人もいるからね。アーティストなんかには多いかな。人気バンドのボーカルが妖人だって公表したり、画家とか小説家とか。芸能人にもポツポツ出てきたもんなあ」

「妖人だから差別されるのもおかしい話だけど、その逆も変よね。妖人うんぬんじゃなく、個々人の才能や能力が評価されるべきなのに」

「ウン、そう思う。ただ、生まれつきの能力を持ってる妖人はいるじゃない？」

ひろむは「そうだね」と頷《うなず》いた。

例えば、妖人《河童《かっぱ》》に分類される人は、生まれつき肺活量が大きく、水中での視力も優れ、また体温の下がりにくい体質らしい。そういう遺伝子を持って生まれてきているのだ。オリンピック選考会のあとで妖人検査をし、自分が《河童》だとわかり、結局出場資格がなくなったケースがあった。公平ではないということだろう。

「まあ、そういうスペシャルな人は本当に珍しいけどね。さらに珍しいのが、身体的能力じゃなくて……あ、生姜《しょうが》焼き定食ください。ごはん大盛りで」

注文を取りにきた女将《おかみ》さんに、仲村渠は言った。ひろむもそれに続き、「ゴーヤチャンプルー定食ください」とオーダーする。仲村渠の濃い顔を見ていたら、なんだか食べたくなってしまったのだ。

「ひろむん、ゴーヤじゃないよ。ゴーヤー」

「それ、いつも言うけど、どっちでもいいんじゃないの？」

「いやいや、ここだけはテーゲーにできません。ゴーヤー、です。伸びるよ」

「はいはい。で、身体的能力以外では？」

ゴーヤー、ともう一度念を押した後、仲村渠は話を続ける。

「例えばさ。僕は会ったことないけど《サトリ》ってほんとにいるらしいよ」

「相手がなにを考えてるかわかる、ってこと？　まさか」

「東京にひとりいるって。会ったことのある人に会ったっていう話を聞いた」

「友達の友達の話、ってやつよね。だいぶ怪しいなあ」

「もちろん、相手の考えてることぜんぶわかるとか、そういうんじゃないみたい。聞いたところだと、妖人かどうかがわかるとか」

　つまり、妖人遺伝子検査キットいらずの人、ということだろうか。

　ひろむは基本、科学的論拠の弱いものは信じない姿勢である。だが、強引に科学的根拠を求めるならば、妖人遺伝子と呼ばれるDNA配列がなんらかの妖人的特徴を身体的に露呈させており、それを鋭敏に感知できる能力者がいる、という可能性はゼロではない。とはいえ、やはり眉唾《まゆつば》だ。

「ほかにも、予言のできる《件《くだん》》とか……噂だけど聞いたことあるなあ。そのへんの真偽はさておき、いろんな感覚が一般の人より鋭いタイプの妖人は結構いるよね。ほとんどはそれで、困ったり悩んでる人なんだけど。まあとにかく、そういう感覚派？的な人は、さっき言ってたアーティストになったりする場合が多いんじゃないかな。で、そういう人ってカリスマになりやすいでしょ」

　カリスマ。

　もともとのギリシア語では「神の賜物」という意味だったと記憶している。

要するに、神様から与えられた特別な力ということだ。現代の日本では「特別な存在感と強い魅力を持った人」の意味合いで使われることが多い。

『麒麟《きりん》の光』のリンちゃんも、カリスマの役どころを与えられてるんじゃないかと思うわけさ」

「きれいな十七歳の女の子と、狡賢《ずるがしこ》い大人がいれば可能ね」

週刊誌には、中学生の頃の宝來リンの写真まで載っていた。切り揃えられた前髪と、その下の黒目がちな目が印象的で、たしかに独特な雰囲気を持つ美少女だった。

「あの子はべつに悪くないのに、今回の騒動で槍玉《やりだま》に挙がるのは……しに可哀想やっさ。盗み撮りされたり、過去をねつ造されたり……ほら、例の殺人事件、あれにも関与しているなんて噂を流されたり。匿名のSNSだからって、あんなの下手したら名誉毀損《きそん》でしょ。ねー、弁護士さん？」

「やってもいない殺人事件の犯人だって吹聴《ふいちょう》されたら、名誉毀損になるね。……で、仲村渠くんはその子を助けるために『麒麟の光』本部に行こうと思ったわけ？」

「そうね。それもあるし、向こうも妖人の多い団体なわけでしょ。なら、こういう時に力になってあげたいな、って」

「で、いつ行くの」

「今日。これからなんだけど、同行してくれる？」

急な話だが、そんな予感はしていたので「いいけど」と答える。

「先方に連絡は入れてるんでしょうね？」

念のために聞くと「ちゃんとしてるサー」と仲村渠はクシャッと笑う。ちょうど定食が届いて、嬉《うれ》しそうに箸《はし》を取った。さすがにアポくらいは取ってあるか、とひろむも安心して自分の定食を食べ始めたのだが、不意に気になり、

「何時に約束したの？」

と聞いてみた。生姜焼きを口に詰め込んだ仲村渠は「一時」と答えたわけだが——現在時刻は十二時四十七分である。

これだからウチナータイムは！

ひろむは心の中でそう叫び、仲村渠をせかしつつ、自分も必死にゴーヤーチャンプルー定食をかき込んだ。すでに遅刻だというのに、大盛りを頼んだ仲村渠がおかわりまでしようとするので「それはダメ！」と止める。

結局、三十分遅れてしまった。

弁護士という職業柄……というよりも性格的に時間厳守なひろむなので、応接室で待たされている間もなんだかそわそわしてしまう。隣に座っている仲村渠はいつも通りのリラックスした様子で「立派なビルに入ってるんだねぇ」と感心声を出している。そういえば、ひろむはこの男が緊張しているところを見たことがない。この性格というか気質が、彼個人のものなのか、あるいは妖人《キジムナー》だからなのか、いまだにわからないままだ。

「お待たせしました」

応接室に神経質そうな中年女性が入ってきた。待たせたのはこっちなので、ひろむはすぐに立ち上がり、いつもより低く頭を下げる。

「こちらこそ遅れて申しわけございません。私は弁護士の小鳩と申します。『妖人の権利を守る会』の仲村渠さんとは学生時代からの友人で、時折、法的な問題にアドバイスをさせていただいています」

「アイー、どうもどうも、仲村渠です。お久しぶりです」

長身の仲村渠がヌゥと立ち上がり、にこやかに挨拶《あいさつ》した。ふたりは一度だけ会ったことがあるのだ。中年女性は「宝來です。ご無沙汰《ぶさた》しております」と会釈し、小鳩には名刺をくれた。『麒麟の光　ファーストガイド』とある。宗教的な役職のことだろうか。

目の下の隈《くま》が、彼女の精神的疲労を物語っていた。

「沖縄からわざわざお越しいただき恐縮です。私どもをお気にかけていただきありがたいとは思いますが……」

腰掛けるとすぐ、宝來は本題に入った。

「今回の件に関しましては、静観するしかないと思っているのです。もちろん、事実無根の誹謗《ひぼう》中傷ではありますが、下手に言い訳がましい発言をしても、余計騒ぎが大きくなるだけでしょうし——ただ時を待つのが、一番かと」

言葉こそ丁寧だが、頑《かたく》なな声は「余計なお世話は必要なし」と語っている。

どうやら、仲村渠はかなり強引に今日の約束を取りつけたらしい。無理やり約束しておいて遅れたということだ。困った友人に呆《あき》れながらも、ひろむはそれを顔に出すことはなく「正しいご判断だと思います」と答えた。

「ですが、今回の騒ぎをきっかけに、SNS上での妖人《ようじん》に対する差別発言が激化することを、私たちは憂慮しています。妖人が差別されることはあってはなりませんし、逆に妖人だからといって、その特別さをアピールするというのもおかしなことかと……」

「妖人は特別です」

宝來はそう言い切った。

「神に選ばれし者だからこそ、特別な能力を授かったのだと私たちは考えます」

「とはいえ、妖人のほとんどは特別な能力など持っていませんよね？」

「潜在的には持っているけれども、まだその能力が解放されていないのです。妖人遺伝子は科学的に証明されたのですから、疑う余地はありません。神を信じ、神の光を感じ、妖人としてみずからの能力を発揮することが、社会への寄与にもなります」

そう語る彼女の目は据わっていて、なんだか怖いほどだ。

「……それでは、妖人ではない人間たちは、劣る存在だと？」

「そんなことはありません。わたしは妖人ではありませんが、こうして『麒麟の光』で奉仕することで、やはり社会の役に立てます。特別ではないことは、劣っていることではありません。それぞれができる範囲で、この世の中に貢献すればよいのです」

自分の言葉に酔うような口調で、宝來は言った。彼女の言っていることが間違っているというわけではないが……どうもひろむには飲み込みにくい。神の光だとか、社会への寄与だとか……ひとつひとつの言葉はもちろん理解しているが、こういったフレーズになると輪郭がぼやけてしまう。

結局、この人はなにがしたいのだろうか。

自分の娘を宗教的象徴にまで仕立て上げ、なにを求めているのか？

「そちらさまは、私どもとは違い、宗教団体ではいらっしゃらないわけで……。私たちは宗教的な教義に基づいて物を考えます。妖人という存在についての解釈も、違ってくるかもしれません。当方をご心配いただき、ありがたくは思いますが、こちらの問題はこちらで解決しようと思いますので……」

「宝來さん、僕のこと覚えてませんか？」

しばらく黙していた仲村渠が、唐突に口を開いた。

「……はい？」

「僕たち、以前お会いしてるんですよ」

「はあ。今日で二回目なのは承知していますが」

「そうではなく、もっと以前に。前にお会いしたときは僕も気づかなかったんです。似てるなとは思ったんですが……雰囲気も名字も違っていたし」

宝來は怪訝《けげん》な顔で、向かいに座っている仲村渠を見る。

怪訝な顔をしたのはひろむも同じだったかもしれない。なんだ、それ。そういう情報は予《あらかじ》め教えてくれないと、戸惑ってしまうではないか。名字が違っていた、ということはその後入籍したのか、あるいは逆に離婚したのか……。

「えーと、当時、僕は髪を黒く染めてましたね。もちろんこんなに長くなくて、で、たぶんいつも難しい顔をしてました。いろいろ悩みの多い頃だったので」

宝來は眉《まゆ》を寄せる。思い出せないらしく、疑うような口調で「それは、いつのお話でしょう？」と尋ねる。仲村渠はすんなりと「八年前かな」と返す。

「気がつかなくても無理ないです。あの頃、僕の名前はご存じなかったと思いますし。部屋に表札は出してなかったし。『ゴーヤーのお兄ちゃん』と呼ばれてました」

宝來の瞼《まぶた》がピクリと動き、瞳《ひとみ》の光が揺れる。ひろむには、なにかを思い出したような顔に見えた。けれどその表情はすぐに消え、まるでいきなりシャッターが降りてしまったかのように、

「覚えておりません」

と素っ気ない返事をした。

「ほら、中原区《なかはら》の、古いアパートですよ。僕は隣の部屋で」

「さあ」

「リンちゃん、僕にとても懐いてくれて……」

「まったく記憶にありません」

宝來は無表情を保ったまま立ち上がり「次の約束がございますので」と、けんもほろろな態度を示した。仲村渠は諦《あきら》めきれない様子だったが、部屋の中に中年男性が入ってきて「申しわけありませんねえ」と低姿勢ながらも、有無を言わせずひろむと仲村渠を追い出しにかかる。

「あの、ほんとに僕ですよ？　ほんとに覚えてない……？　だって、何度か一緒にごはんを食べたり……そうだ、リンちゃんに、あの子に会わせてくれませんか」

「お帰りはこちらでございます」

「待って下さい、リンちゃんは今どうして……」

「さあ、下までお送りしますのでエレベーターに」

宝來は人形のように突っ立ったまま、なにも言わなかった。ひろむと仲村渠は部屋から連れ出され、エレベーターに押し込められてしまう。一緒に乗ってきた男が妙に間隔を詰めてくるので、ひろむは思わず一歩退いてしまった。すると、

「カメラがありますから、態度に出さないでください」

少し背中の丸い男が言う。

「僕は木村といいます。象徴様に会わせますが、五分だけです。長引いて誰かに気づかれたら、騒ぎになりますので」

「え。いいんですか」

仲村渠が聞くと、木村と名乗った男は「内密に、です」と低く返す。

「もし見つかれば、僕も叱責《しっせき》されますが、象徴様も……リン様も叱られてしまいます。誰にも言わないでください」

「わかりました」

仲村渠も顔を動かさず、そっぽを向いた形のまま承諾した。

エレベーターを降りると、木村もともに一度ビルを出る。

そのあと、隣のビルとの間の細い路地に入り、通用口に案内された。非常階段を左手に見て、少し進むと倉庫として使われているらしい部屋があった。三十平米ぐらいはあるだろうか。いくつかの棚がある以外、がらんとした空間だ。

少女は、そこにいた。

象徴様、麒麟《きりん》、リン様——そんなふうに呼ばれている十七歳。

パイプ椅子に座っていた彼女が立ち上がり、こちらを見る。なるほどこれは綺麗《きれい》な子だと、ひろむは舌を巻く。週刊誌にあった写真は彼女の美少女ぶりの半分も表していなかったらしい。市松人形のように切りそろえられたクラシカルな髪、白くなめらかな肌、黒目の大きな瞳……けれど、その目が見ているのは虚空だった。ひろむたちが入ってきたことにも反応しない。

「リンちゃん！」

仲村渠が呼んだ。

とても美しいのに、とても疲れ切って表情のなかった少女が、仲村渠を見る。

そして一変した。その目が大きく見開かれ、つやつやした唇が開く。その鮮やかな変《へん》貌《ぼう》にひろむは目を奪われた。

人形が、人間になったのだ。

「え……えっ、お兄ちゃん……？」

「そうだよ。覚えてる？」

「お隣に住んでた……ゴーヤーのお兄ちゃん？　あたしにアカバナをくれた？」

「あはは、そう、懐かしいねえ」

仲村渠は大股《おおまた》でリンに近寄り、ためらうことなくガバリと抱き締めた。十七歳の美少女を抱きしめるというより、久しぶりに会って成長した親戚《しんせき》の子を抱えている感じだ。

リンの方も、仲村渠にしがみつく。

「お兄ちゃん……髪が真っ赤だよ」

その声は、少し上擦っていた。

「そうだよ。《キジムナー》だから、染めたのさー。リンちゃんは、《麒麟》なんだって？　なんだかかっこいいねえ」

「かっこよくなんか……」

「お母さんは、僕のこと覚えてなかったみたいだ」

リンが顔を上げ、困ったように言った。

「お母さん……あの頃、大変だったから」

「そっか。そうだね」

仲村渠は頷《うなず》き、大きな手でリンの頭を撫《な》でる。大の大人なのに今も無邪気な顔がくしゃりと笑い、つられてリンも自然な笑みを見せた。真っ白だった頬が今はほんのりと赤く染まっている。

「大きくなった」

「お兄ちゃんは、明るくなったね」

「アハハ、あの頃は悩み多き青春だったからサー。あのね、時間がないからさ、不躾《ぶしつけ》に聞くけどごめん。リンちゃん、なにか困ったことはない？」

「困ったこと……」

「高校、本当は行きたいとか」

「高校は……べつにいいの。あたしは、ただ…………うん、あたしにはやるべきことが、ここにあるから……」

「やるべきこと？」

「きっと、あたしはそのために生まれてきたの」

リンの「やるべきこと」が具体的になにを示しているのかはわからない。信者たちを救うこと、とでも言いたいのだろうか。少なくとも少女の口調は真摯《しんし》で、ひろむはそこに嘘を感じなかった。けれど、彼女が本気でそう思っていることと、それが正しいかどうかは別だ。彼女の決意そのものが、大人によって誘導されたのだとしたら問題である。

仲村渠も同じように考えたのだろう。「でもさ、リンちゃん」と言いかけた時、

「すみません、誰か来るようです」

木村が焦りを滲《にじ》ませて言った。倉庫の外を気にしている。誰かに見られれば、リンも叱られると言っていたが、いったい誰が象徴様を責めるというのだろうか。やはり、あの母親なのか。

「また……また、会えるかな」

仲村渠が言い、リンが「うん、きっと」と頷く。木村に急《せ》かされながらも、仲村渠はひろむを指さし、

「このちっさい人も、信頼できるから！」

そう言い添える。ちっさい人ではなく、名前を言えばいいんじゃないだろうかと思ったが、確かにそのほうが覚えやすいかもしれない。ひろむもリンを見て頷いたが、その時にはもう倉庫の外に出ていて、薄暗い室内のリンがどんな顔をしているのかは、わからなかった。

沖縄は台風の通り道だ。

北西太平洋、または南シナ海南で発生した台風は、初めのうち西へ流されながら北上する。やがて上空で強い偏西風に乗って、速度を上げ北東、沖縄諸島を通過し、本州へと進む場合が多い。途中でコースがずれ、本州を直撃しない場合もあるが、沖縄の島々はしばしば台風被害に巻き込まれる。

この島々で暮らす人々は、ずっと昔から、強い風雨に耐え忍ぶ工夫をしてきた。

家々を守るフクギの防風林。しっかりした塀はサンゴを積み重ねたもので、風が通り抜けるために倒壊しにくい。伝統的な赤い瓦《かわら》屋根は、瓦がばらけて飛んでいかないように漆喰《しっくい》で塗り固められている。先人たちの知恵と工夫が、人々を自然の脅威から守ってきたのだ。

『ここまで風が強いと運転も危険なので、しばらくこちらで待機させてもらいます』

電話の向こうで夷が言い、伊織も「それがいい」と返した。

マメと夷は、この家を貸してくれている金城《きんじょう》の本家に出向いているのだ。本家のおばあはマメをたいそう気に入っていて、よく招かれていた。先方で数時間を過ごすうち、予想以上に台風の威力が増してきたわけである。

『先生、家の中にいてくださいよ』

夷が言った。

「あたしがどれだけ酔狂でも、こんな風と豪雨の中に出やしませんよ」

『サッシや窓は三年前に替えてあるそうですから、中にいれば安全です』

「だから、出ませんって」

心配性の家令に苦笑し、「金城さんによろしく伝えておくれ」と電話を切る。

木造の平屋住宅は、強い風になぶられてガタガタと賑《にぎ》やかだ。固定電話の鳴る音すら、危うく聞き逃すところだった。沖縄本島では、住宅のほとんどが鉄筋コンクリートになっていると聞く。台風が多い地域ではそれが合理的判断なのだろう。

本来なら、すでに東京に戻っているはずだった。

荒天が予想されたため、予定していた飛行機が欠航になったのだ。荷物のほとんどはもうパッキングされており、そのためか仕切りの少ない家の中は、妙にがらんと広く感じられる。

伊織の耳が、雷鳴を拾った。

強い風雨の中なので、際だった音ではないが、確かに鳴っている。ガラス戸に目をこらせば、稲光も見て取れた。渦雷《からい》、というやつだろうか。台風は雷を伴わない場合が多いようだが、例外はある。

暴れ馬のごとき風。叩《たた》きつける雨。闇を切り裂かんとする稲妻。

嵐が近い。

あの幼子の言うとおりになった。神女の膝《ひざ》はよくなっただろうか。東京に戻ったら、よく効く湿布を手配して送ることにしよう。

あるいは、膝の痛みは方便だったかもしれない。もともと、神の島に住む神女は、島外の者とはあまり接触しない。だが数年前に会った折、伊織は彼女の話の七割程度しか聞き取れなかったので、息子にも会ってくれる。それでも伊織の母とは懇意だったので、息子にも会ってくれる。だが数年前に会った折、伊織は彼女の話の七割程度しか聞き取れなかった。方言の問題だ。沖縄本島の言葉ならばかなり聞き取れる伊織だが、宮古諸島になるとまた別物で、彼女の世代ともなるとほとんど外国語である。

もしや神女は、それを気遣ってあの女の子の身体を借りてくれたのだろうか。

いずれにせよ、彼女の足腰が弱っているのは事実だ。厳密なところは知らないが、もう齢《よわい》百に近いと思う。

──あの方は特別なのさ。

かつて母はそう語っていた。

──特別な力を持って生まれてくる人はいる。そういう人たちは神と呼ばれて崇《あが》められたり、神に繋《つな》がる者とされて頼られたり、逆に化物と蔑《さげす》まれることもある。時代や環境に左右され、自分では選べない……幸福ではないかもしれないねえ。

自らもまた、特別な力を持っていた母は微笑み、まだ幼かった伊織の頭を撫でてくれた。この記憶は、左眼を封じるより先だったか、後だったか……おそらく後だろう。封じられた頃の記憶は、伊織には希薄なのだ。

──《サトリ》の力は安定しにくいんだよ。

母はそうも教えてくれた。

当時はまだ妖人《ようじん》という概念はない。それでも、母と自分はなにかしら特別な能力を与えられていて、他者を深く見ることができるらしい……それは伊織も理解していた。そして、そういう【徴《しるし》】を《サトリ》と呼ぶことも。

——寿命は短く、この力のせいで心を病む者も多かったらしい。あたしらの一族はもう残っていないから、詳しいことはわからないけどね。制御するのは本当に難しい。

——でも、お母さんは制御できてるんでしょう？

——あたしの見る力はたいして強くないのさ。

母はそう笑ったが、これが本当だったかどうかはもはやわからない。子供だった伊織からすれば、母の持つ特別な能力はずば抜けていた。だが今になって思うと、母のすごさは《サトリ》としての力というより、そのネットワークの広さと深さだったのかもしれない。繋がり、縁、結、そういうものが母の力だったのだ。

普通ではなく、生まれてしまった者。

普通より強く、普通より弱く、普通より鈍く、あるいは繊細すぎたり。

見えないなにかが見える。聞こえない声を捉《とら》える。空を読む。風を嗅《か》ぐ。獣の意図がわかり、だが人の意図は読めない。

そういう、様々な普通ではない者たち……言い方を変えれば、普通だとされている人々から排斥されがちな者たちが、緩やかに繋がって助け合い始めたのは、いつの頃からなのだろう。その組織を母は『結《ゆい》』と呼んでいた。

母は伊織に多くを教えてくれたが、父親に関してはほとんど話してくれなかった。話したくなかったのか、話せない事情があったのか。遺品の中にも、父に関するものは一切なかった。一枚の写真ですら残されていない。

風雨はいっそう強くなってきた。雷の音も迫っている。

窓硝子《ガラス》に流れ続ける雨のせいで、庭が歪《ゆが》んで見えた。まだ夕刻だというのにずいぶん暗く、稲光の刹那《せつな》だけ、フクギの木が激しく揺れているのがわかる。

伊織の父親。

それはつまり、青目甲斐児の父親でもある。

伊織の母は法的な婚姻をしていない。青目の母もそのはずだし、息子の出生届すら出していなかった。ふたりの女性と名前もわからない父親とは、いずれも一時的な関係だったと考えられる。

カツンッと硬い音がして、伊織は顔を上げた。

窓に小さな物がぶつかったようだ。風で飛ばされて来た小枝だろうか。顔を上げる仕草をしたことで、自分が深く俯《うつむ》いていたのだと知り、眉間《みけん》に皺《しわ》を刻む。情けない。マメや芳彦がいなければ、この有様だ。

――おまえはやさしすぎるね。あきらめがわるくて、いたいたしい。ほんとはわかってるはず。すべてを守ることはできないよ。

その言葉を思いだし、苦く笑う。

優しすぎるといえば聞こえはいいが、つまるところ弱いのだ。もっと強くなれば、諦《あきら》めはつくのだろうか。大切な者たちを守れなくても、諦められると？　愛する者が傷ついても、その痛みを無視できると？

どう考えても無理そうだ。

なぜ人は、他者の痛みを自分の痛みのように錯覚するのだろう。獣の母が自分の子を守るのは遺伝子を残すためだ。だが人は血縁者のみならず、近しい者との共感力が高い。複雑な社会を形成するためには、共感力の高さが必要だったということか。

ならば、その逆は。

数こそ少ないが、共感力の極端に乏しいタイプはいる。そういう傾向の人間が淘汰《とうた》されずに残ったのはなぜか。淘汰どころか、反社会性パーソナリティ障害……いわゆるサイコパスには、常人では為し得なかったであろう偉業を達成する者もいるという。共感力が低いならば、他者を慮ったり気づかったりすることはないので、自分の意思で大胆な行動に出られるからだろう。そういう人物はしばしば魅力的だ。その魅力が、彼らの種としての生き残りに貢献したのだろうか。

共感力の低さは時にトラブルを呼ぶが、だからといって犯罪に結びつくとは限らない。『他者の立場になって考えてみる』のが苦手であっても、『他者を傷つけてはならない』という社会的ルールを学ぶことはできるし、『他者を傷つければ嫌われて、結局自分が生きにくくなる』のも、成長に従って実感できるからだ。

けれどもし、適正な時期に……つまり幼少期から思春期にかけてで、道徳やルールを学ぶ環境を奪われたとしたら？

ルールを学ぶどころか、通常よりずっと劣悪で過酷な環境に置かれていたならば？

異様な姿で監禁されていた、憐《あわ》れな子。

成長したがる身体にきつく巻かれた包帯。男子であることを拒絶する、ぼろぼろのワンピース。逃げることを封じる、枷《かせ》と鎖。

伊織の脳裏には、その姿があまりにもくっきりと貼りつきすぎている。

バチッ……と、なにかが弾《はじ》けるような音がした。

配電盤を確認しようと立ち上がった時には、もう真っ暗だった。停電だ。自宅ではないので、懐中電灯のありかがわからない。無闇に動くのも危険だと判断し、伊織はあっさりと諦め、再びその場に座した。

闇が怖いとは思わない。怖いのは、闇を恐れすぎる人の心だ。

人は五感の中でも特に視力に頼って生きているため、闇に放り出される恐怖は大きく、不安のあまりそこにいない者を見る。

たとえば――フクギの下に立つ、あの男の姿だとか。

闇の中、伊織は瞬いた。

心に広がる動揺を押し殺し、自分に問いかける。雷鳴の中に一瞬見えた姿は、己の弱い心が作り出した幻影か。あるいは、現実なのか。

ここは東京から遠く離れた小さな島だ。奴がここを知るはずがない――そう言い切れたらどんなにいいだろう。だが楽観は許されない。あの男が伊織の居場所を知り得る可能性は充分にあるし、指名手配犯でありながら、ここまでたどりつくことも可能なのだ。奴にもまた、独自のネットワークがあり、協力者がいることだろう。

次の雷鳴を待つ必要はなかった。

伊織の右目は闇に慣れ、前庭のフクギの下に立つシルエットをしっかりと捉《とら》えた。

――家の中にいてくださいよ。

芳彦の言葉が耳元で蘇《よみがえ》る。

――中にいれば安全です。

だがその声は遠く、か細い。

伊織は考えていた。どうして自分は立ち上がるのだろうか。なぜ外に出て行こうとしているのか。この嵐の中なのに。あの男がいるというのに。

否。

あの男がいるから、この足は動いているのだ。

今、伊織を止める者が誰もいないのは、不幸なのか幸いなのか。

暴風の中に立つ。

風に髪を嬲《なぶ》られたのはほんの短いあいだだった。すぐにずぶ濡《ぬ》れになり、髪もまた雨を吸ったからだ。

薄物の長着もベタリと身体に貼りつく。重くなった布地は、それでも袖《そで》がうるさく暴れた。あまりにも風が強い。顔を叩《たた》く雨はもはや痛いほどだ。

伊織はフクギへと歩く。

そこに立っている弟から目を離さないまま、あと数歩の距離まで近づく。青目もまたずぶ濡れだ。闇の中なので、灰色のシャツがむしろ少し明るく感じられる。

嵐の中でも、声の届く距離で止まる。

近い。

伊織自らここまで近くに寄るのは、かなり久しぶりな気がする。

なにか話をするためここまで近寄ったはずなのに、なにを話せばいいのかわからない。他者を害するなという伊織の要求が通らないことはもう知っている。伊織が青目のためにすべてを捨てればいいのだろうが、それは伊織の良識が許さない。死んだ母も、また芳彦も決して許さないだろう。

……こんなふうに理屈で考えることすら、もはや意味はないかもしれない。

青目自身が言っていたではないか。

自分がなにをしたいのか、わからなくなってきていると。

単にマメや芳彦から伊織を引き離したいのであれば、強硬手段に出ればいいだけなのだ。青目がその気になれば、すぐにふたりを殺せる。そして抜け殻のごとくなった伊織を手に入れることができる。

けれど青目は——半分血の繫《つな》がった弟はそれでは満足できないと気がついている。

「おまえは」

伊織は口を開いた。

唇を伝って、雨が流れ込んでくる。

「おまえは、なにが欲しいんだろうね」

奇妙なほど、穏やかな声が出た。自分の声とは思えないくらいだ。この男に対するネガティブな感情を、今だけ強い風雨が洗い流しているのかもしれなかった。

青目はなにも答えない。

張りついた前髪の隙間から、こちらを見つめている目が見える。幼い頃から、いつもこんなふうに伊織をじっと見る弟だった。どこにも行ったりしないよう、見張っているかのように。

「たぶん、おまえもそれを知らないんだろう」

伊織は言葉を続けた。

「おまえはとても狡猾《こうかつ》だけれど、時々ひどく愚鈍だからね。だがあたしも同じぐらい愚鈍で、おまえの欲するものがずっとわからず……あまりにも人が死にすぎて……」

口の中の雨に、味はない。

実のところ何度も考えた。自分が死ねばいいのではないかと。首を括るか飛び降りるか、方法はなんでもいいが、自死してしまえばすべて終わるのではないかと。

ある程度の人数を深く悲しませることにはなるだろう。それでも、自分のせいで誰かが死ぬよりだいぶましな気がしたのだ。仮に、伊織の死をもっても青目の凶行が止まらなかったとしても――もう、あのつらく悲しい報告《しらせ》を伊織自身が聞くことはない。

死んでしまえばそこから解放されるのだ。

生きているが故の、苦しみ、葛藤《かっとう》、煩わしさ。

「ふ」

思い返して、伊織は顔を歪ませる。甚《はなは》だしいエゴイズム。許しがたいほどの身勝手さ。なにが共感力だ。綺麗事をほざくなと自嘲《じちょう》する。結局のところ、自分も青目も大して変わらない。それどころか似ているのだろう。当然ともいえる。

兄弟、なのだから。

「なぜ泣く？」

青目に問われて「泣いていない」と答えた。むしろ嗤っていたのだ。

「泣いている」

「雨だよ」

「あんたは泣く時、涙を流さない」

青目の両腕が伸びてきて、伊織の顔を包んだ。

大きな手のひらが雨を拭《ぬぐ》い、乱れた前髪を後ろへ撫《な》でつける。左眼のひきつれに指が触れたが、伊織はどうとも思わない。

子供の頃から青目はしょっちゅうこの傷に触っていた。最初のうちは「痛くない？」と何度も聞かれたものだ。

「たぶん」

両手はだらりと下げたまま、青目の好きなようにさせて伊織は言った。

「おまえの欲しいものを、知っている」

それはなんだ、とは聞かれなかった。青目の両手は首まで下りて絡みつき、細さを確かめるような動きをする。このまま力を込めれば数秒で、伊織を絶命させることができるだろう。

「でも、それを与えてやることはできない。あたしの命をくれてやるより難しい」

「だろうな」

短い返答があり、「だが諦《あきら》められるものでもない」と続いた。

暴風、豪雨、雷鳴。

どこからか、小枝が飛んできて伊織の足首に当たった。小さな痛みがあり、今この時間が現実だということを思い出す。目の前にいる青目は、夢の中に現れる小さな弟ではない。それなのに今日の自分はずいぶん無防備だった。伊織が常に身にまとっている透明な鎧《よろい》は、激しい風雨に粉砕されてしまったのか。

「なぜおまえは」

言いかけた言葉を止める。

続きを失ったわけではない。むしろありすぎて、どれを選べばいいのかわからなくなったのだ。なぜおまえはそんなに殺すのか。なぜおまえは楽しげに人を傷つけるのか。なぜおまえはそこまで強く執着するのか。そして——。

なぜおまえはそんなに哀れなのか。

ずっとずっと、子供の頃から。

青目の手は伊織の首から、再び顔へ戻っていた。そのまま離れようとせず、飽かずに雨を拭い続ける。青目の手は温かい。この常軌を逸した犯罪者にも、温かい血は流れている。不思議なようで、当たり前でもある。

殺せばいいのにと思う。

殺せたらいいのにと、この男も思っていることだろう。

ひときわの雷鳴が轟《とどろ》いた。生木を裂くような音は遠くない。雷の時、木の近くにいるのは自殺行為だ。離れなければ危険だとわかっているのに、ふたりとも動かなかった。

このまま雷がここに落ちれば。

ふたりもろとも、焼け焦げてしまえば。

わかっている。それは解決策などではなく、ただの自暴自棄だ。自暴自棄ではあるが、この先、青目に殺されるかもしれない誰かを救えることは確かであり……。

伊織がそんなことを考え、視線を泳がせて稲光を探した時だった。

闇の中、なにか大きなものが飛んでくるのが視界に入る。

危ないと思ったが、もう避けようがなかった。人は危険を察知した時、どうしても一瞬竦《すく》んで固まる。伊織の脚もまた、動かなかった。おそらく、青目も同時に危機を察知しただろう。だが青目の方が視力も運動能力も高い。

伊織より一瞬早い判断で、動いた。

身体に衝撃が走る。

泥状になった土の上に背から倒れ、雨がまともに顔中を叩く。突き飛ばされたのだ。背中の痛みに顔をしかめながら上半身を起こすと、いまだ立っている青目と、そのすぐ近くに落ちている木の枝が目に入った。この太さが飛んできたとは——風の強さと恐ろしさを思い知らされる。

血のにおいがした。

青目が顔の右半分を、手のひらで覆っていた。

伊織は立ち、再び青目に近づく。

血のにおいが濃くなる。改めて見れば、風で引きちぎられた枝の先端はザクザクと尖り、恐ろしい複数のナイフのようだ。青目の指の間から血が流れていく。もしこの男が自分を突き飛ばさなければ、枝は伊織の首あたりに刺さっていたかもしれない。

もう一歩、近づく。

伊織は青目の顔から、その手をどけようとした。

触れるより早く、青目は一歩退いて離れる。

自分から青目に触れようとしたのはいつ以来か。そして、この男が伊織に触れられないように逃げたのもまた——あまりに遠い過去で思い出せない。

出血は止まらず、青目の手の甲を赤く流れ、だがすぐに雨で流れる。

「……麒麟《きりん》に、近づくな」

それだけ言うと、青目は踵《きびす》を返した。

振り向くことはなく、いまだ荒々しい嵐の闇に消えていく。

伊織はその背中を見ていた。

麒麟に近づくな……それはつまり『麒麟の光』のことだろうか。あの宗教団体と青目に、どんな関係があるというのか。今まで青目は、さんざん思わせぶりな言動で伊織を惑わしてはきたが、これほどストレートな警告は受けたことがない。警告と見せかけた誘導なのか。だとしたら、青目にしては下手なやり方だ。あるいはあえて下手を装い、逆手に取って……。

ごう、と風が鳴る。

雨を吸って重くなった髪ですら、かき乱される強い風だ。

「だめだ」

伊織はひとり、呟《つぶや》いた。

だめだ。今は考えがまとまらない。自分がひどく動揺しているのがわかる。

青目が現れたからではない。青目が麒麟の話をしたからでもない。

青目が——突然飛んできた枝から、伊織を守ったからでもない。

青目がそうすることを、知っていた自分に動揺したのだ。

飛来した枝は、いわば予想外の突発的な危機だ。その時、青目が自分の身を挺《てい》して伊織を庇《かば》ったことを……少しも不思議に思っていない自分に動揺し、自己嫌悪した。

伊織が心の奥底に隠し、必死に忘れようとし、忘れたつもりになっていたその感情は、南の島の強い嵐に暴かれてしまった。もうこれ以上隠すことは難しい。いや、とうにそれは露呈していたのかもしれない。あるいは最初から隠せていなかったのかもしれない。必死に忘れようとしている限り、人はそれを忘れることなどできないのだ。

涼しい顔で忘れた素振りを続けていた自分の醜さに、伊織は絶望的になる。

弱い。

弱い。

あまりにも弱すぎる。

自分の脆弱《ぜいじゃく》さを目の当たりにし、もはや嘆くより怒りがわいてきた。弱い自分を許せず、だがそんな自分を否定したところで強くなれるわけではないのもわかっている。弱い自分から目をそらしている限り、ずっと弱いままなのだ。

伊織は叫んだ。

獣のように咆哮《ほうこう》した。

嵐がそれを、何度も何度も掻《か》き消した。

スクラップアンドビルドという言葉を知ってるかな。知らない？　ああ、子供が知ってるはずもないか。日本語にすれば創造的破壊だ。壊して、創る。新しく創り出すために、いまある物をあえて壊すという考え方だ。まあこれも悪くないが、もっと楽しいやり方がある。

※

ビルドアンドスクラップ。

逆になった。つまり、破壊的創造。

壊すために創る。順番としては、創って、壊す。

これは楽しい。とてつもなく楽しい。

創っては壊す。創っては壊す。創っては壊す。ふふ。

適当に作った物を壊すのは大して楽しくない。浜辺で砂遊びをしたことがあるかい？　ただの砂山を作って、それを蹴《け》り壊すのはどうだろう。一回や二回なら多少楽しいかもしれない。砂の塊を蹴っ飛ばす感覚は悪くないからな。でもすぐに飽きる。

なら、城を創ればいい。

手の込んだ城だ。日本の城でもヨーロッパの中世風でも、テーマパークのロマンチックな城でも、好きなように創る。まず作るところから楽しむことが必要だ。

簡単な作業ではない。

時に大胆に時に細かく緻密《ちみつ》に、頭を使い、計画し、実直に実行する。時間もかかるだろう。くじけそうになったら、心の中に思い浮かべるんだ。素晴らしい城を作り上げた時の誇らしさ。それから、それを一気に壊す時の快楽を。

最初の城を壊したら、次の城を作りたくなる。もちろん、最初の城よりもっと凝ったものだ。スキルもどんどん上がっていく。どうすれば効率がいいのかという経験値もまた上がる。砂の質に留意すべきということにも気づける。今度の砂の粒の大きさは？　サラサラしている？　少し重いタイプ？　浜辺の環境はどうだろう。風が強い？　穏やか？　空気の乾燥具合は？

そうやっていろんな城を作るんだ。

そして創るたびに壊すんだ。

ビルドアンドスクラップ。

ビルドアンドスクラップ。

ビルドアンドスクラップ――くくっ。

城が壊れる時の悲鳴は、本当に癖になる。

六

「た、助けてください」

宝來万記子が、震えながら言った。

「どうか助けて。あの子を、リンを。な、なんでもしますから」

携帯電話を持つ手も、また震えている。娘のリンを「象徴様」とも「麒麟《きりん》様」とも呼ばず、名を呼んでいた。前回鱗田に見せた、隙のない、宗教法人幹部としての顔ではなく、娘を心配して取り乱す母親の顔だ。

「お金なら……」

『我々の目的は金銭ではない』

加工された音声を聞き、鱗田は眉《まゆ》をひそめる。

『麒麟の光』本部の事務室には、鱗田のほか、特殊犯捜査係が集まっていた。通信会社と連絡を取っている捜査官が、ゼスチュアで（携帯の発信エリアがわかった）と示す。なんでもデジタル化する社会についていくのが大変な鱗田だが、こんな時は本当に便利だなと思う。

『妖人《ようじん》を崇《あが》めるという教義に異を唱えているのだ。妖人は人より劣った存在だ。だからといって差別しろとは言わない。一定の権利は認めてやるべきだが、神のように崇めるのは間違っている。その間違いを正すためには、《麒麟》を戒めるのが一番だ』

「やめてください！」

ほとんど叫ぶような声だった。

「返して、リンを返して！」

『命まで取るつもりはない』

通話はそこで途切れた。震えの止まらない宝來に女性捜査官が駆け寄り「大丈夫です。すぐに居所がわかります」とその背中を摩《さす》る。

宝來リンが誘拐された。

一一〇番通報があったのは、今日の午後四時三十二分。通報者はいつもリンに付き添っている木村という信者だ。ほとんど外出できないリンの数少ない楽しみは、近所のコンビニエンスストアに行くことだった。そこで新しく発売された菓子や、ほんのり色づくリップクリームなど、ちょっとした買い物をすることが気晴らしになっていたらしい。コンビニには必ず木村が付き添っていたのだが、今日は途中で緊急の用件が入り、先に帰ったそうだ。『麒麟の光』本部からそのコンビニは徒歩七分の距離しかない。だが、そのほんの短い間にリンは連れ去られてしまった。あらかじめ、リンの日常を観察しての犯行と考えられる。

「やっぱり、マスコミやSNSの影響が出たんでしょうか」

母親が別室に連れて行かれると、脇坂が言った。

「ずいぶん叩《たた》かれてたからな。妖人を差別したい輩《やから》には、格好のエサだったろうし」

妖人《麒麟》であり、かつ美少女。

そんなリンを象徴として崇める『麒麟の光』はこの数年で信者を大きく増やしている。宗教法人が寄付金を募ることは違法でもなんでもなく、むしろ喜捨は尊いこととされている。だが、自分の金というよりも家の金、あるいは家族の金に手をつけてしまえば、話は別だ。

「子供の学資保険を解約したとか、そういう事例のひとつふたつは、本当にあったらしい。だがSNSで拡散されてるのは、面白おかしく尾ひれをつけたガセネタだよ。ああいうのを真に受ける奴もいるだろうが、かといって……」

誘拐などという、極端な手段に出るものだろうか。

しかも、杜撰《ずさん》な計画だ。ほどなくリンが捕らえられている場所の詳細がわかり、特殊犯捜査係が突入するだろう。

「すぐに捕まることは想定内ということでしょうか。それでも事件は報道されるわけで、犯人側の『妖人を崇めるのは間違いだ』という主張も広がりますよね」

「そのために、何年も刑務所に入るのか？」

「実際『麒麟の光』に家族を奪われたとか……」

「可能性はあるがな」

「居場所が割れました！」

捜査官の言葉に緊張が走る。

モニタのポインタが示しているのは、すでに廃工場になっている建物だった。今回は突入のプロがスタンバイしているので、Y対は後方支援担当だ。現場付近まで移動し、バンの中、真っ青な母親とともに待機した。

「ウロさん」

少し遅れて現れたのは常磐だった。ずいぶん険しい顔つきのまま、母親に会釈だけして、「状況は」と聞いてきた。

「突入準備中だ。この先の廃工場に立て籠《こ》もっている」

「自分も突入します」

常磐は真剣な顔でそう主張した。鱗田は脇坂に目配せをし、常磐だけ連れてバンの外へと出る。常磐の肩が小さく、だが速く上下していて、呼吸が安定していないのを物語っていた。

「常磐、SITに任せておけ」

「いいえ、自分も」

常磐らしくない焦りを見せていた。鱗田は「冷静になれ」と諭す。

「わかってるだろ。専門がいる時は、俺らが行っても邪魔になるだけだ」

「自分は役に立ちます。宝來リンとは面識がありますし、ある程度心を開いてくれているんです。彼女を落ち着かせることができるはずです」

常磐とリンに面識がある？

鱗田には初耳だった。だが常磐はこんな状況で嘘をつくような男ではない。鱗田たちの知らないところで、なにがしかの交流があったようだ。

「行かせてください」

常磐は頑《かたく》なに言い張り、現場の指揮官に直接交渉して、許可を取り付けた。ただし、SITより後にしか入れない。

「絶対に、助けますから」

防弾チョッキを確認しながら言う常磐に、内心で「絶対なんて言うもんじゃない」と思っていた。むろん最善は尽くすべきだが、必ず救えるという保証もまたない。犯罪現場で「絶対」「必ず」「この命に代えても」などと思い込むのは危険なのだ。気負いで身体が緊張しすぎれば、動くべき瞬間に後れを取りかねない。警察官はアメコミのヒーローではないから、銃弾は撥《は》ね返せない。簡単に死ぬ。そして警察官が死ねば、守るべき民間人を守ることもできなくなる。

そんな話をする暇があるはずもなく、常磐はSITに合流した。

結論から言えば——常磐は負傷することなく、リンもまた無事に戻ってきた。緊張感漲《みなぎ》る突入の瞬間から、リンが廃工場から出てくるまでは、鱗田の予想よりずっと早く、体感的にはあっというまと言えるほどだ。毛布に包まれたリンを抱えるようにしているのは常磐で、待ちかねていた母親に託す。母親は涙ながらに娘を抱き締めたが、リンのほうは呆然自失《ぼうぜんじしつ》の表情だった。

「ウロさん……なにがあったんでしょう」

脇坂が、常磐を見ながら言う。常磐の顔色もひどいものだったからだ。そればかりか、SIT隊員たちにも戸惑いの様子が見える。

「常磐、なにがあった」

鱗田の問いに常磐は「……なにがあったのか……自分にも……」と言葉足らずだ。

「誘拐犯は」

「し、死んでます」

死んだ、ではなく、死んでいる。

つまり、SITが突入した時点ですでに死んでいたということか。どこからか「医療班！」と叫ぶ声が聞こえた。

頭の中で必死に状況を整理しようとしているのか、常磐の瞳《ひとみ》が不安定に揺れる。聞くよりも見たほうが早い。鱗田は脇坂を伴い、SIT隊員と入れ替わるように廃工場の入口に向かった。古いが、がっちりとしたコンクリートの造りで、現場は半地下だ。かつては大型の機器類が置かれていたのであろう、二百平米以上ありそうな空間だが、今はもうがらんどうだった。

天井の蛍光灯はついていない。高い位置に明かり取りの窓があったが、夕刻の光はかなり弱く、照明としては覚束なかった。床には災害用のランタンがいくつか置いてあり、それがポツポツと光り、照らし出していた。

なにを。

血まみれで倒れている身体を。しかも、複数の。

「……五人、です」

言葉にしたのは脇坂だ。

一歩先に入った医療チームの二人が、それぞれの状態を確認している。ひとりは鱗田も顔見知りで、こちらを見ると黙って首を横に振った。

全員死んでいる。

鱗田は頷《うなず》き返し、自分から一番近い遺体にゆっくり近づいた。男性、三十代から四十代、グレーのシャツにデニムパンツ、スニーカー。横向きに倒れ、首から大量の血を流していた。遺体の手には、それぞれ刃物があった。登山用ナイフだろうか。

「ウロさん……これって……」

脇坂の声が上擦っていた。

「これ、なんか、変です」

「変なのはわかってる。一度に五体の仏さんが出たんだからな」

「も、もちろんそうですけど……あの、形っていうか、フォーメーションっていうか」

それは鱗田も気がついていた。五人の遺体はほぼ等間隔に、円を描くように倒れているのだ。偶然こういう形になったとは考えにくい。

手袋をして、遺体に触れる。まだ温かい。

「自殺……ですかね？　なんだか宗教儀式みたいだ……」

脇坂はそう呟《つぶや》いた。鑑識が来るまではこれ以上現場を荒らすことはできない。もっともSITが勢いよく突入してしまったので、足跡はかなり消えてしまっただろう。現時点では、脇坂の言うようにそれぞれ自殺したように見える。身代金目的の誘拐ではないと主張していたし、犯人たちの目的が『妖人《ようじん》を崇《あが》めるのは誤りである』というメッセージを拡散させたいということならば……この衝撃的な結末は大いに効果的だ。

いずれにしても、なにがあったのかは宝來リンが知っているはずだ。

目の前で五人の人間に死なれた彼女の衝撃は、さぞ大きかっただろう。PTSDになる可能性も高いので、適切なケアも必要だが……まずは話を聞かなければ。

すべてを見ていたのは、彼女だけなのだから。

震える声、下まつげにひっかかる涙。

化粧など必要ない十七歳の肌。目の下にできた薄い隈《くま》ですら、健気《けなげ》な憐《あわ》れさを感じさせる効果になっている。唇がとても乾いていて痛々しい。リップクリームを塗ればいいのにと思うほどに。

ひろむがこの映像を見返すのは三度目だ。

ほぼすべてのワイドショー番組、そしてニュースでも取り上げられていた、『麒麟《きりん》の光』の記者会見。

当初、誘拐された宝來リンは会見に出ないとされていた。マスコミ的には妖人《麒麟》であり、かつ象徴様である美少女に登場してほしかっただろうが、彼女はいまだ未成年の被害者だ。表に出ないのは正しい判断であると思っていたひろむだが——いざ蓋《ふた》を開けてみると、リンは会見に姿を現したのだ。記者たちはどよめき、フラッシュが激しく焚《た》かれた。

記者会見の前半は、ほとんど彼女の母親・宝來万記子が話していた。

しばらく前に取りざたされた、信者の家族とのトラブルに関しては事実無根であること。『麒麟の光』は信者の生活を第一に考え、可能な範囲でのみ献金を受けていること。信仰対象は妖人ではなく、神を感じるための絆《きずな》として《麒麟》がいるのだと……まずはそのあたりが、慎重な言葉で説明された。だが取材陣の興味はもはやそこになく、なによりも今回の誘拐事件について知りたいわけだ。

宗教団体の象徴とされている美少女が誘拐された。

彼女は無事に保護されたが、その時点で誘拐犯たち五人は絶命していたのだ。男性三人、女性二人。年齢は四十代から六十代。全員が、ナイフで喉《のど》を裂いての死である。マスコミとしては放っておけるはずもないセンセーショナルな事件である。

「その事件に関しましては……」

宝來万記子は、今まで以上の慎重さでゆっくりと喋《しゃべ》った。リンは隣でずっと俯《うつむ》いたまま、まだ一言も話していない。

「警察が発表していることがすべてです。娘は突然訳もわからないまま誘拐され、廃工場に閉じこめられました。犯人たちは当団体に『妖人を崇める教義は間違っていた』と公的に正式な謝罪をするように要求してきましたが——そもそものような教義はなく、すべては誤解なのです。私は……たったひとりの娘を誘拐された母親として、非常に困惑し、なによりも恐怖を感じました。誘拐犯たちがなぜ自死を選んだのかは知りようもありませんし、残された遺族の皆様についてはお気の毒に思いますが……とにかく今は娘が生きて戻れたことで胸がいっぱいで……」

あまり表情なく淡々と喋っていた宝來だが、言葉の最後の方ではこみ上げるものがあったらしく、声を詰まらせた。娘を誘拐された母親ならば当然だろう。

「誘拐犯たちが自殺した時、リンさんはその場にいたんですよね？」

質問の声が飛ぶ。宝來は「そう聞いております」と答えた。

「ただ、彼らが刃物を取り出してからは怖くてずっと目を閉じていたそうです。犯人たちは『覚悟はできていた』と言っていたと。警察がすぐに廃工場の場所を突き止めることも分かっていたようです。目的は身代金でもなく、個人的な恨みでもなく、同団体への糾弾、そしてこの事件そのものが広くマスコミに取り上げられること……」

あなたがたがこうして集まっているように、と言いたげな視線で、宝來は取材陣を見回した。そういう意味では、彼らの誘拐作戦は成功したといえる。

「だからと言って、全員で死ぬ必要はないのでは？」

そう上がった声に、宝來は頷く。

「全員どころかひとりだって亡くなる必要はありません。話しあうという手段を取っていただければ、当団体は時間をかけ、誤解を解いていく努力をいたしました。そうできなかったことが残念でなりません」

宝來の受け答には隙がなかった。彼女自身の才覚ならば大したものだし、もしかすると団体の中にノウハウを持った者がいるのかもしれない。

「誘拐犯たちが全員死んでしまったとわかった時、リンさんはどう思いましたか？」

会場後方から飛んできたのは、実に思いやりのない、だが内心ではマスコミ陣が一番聞きたがっている質問だった。リンの細い肩がピクリと震える。母親が彼女に向かってなにか小さく囁《ささや》いた。おそらく「答えなくていいから」だろう。

「娘はあまりにショックが大きく、混乱しておりますのでご容赦いただきたく……」

母親の言葉の途中で、ふいにリンの顔が上がった。

「なぜ」

震えてはいたが、しっかり聞き取れる声だった。

「なぜ、死んでしまったのか、私には、わかりません」

乾いた唇が動く。

「それは、あんまり悲しすぎることで、私のせいかもしれなくて……いえたぶん私のせいなのでしょう。だから私は、誘拐されたんだと思います。い、今までずっと……」

大きな黒目がちの瞳に涙が溜《た》まる。

「自分のしていることは、誰かの、役に立っているのだと……《麒麟》として生まれてきたのだから……たとえ望んだことではないにしても、それは神様が与えてくださったものなのだから……それを誰かのために役立てるべきなのだと……思って生きてきました。高校にも……行きたい気持ちはあったけれど、でも、もしこれが私にしかできないことなのであれば……そこに時間を費やすべきなのだろうと信じて……」

途切れ途切れで、時折上擦ったが、彼女の言いたいことは伝わってくる。同時に、彼女が今まで背負ってきたものの重さもだ。

「なのに」

ポロリと涙がこぼれる。

右眼の涙は頬を伝い、左は作り物のように長い下まつ毛に引っかかっていた。

「なのに、私のせいで人が死ぬなんて」

唇が歪《ゆが》む。

プクリと血が浮かぶ。乾ききった唇がとうとうひび割れてしまったのだ。それは赤く小さな玉となり、しばらく彼女の唇を飾っていた。痛みに気がついて、リンの指先が唇に触れる。

血の玉が潰《つぶ》れて、赤が広がった。まるで口紅のように。

「許せません」

ものすごいシャッター音が、取材会場に響き渡る。

「私は……もう……自分を許せない……」

白磁のような頬、ぽつんと紅をのせた美少女の写真を撮るためのフラッシュがあちこちで強く瞬く。眩《まぶ》しいのだろう、リンは少し目を細めた。それがまたひどく切なく、はかなげな表情に見える。

ひろむは録画再生を停止した。

最初にこれを見た時は、嘆き悲しむ美少女に心から同情し、それでも自分の言葉を口にした彼女に感心した。二度目は、年若い彼女をこんなところに引っ張り出したマスコミに腹が立ち、シャッターとフラッシュを忌々しく思った。

そして三度目に見た時、マスコミだけではなく、この母親にこそ問題があるのではないかと思ったのだ。

「だって、いくらマスコミが要請したところで、あの子を無理やり引っ張り出すことはできないでしょう？」

録画を三度見た数日後、ひろむは南青山《みなみあおやま》のレストランにいた。

こぢんまりとした店で、堅苦しくはないが洗練された雰囲気がある。周囲のテーブルを見まわすと、女性客の方が圧倒的に多い。三十代から五十代ぐらいの、比較的裕福な層だろう。皆楽しそうにおしゃべりしながら、食事を楽しんでいる。ひろむの所属している事務所は利益の高い仕事はあまりしない庶民派だ。はっきり言えば安月給で、こういった優雅なランチを楽しむのは久しぶりである。もっとも話題は、誘拐だの死亡事件だのと物騒ではあるが。

「リンちゃんを同席させたのは、お母さんかもしれませんね」

目の前に座って、ごく自然にカトラリーを動かしている男が言った。二歳ぐらいからナイフとフォークで食事をしてるんじゃないかと思わせる動きだ。肩に力が全然入っていない。

「でもたぶん、喋らせるつもりはなかったんじゃないかな。彼女が話し出した時、隣にいたお母さんも驚いた顔をしてたし。同席させたのは、これ以上マスコミに娘を追いかけ回されたくなかったから、とか」

「一度公の場に出ることで、マスコミや世間を納得させたかった？」

「そうそう。……このリエット美味《おい》しいですね」

男は……脇坂洋二はにっこり笑って言った。現在、この店内で唯一の男性なのだが、本人はそれを少しも気にせず居心地良さそうに食事を楽しんでいる。

「このお店、よく来るんですか？」

ひろむの質問に「まさか」とまた笑う。

「こんな優雅なランチ、いつぶりなのか思い出せませんよ。普段は昼ご飯を食べられればましなほう。それでもコンビニ食とか、立ち食いそばとか、牛丼とか」

「私も似たようなものです」

「お互い忙しい仕事ですもんね。でも、まあ……今日は久々の休みだし、ちょっと頑張ってみたわけです、僕」

少し照れたようなニュアンスに、ひろむは「はあ」としか答えられなかった。

これは……あれなのだろうか。

デートと言っていいのだろうか。

朝のカフェで二回会ったあとは、SNSでのやりとりだけだった。わりと頻度は高かったが、はっきり言ってどうでもいい内容ばかりで、たとえば『新作です』と、コンビニで買える安いアイスの画像が届いたり、『暑すぎにゃ』と日陰で伸びきっている猫の画像が届いたり……。ひろむもソツのない返事を返していただけだが、しばらく前『久しぶりに休みが取れたので、一緒にお昼ご飯を食べませんか』と誘われたのだ。『お忙しくなければ』と補足つきで。

少し迷った。

仕事は確かに忙しかったが、それはいつだって同じことだし、指定された日の二時間くらい、空きを作ることは可能だった。それでも迷ったのは、「いい人かもしれない」と思えた脇坂の印象を、そのままキープしておきたかったからかもしれない。

初対面の印象は悪かった。だがその原因の多くは脇坂と一緒にいた別の刑事にあったわけで、東京で再会した時の印象は、逆にとてもよかった。他人のためにあんなふうに頭を下げられる男性を、ひろむはあまり知らない。そんなふうに、いわば逆転した脇坂の好印象をもうしばらく保っておきたいような気がしたのだ。

要するに、今まで「ちょっといいな」と思った男性のほとんどが、ひろむを落胆させてきたか、あるいは相手がひろむに辟易《へきえき》するわけである。

「可愛げ……」

「はい？」

ひろむの呟《つぶや》いた言葉に、脇坂が反応する。

「脇坂さん、言ってましたよね。可愛げなんて、感じのよさみたいなものだって」

「んん？　そんな話、しましたっけ？」

「私にではなく。沖縄にいらした時、もうひとりの刑事さんに話していたんです」

脇坂はしばし考え「そんなことも、あったような？」と小首を傾げた。本人は覚えていないらしい。

「ええと、その話がなにか……」

「私よく言われたんです。可愛げがないって」

言い終わった途端、なんでこんな話を始めてしまったのかと後悔したがもう遅い。ひろむは綺麗《きれい》に磨かれたグラスのスパークリングウォーターを飲んで、腹を決めた。

「子供の頃は、母親や親戚《しんせき》なんかに。大人になった今でも、たまには言われますね。主に男性から。ですから、脇坂さんが『可愛げなんて、感じのよさみたいなもの』って言うのを聞いて……なんだか新鮮でした」

「新鮮、ですか」

「誰にでもあったほうがいい、とも言ってましたね」

はい、と脇坂は真面目に頷《うなず》いた。

「男女問わずで、あったほうがラクだと思います。感じのいい人のほうが、好かれるのは当然ですし。……まあ、『可愛げがない』なんて言葉が出ちゃう人の中には、『黙ってこっちのいうことを聞いてりゃいいんだよ』という、圧をかけてくる人もいるんですけどね。そういう人にどう対応したらいいのか、僕なりに考えたところ……」

脇坂がどんな結論に達したのか、ひろむはとても興味があった。シルバーを置いた彼は、これまたエレガントなナフキン使いで口の端をちょっと拭《ぬぐ》い、

「感じよく、でも言うことは聞かない」

とにっこり笑う。

「うちの会社、わりといますからね。意味不明の圧をかけてくる人。そういう人にもできるかぎり感じよく接したいと心がけてます。でも、言うことはきかない。納得できなければスルーです。ま、そうはいかないケースもありますが」

「それ……難しくないですか。理不尽な相手なのに、感じよくというのは……」

「時々、難しいです。でも子供の頃からそうやってきたので、わりと慣れてるかな」

「子供の頃から？」

「姉たちに言われてて。『洋ちゃんは、可愛げで生きて行け』って。あはははは」

笑いながら言うのだが、冗談なのか本当なのかわからない。いずれにしても、脇坂なりの処世術ということなのだろうか。だが、生まれ持った性格というのも大きいだろうとひろむは思う。

「私は……可愛げというのが苦手で……可愛くないまま生きてきてしまい……」

「えっ？　小鳩さん可愛いですよ？」

「あ、そういうのいいです。大丈夫なので……」

「そういうのがどういうのかわかりませんが、小鳩さんは可愛いと思います。コツメカワウソみたいで」

「………？」

シルバーを止め、まともに脇坂を見てしまった。

「あっ、すみませんっ、コツメカワウソ嫌いですか？」

「コツメ……？」

「これです、これ」

脇坂がちょっと慌てた様子で自分のスマートホンを操作し、ひろむに渡してきた。動画の中で、チャコールグレー色の小さな獣が動き回っている。動物園だろうか、水槽で機敏に泳いでいる姿だ。

「はふぅ……可愛いですよねえ」

脇坂がため息まじりに言う。

「爪がとても小さいから、コツメカワウソというんです。カワウソの中では最も小さいんじゃないかな。ここでは音声出せませんけど、キューキュー鳴くんですよ。それがまた可愛くて……」

「はあ」

小さな黒々した目は、可愛いと言えるのかもしれないが……。これに似ていると言われてもさほど嬉《うれ》しくないというのが正直な気持ちだ。それが顔に出たのだろう、脇坂が心配げに、「だめですか、コツメカワウソ」と聞いてきた。

「べつにだめではありませんが」

「横浜の水族館ではコツメカワウソと握手できるらしくて、行きたくてたまらないんです！　でも、無闇に飼いたがるのは密輸などの問題にも繋《つな》がりますし……自重しないと。そもそもペット向きではないんです。可愛くても噛《か》みつきますから」

「つまり、噛みつくところが私と似ていると？」

「違います違います！　あの、パッと見が、似てて、可愛いなと。でも小鳩さんの中身とは関係なくて……ええと、なんの話でしたっけ……？」

「可愛げ」

「そうでした」

脇坂は自分を落ち着かせるように、グラスの水を飲んだ。

「そもそも、もはや日本でカワイイの意味は千くらいありますからね。定義づけは難しいです。でもとにかく、小鳩さんは可愛いので。ここは譲れないので」

あまりはっきり言い切られると、なんだか居心地が悪い。かといってここで「いえ、私なんか可愛くありません」と返すのは、もっと恥ずかしい気がする。

「……例の事件ですけど」

そこで話題を変えることにした。

「記者会見があって、一段落した感じはありますが……私はやっぱり、不自然さを感じてます。自分たちの主義主張を伝えるために、あそこまでやるのは……」

「小鳩さん。僕には事件の話はできないんです」

「承知しています。弁護士にも守秘義務がありますから。ですから私の話を聞いていただくだけで結構です。私はあの女の子が気がかりでなりません。母親は娘を愛しているとは思いますが、その愛情は歪《ゆが》んでいる気がします。それにあの人は……」

仲村渠を知らないと言ったのだ。

かつて同じ安アパートに住んでいて、娘がよく懐いていたのだから、知らないはずはない。なのに、異様に強く否定していた。仲村渠と宝來母子が知り合いだった件を警察に話すべきなのか——ひろむにはまだ迷いがあった。もし話すとしても、先に仲村渠に相談すべきだろう。

「あの人は、なにか隠しているような気がするんです」

脇坂は今も微笑んでいたが、その表情には困惑がまじっていた。残った料理のソースを、バゲットで綺麗に拭いながら「あの団体については」と、いくらか抑えたボリュームで言う。

「我々もなにもしてないわけではありません。とくに、未成年者が過ごす環境として適しているかどうかは、僕らとはまた別の部署が動いています」

おそらくそれが脇坂に言える精一杯なのだろう。

それでも少しでもひろむを安心させようとしてくれているのは理解できた。最後のバゲットを食べてしまうと、脇坂は口調を明るくして「ここはデザートもすごいんですよ」と微笑んだ。

確かに豪勢なデザートだった。

ワゴンサービス、と言うのだろうか、美しいデザートの載った皿がワゴンで運ばれてきて、好きなものを好きなだけ選んでくださいと言われるのだ。

全部で十種類ぐらいのデザートがあったと思う。「もちろん全部でも」と愛想のいい店員に、思わず「では全部」と言いそうになってしまったほどだ。だが残念なことに胃のスペースには限りがある。なんとか三種類に絞り、堪能《たんのう》した。店を出た後で脇坂に「プディングを食べてた時、すごく嬉しそうでしたね」と言われ、多少恥ずかしかった。

ひろむは休日ではなかったので、その後は事務所に戻らなければならなかった。自分の分は払うと言ったのだが、脇坂は「僕が誘ったので、今回は」と受け取ってくれない。仕方ないので「では次は私が」と答えると、目の前の男が微笑んで頷く。自分たちの横を通り過ぎていった若い女性が、ちらりと脇坂を見たのがわかった。今更だが、背が高くてハンサム、ほどよく力の抜けたそれでも洒落《しゃれ》た服装といい……とても目を引く人なのだ。

また連絡すると約束し、地下鉄の入口で別れた。

ひとりになってから、頰に手を当ててみる。緩んでいないか確認したかったのだ。なんだか足取りもふわふわしているように思えたが、気のせいに決まってる。ランチをしたくらいで浮かれるような歳でもない。けれど改札の手前で、実際自分が浮ついていることが証明されてしまった。

店に忘れ物をしたことに気がついたのだ。

化粧室に、腕時計を忘れてきてしまった。今日は久しぶりに、母から譲り受けたアンティークを着けていたので、手を洗うときに濡《ぬ》らしたくなく、一度外したのだ。

綺麗《きれい》な洗面台の上に置いて、そのまま忘れてしまっていたらしい。

改札口の時計を見て、まだ時間があることを確認した。

足早に階段を駆け上がり、さっきの店に向かおうとし、だが足を止める。

万事においてそつなくこなせると自負しているひろむだが……唯一苦手なものがあった。方向音痴なのだ。今さっき出てきた店なのに、もうどっちにあったかわからない。

店名から地図を検索しようとしたものの、今度は店名が思い出せない。これはひろむの記憶力の問題ではなく、店名が聞き慣れないフランス語だったためだ。

困惑しつつ、改めて周囲を見回すと、ファッションビルの入口に立つ脇坂が見えた。よかった、まだ近くにいた——そう思って駆けよろうとした瞬間までが、ひろむの楽しい時間だった。

その楽しさが、瞬く間に消滅する。

脇坂の隣にいたのは、とても綺麗な女性だった。

そう若くはない。もしかしたら脇坂より少し上かもしれない。すらりと背が高く、そういう体型の人だけに許された、シックな服に身を包んでいた。

リラックスした笑みを見せて、あたりまえのように脇坂の腕に自分の腕を絡める。

脇坂もまた笑いながら、なにか話している。親しい雰囲気が、ふたりから自然に滲《にじ》み出ている。

会話が聞こえるほど近くはなく、それはきっとひろむにとって幸運だったはずだ。

このふたりが、コツメカワウソに似た弁護士の話をしているのだとしたら……あまりいい気分にはならない。

ああ、そう。

心の中で、ひろむはそんなふうに呟《つぶや》いた。

どうということはない。なるほどね、という程度である。悲しむ必要も怒る必要もない。沖縄で初めて会った男と東京で偶然再会し、世間話をしながらランチを食べただけだ。自分と違う職種の人間と会食するのはいい経験になる。興味深い話もいくつか聞けた。今はあまり思い出せないけれど。

腕時計は、あとにしよう。

事務所に戻り、落ち着いてから検索ワードを増やせばきっと店は見つかる。そうしたら電話をして取っておいてもらえばいい。あの店に来る客層ならば、誰かが気がついて店の人に渡してくれている可能性が高い。

今は早くここから離れたい。少しでも早く。

そう思っているのに、ひろむの足はつい数分前より、ずいぶん重くなっていた。

＊＊＊

あー、ちょっと、そこの人。

うん、そう、あなた。ここでなにしてるんですか？

ええとね、ここだめなんですよ。関係者以外立ち入り禁止です。こっちに通用口あること、よく知ってたねえ。え、俺？　俺は警備員、ここの。……まあ、知り合いに急遽《きゅうきょ》頼まれた臨時バイトなんだけどね。でもほんと、お姉さん、ここまずいから。このビル今神経質になってるんだよね。ほら、誘拐事件で話題になった宗教団体入ってるから。

そうそう、『麒麟《きりん》の光』、ね。

え、知り合いなの？

宝來さん……ああ、『麒麟の光』の偉い人だろ？　例の美少女のお母さん。

なんだ、宝來さんの知り合いなら、普通に正面から入ればいいじゃない。え、一度会っただけ？　うーん、それだと知り合いとは言えないかなぁ。今、あの親子、ほとんどビルから出てこないし、会うの難しいかもね。

どうしたの、難しい顔して。

あのさ……俺、ただの警備のバイトだし、本当はこんなこと聞くべきじゃないんだけど……なにが話したいわけ？　もしかして例の誘拐事件に関してだとか？

あれはさあ……俺もなんか引っかかってるんだよね。象徴様、だっけ。リンちゃん。彼女が助かったのは本当によかったけど、その誘拐事件そのものがさあ……なんかこう……不自然っていうか。

いやいや、たぶん考えすぎだと思うんだけどさ。

実は俺、わりと身近に警察関係者がいんのね。まあぶっちゃけ刑事なんだけど、そいつの影響なのかな、ああいう事件があると、なんか考えるようになってて。

例えばさ、あの誘拐事件で、誰が得したのかなって。

誘拐した犯人たちは全員自殺しただろ？　でも、その人たちの目的は、妖人《ようじん》を崇《あが》める宗教を、だ……だ……あ、そう、弾劾することだったよな？　要するにケチつけて、妖人なんか人間以下なんだって、そういうことを世間に言いたかったわけだろ？

でも、結局そうはなってないわけで。うん。

あの記者会見、すごかったよな。

リンちゃんが可愛くて可哀想で……SNSでめちゃくちゃバズってた。あれだけ美少女が泣いてたら、そりゃあもう味方するよなあ。今じゃ『麒麟の光』をディスってた奴らより、擁護派のほうがぜんぜん多いわけじゃん。俺、臨時だからまだ三日しかここの警備やってないけど、新規の入信希望者めっちゃ来てるもん。これは噂なんだけどさ、入会する時に百万円以上献金すると、最初にリンちゃん……じゃなくて象徴様に会えて、ありがたいお清めみたいなことしてもらえるんだって。

つまりさあ……最終的に誰が得したかってなると……。

俺がつい考えちゃうのは……『麒麟の光』の運営をしてる大人たちって、大丈夫なんかなあ、と。まあ、リンちゃんの母親もそのひとりなわけで……いや、だからって自分の娘を誘拐させる、なんて狂言はしないと思うけど。だって、誘拐されて、目の前で人が死んだんだぜ？　そんなんトラウマになるに決まってる。時々あの子見かけるけど、本当にいつも元気ないよ。人形がふらふら動いてるみたいだ。

……なあ、ちょっと、大丈夫？　顔色よくないぜ？

あんたなにしてる人？　へえ、弁護士？

あのさ、もし『麒麟の光』のことでなにか知ってるとか、気にかかることがあるなら、ちゃんと警察に知らせたほうがいいよ。これはさあ、ただの俺の勘なんだけど、なんかここ、変っていうか、危ない感じがするっていうか……馬鹿にできないんだぜ、俺の勘。そういうの、鋭い属性だから。ほんと、ひとりで探るのは危ないから、やめたほうがいい。なんなら俺の知り合いの刑事、紹介するし。見た目へなちょこだけど、わりと使えると思う。警視庁の脇坂っていう男なんだけど………。

あ、おい。

出直す？　そう？

気をつけて帰りなよ？

七

眠っている彼女は、いつも以上に幼く見えた。

ちんまり小柄で、コツメカワウソみたいに可愛くて、そのくせ喋《しゃべ》り出せば辛辣《しんらつ》、しかもあくまで正論なので、指摘されたほうは言葉に詰まってしまう。

生きにくいんじゃないかな。

脇坂はそう思っていた。正しいのに、生きにくい。

周りにあわせて、自分の意見をぼやかしたり誤魔化したりしないと、生きにくい。一定数以上の人間が集まる社会では、どこでもこういう現象は起きるだろう。けれどこの国はとくにその抑圧が強い。空気を読みつつ、自分の意見はなるべくまろやかに、あるいはそっと引っ込めておく。そうしなければ、面倒くさいやつだと思われる。女性ならば、「女のくせに可愛げがない」なんてことも言われるだろう。

この「〜のくせに」という呪いは、ありとあらゆる人々に強く作用している。子供のくせに、年寄りのくせに、会社員のくせに、主婦のくせに、外国人のくせに。脇坂も「男のくせにスイーツが好きなのか」と嗤《わら》われることが、いまだにある。

全員にかかっている呪いなので、なかなか解けない。

稀《まれ》にその呪いに逆らって生きようとしている人もいる。意識的にしているのか、自然にそうなってしまうのか、脇坂にはよくわからないけれど、とにかくそういう人がいる。例えば洗足伊織がそうであり……この小鳩ひろむもそうだった。

強いのだと思う。

あるいは、強くなろうとしているのか。

いずれにしても脇坂は尊敬する。そんなふうに尊敬する人は何人かいるが……尊敬に加えて、なんだかとても可愛い、と思える相手に出会ったことはなかった。今までは。

病院の真っ白いベッドに横たわり、彼女はまだ目覚めない。

交通事故。ひき逃げ。ナンバーは盗難車。全身の打撲。臓器への影響。頭部も強く打っている。今は意識が戻るのを待つしか……。

医師の話はきちんと聞いていた。それぞれの言葉も覚えている。なのに脇坂の脳がその解釈を拒んでいる。悲観的な解釈も、希望的な解釈も今はしたくない。ただこうしてずっと、彼女の顔を見ていたい。

「脇坂」

病室に鱗田が入ってきた。

「おまえがそこで突っ立ってるから、彼女のご両親が困ってる」

そう言われて、やっと理性を手繰り寄せることができた。

鱗田に向かって「すみませんでした」と言い、病室を出る。廊下の長いすで待っていた小鳩の両親にも頭を下げ「ご回復を心から祈ってます。なにかお力になれることがあれば」と名刺を渡しておく。両親は力なく頷《うなず》き、眠り続ける娘の病室に入っていった。

「大丈夫だよ」

病院から車で移動する中、鱗田がボソリと言った。

「……どうしてそんなことわかるんですか」

ステアリングを握る脇坂は聞く。自分の表情も声も硬いことに気がついていたが、どうにもならない。

「だな。うん。まあ、本当はどうかわからん。俺は医者じゃないし。でもこういう時は、大丈夫だということにしてるんだ」

脇坂がなにも答えずにいると「だから」と鱗田は続けた。

「大丈夫なんだよ」

気づかってくれているのはわかった。礼を言うべきなのももちろん承知だ。それでも今は言葉をうまく紡げない。口を開いたら、泣き言を言ってしまいそうで怖かった。なんで僕に相談してくれなかったのか、僕はそんなに頼りにならないのか……みっともなく喚《わめ》いてしまいそうで、けれどその答はわかりきっているのだ。

頼りにならないから相談されなかったに決まっている。

互いの連絡先を交換してあって、朝食を二回、ランチを一回、一緒に食べた。

でもそれだけだ。小鳩にとって脇坂はせいぜいただの知人だったのだろう。だから打ち明けてはくれなかった。

「よほどあの子の事が気になってたんだろうな」

鱗田の言うあの子とは、宝來リンのことだ。精神的な疲弊が限界に達したのだろう、数日前から彼女は体調を崩し、現在はほとんど臥《ふ》せっていると聞く。現在、児相が母親から事情を聞いているところだが、場合によっては『麒麟《きりん》の光』本部からの保護もあり得るかもしれない。

小鳩は、リンの誘拐事件の裏になにかあると疑っていたらしい。独自に、誘拐犯たちの過去について調べていたらしいのだ。その最中に、轢《ひ》き逃げに遭ったのである。

「脇坂、おまえ情報流してないだろうな？」

「そんなことしてません」

きっぱりと否定してから、

「いっそのことそうしてればよかったと思うほどです。警察がちゃんと動いてることを知っていたら、小鳩さんはあんな無茶しなかったし、轢き逃げされることもなかった」

「轢き逃げが関係してることは、まだ確定じゃないぞ」

「監視カメラのない道路での事故で、やっと割り出したナンバーは盗難車両ですよ？小鳩さんを故意に狙っていますす」

「……まあ、可能性は高いな」

「彼女は、我々と同じ情報を摑んだのかもしれない」

「小鳩さん、本部の周辺も探ってたようだな」

「はい。甲藤から聞きました。あいつが、警備のバイトをしていたなんて……」

そして甲藤は、小鳩に「危険だ」と忠告したと言う。《犬神》の勘なのか、嗅覚《きゅうかく》なのか……なにかいやな空気が、『麒麟の光』本部から感じ取れたらしい。

——俺、おまえのことも話したんだぜ？

甲藤はそう言っていた。

——刑事の知り合いがいるから、紹介できるって。だけど、彼女、聞く耳持たずって感じで帰っちゃってさ。

脇坂という名前も出したと、甲藤は言っていた。それを聞いて、本当に自分が情けなかった。少しは……少しくらいは、信頼されていると思いたかったのに。

「脇坂、仕事に私情は挟むなよ」

きっとひどい顔をしていたのだろう。助手席の先輩刑事に言われる。

「それ、どうやったらできますか」

「わからんな」

とぼけた鱗田の返答に、脇坂はなんとか笑みを作ろうとした。けれど頰が少しひきつれて、歪《ゆが》んだ顔になっただけだ。

感情は押し殺せない。言うほど簡単ではない。

脇坂は小鳩を害した相手を許せないし、一刻も早く捕らえるつもりでいる。

先だっての誘拐事件について、また『麒麟の光』について、わかってきた事実はいくつかあった。それらがパズルのピースのように繋《つな》がりつつある感はあるのだが――まだ完成には遠い。

事実がわかることと、その事実が整理されることはまた別だ。

関係者や警察には、どうしてもバイアスがかかる。自分の手にした事実を、たったひとつの真実だと思い込みたがる。けれどひとつひとつの事象が本当であったとしても、その並べ方次第で見えてくる光景は変わってしまうのだ。

だから、きちんと整理整頓《せいとん》しなければならない。

冷静な目と明晰《めいせき》な頭脳で、偏ることなく、答を導き出さなければならない。

そのために、脇坂と鱗田は今車を走らせている。

妖琦庵へと。

あのね、リン。

私たちは、これからここで暮らすの。

だってほかに行くところはないし、お金もないんだもの。

ここにはお布団もあるし、お台所だってあるのよ。だからリンの大好きなホットケーキを焼いてあげることもできる。

大丈夫よね？

お母さんはリンがいれば大丈夫。どこだって大丈夫。

時々お経が聞こえるかもしれないけど。……ええ、そう、今みたいに。

怖くないのよ、あれはとてもありがたい言葉なの。神様の言葉だもの。神様ってわかるわよね、私たちを助けてくれたのよ。

お母さんはここで大切なお仕事があるの。困っている人たちを助ける仕事を、お手伝いするの。きっと感謝されるわ。リンはわかってくれるわよね？　リンもお手伝いしてくれるわよね？

ねえ、ここはいい所よ。

神様があたしたちを守ってくださる。ここがあたしたちの居場所で、家。

あの男だって、ここを見つけることはできないはず。

しばらく学校には行けないと思うけど……我慢できるでしょ？

リンなら大丈夫。リンはとてもいい子だもの。頭が良くて、その上こんなに可愛らしい。ここの人たち、みんなリンを褒めていたでしょう。なんて綺麗《きれい》な子なんでしょう、まるでお人形のようだって。母さん嬉《うれ》しかったわ。誇らしかった。

お母さんにはなにもないの。

リン以外、なにもないの。

あなただけが絶対なの。あなたのために生きてるの。

何度だって言って、抱き締めるわ。

リン、あなただけは——。

茶室は異空間だ。

ことにこの妖琦庵は。

幾たび訪れても慣れない席で、鱗田はそう思う。壁と天井で仕切られた狭い空間。それだけならば、似たような場所はいくつもあるだろう。だが茶室はあまりに独特で、特別だ。茶の湯独自のルールがそうさせているのかもしれない。華美を避ける内装、清浄にして静寂な空間。まるで時の流れを忘れたかのようでもあり、それでいて必ず季節を告げるアイテムがひっそりと佇《たたず》んでいる。

たとえば今日は、籠《かご》に生けられた白い花。

なんの花だろう。鱗田にはわからない。ムクゲよりも小さく、どこか寂しげで、けれど清廉だ。花は涼しげだが、さすがに七月の茶室は暑い。今年の梅雨明けはまだらしいが、気温はだいぶ上がった。最も暑くなる時間帯はすぎていたが、それでも座っているだけで汗ばんでくる。時折、明かり取りの格子窓から、サラサラと風が流れてくるのがありがたい。隣が竹林でよかったと、鱗田は心から思う。

すでに夕刻だが、まだ表は明るい。

けれど妖琦庵の中はいつでも薄暗く、小さな窓からの光だけが、畳に白い格子模様を切り出している。

亭主は現れていない。

末席の鱗田はハンカチで首を拭《ふ》いた。それから、招かれた人々に視線を移す。

上座に宝來万記子。その隣に娘である宝來リン。

宝來万記子は紺色のスーツを着ていたが、今はジャケットを脱いでプレーンな白いシャツとスカートだ。化粧はごく薄く、アクセサリーはなにも着けていない。以前会った時よりもやつれていた。緊張感の高い様子で、膝《ひざ》の上の両手は拳《こぶし》になっている。

リンもまた白いブラウス、下は薄いグレーのプリーツスカートだ。非常に美しいが表情の乏しい子で、ほとんど俯《うつむ》いている。たまに顔が上がっても、どこかぼんやりと心ここにあらずだ。それなのに時折、ほんの一瞬だが周囲を観察するような視線もあったりして、摑み所がない。

「なにも心配いらないのよ」

母親が娘に語りかける。

「お茶をいただいて、帰るだけ。お作法も気にしなくていいと言われてるし、お母さんの真似をしていればいいから」

コクン、とリンが頷《うなず》く。

作法を気にしなくていいというのは本当だ。鱗田だって、未《いま》だになにもわかっていない。茶会の末席というのは、本来すべきことが多くて難しいらしいが、なにがどう難しいのかすらわかっていないほどだ。

リンの隣には、さっきからしきりに汗を拭《ぬぐ》っている常磐がいた。今この空間で、一番緊張しているのがこの男かもしれない。

妖琦庵に入ったのは初めてだし、そもそも自分が呼ばれることを想定していなかったはずだ。鱗田もまた意外だった。常磐がこの場に呼ばれた理由がよくわからないのだ。今回の事件の捜査官だから、というわけではなかろう。それだけでは、妖琦庵には招集されない。

ここに招かれるというのは――いわば、暴かれるということなのだ。洗足伊織の隻眼が最も冴《さ》えるのがこの茶室であり、客人たちは狭い密室で己を知ることになる。

知らなかった自分、知りたくなかった自分、隠していた自分。

あるいは、まったく新しい自分。

洗足の点《た》てる茶は、自分を突きつけられるという衝撃に備えて、心を整える為の一服なのではないか。鱗田はそんなふうに解釈している。そして鱗田は、事件の捜査官として人々を見守る役割を担っている。

茶道口が静かに開いて、亭主が現れた。

美しい形の礼がある。

鱗田たち客も礼をする。これを主客総礼というのは、最近夷から聞いた。場の空気がさらに引き締まり、みなが洗足に注目する。

洗足の纏《まと》う薄手の着物は絽《ろ》、というのだろうか。これまた門外漢の鱗田なのでよくわからないが、くすんだ若竹色という感じだ。

日向《ひなた》に入った刹那《せつな》、涼しげな透け感があるのが見て取れる。袴《はかま》は枯れ葉のような茶色で、細い縞《しま》があった。洗足の和装は見慣れているが、茶室での装いはこの男をさらに格別にする。

以前洗足に聞いたところによると、妖琦庵でのこういった茶席はかなり略式で行っているそうだ。とはいえ、鱗田から見れば洗足が茶をたてる姿はいつだって流麗そのものにしか見えない。今日は釜《かま》の隣に小さな棚が設《しつら》えられていて、下の段に水指、その上に棗《なつめ》が置いてあった。これらの名称は最近脇坂に教えられた。鱗田よりはよほど熱心に、茶の本など読んでいるようだ。

その脇坂は、今日この席にいない。

半東《はんとう》として洗足の補佐をすることもある脇坂だが、今回は「来なくていい」との連絡があった。来なくていい、というよりも来るなのニュアンスである。そう命じたのはもちろん洗足であり、ざわついた心持ちで半東など務まらぬ、ということだろう。前回、洗足家を訪れた折、そう判断したようだ。本当によく人を見ている。この数日の脇坂は、いまだ意識の戻らない小鳩ひろむのことが気になるあまり、だいぶ冷静さを欠いているのだ。いつも腹が立つほど自然体な脇坂だが、相当なショックだったに違いない。信頼されていなかった、と呟《つぶや》いていた。脇坂は洗足に従い、今は母屋で茶会が終わるのを待っている。マメに慰められているかもしれない。

洗足が柄杓《ひしゃく》を構える。

柄杓を静かに見つめて、その実、この男が見ているのは別のものだ。

人の心の深く。

時には彼自身の心の深く。

《サトリ》は見ただけで、妖人《ようじん》の【徴《しるし》】を見抜く。つまり、他者の内面を深く見るのだ。

それでは自分の内面はどうなのだろうか。洗足伊織は、自らの心の深くを読めるのだろうか。暴けるのだろうか？

それが可能なのだとしたら……恐ろしくはないのだろうか？

干菓子が回ってくる。青楓《あおかえで》を象《かたど》ってある。

コツッと小さな音が聞こえた。洗足が茶杓《ちゃしゃく》を茶碗《ちゃわん》の縁で軽く打ったのだ。

茶が点てられ、順に飲む。宝來とリンはそれなりに形になっていたが、常磐はひどいものだった。緊張のあまり、茶碗を五回も廻《まわ》す始末だ。もっとも、鱗田の一服も相変わらず不器用な真似事にすぎない。

畳にくっきりと浮かんでいた明るい格子模様が、いつのまにかなくなっていた。太陽の位置が変わり、妖琦庵はいっそう薄暗くなる。末席の役割として、鱗田は茶器を洗足に返す。おそらくまったく正しくできていないはずだが、洗足は涼しい顔で受け取る。かなり痺《しび》れてきた足を叱咤《しった》しつつ、鱗田は自分の席へと戻った。

「粗茶におつきあいいただき、御礼申し上げます」

洗足の口が開く。

「私はこの妖琦庵の主《あるじ》、洗足伊織と申します。妖人であり、妖人の権利を守りたく思う者であり、また、妖人が関与している事件に於《お》いては警察に協力することもあります。本日はそこにいらっしゃる鱗田刑事のご依頼で、おふたりをお招きいたしました」

滑らかに言い、宝來親子を向く。

「お母様の宝來万記子さんは『麒麟《きりん》の光』の幹部でいらっしゃる。娘のリンさんは象徴様であり……妖人、《麒麟》だと聞いております」

一度言葉を止めて、リンをひたと見る。リンは俯いたままだったが、洗足はそれを気にする様子もなく「ところが」と言葉を続けた。

「《麒麟》などという妖人はいません」

「そんなはずはありません」

即座に反応したのは母親の方だった。

「妖人検査は確かに陽性でしたし、象徴様の持つ能力を鑑《かんが》みれば《麒麟》であることは明白です」

「そうですか。まあ、名乗るぶんには自由なのですよ。妖人判定は遺伝子検査でできますが、属性判定の検査など存在していませんし、今後もないでしょう。そもそも、政府が妖人属性などというあやふやなものの登録を推奨したのが間違いです。《麒麟》のほかにも、この世にはいないはずの妖人が溢《あふ》れている。ですから、あなた方がそう名乗ること自体に非があるわけではない」

「非がどうこうではなく、真実、象徴様は……」

「真実？」

洗足の声が僅《わず》かに硬くなる。それは透明な水に、ごく薄い氷がピリッと張ったようでもあり……宝來がたじろぐのがわかった。

「真実は大切ではありますが、追い求めすぎてはいけません。真実とは一定ではなく、流動的なものだからです。『それが本当かどうか』は時と場合によって、あるいは視点によって変わるのです」

「それは違います。変わってしまうならば、真実ではありません。不変であるからこそ真実であり、人はそれを心の拠《よ》り所にするのです」

宝來の反論を洗足は静かに聞き、頷いた。そして、

「宝來さん。あなたにとって、熟したトマトは何色ですか？」

と唐突な質問をする。宝來はやや驚いた顔を見せてから「それは、赤でしょう」と当然の返答をする。

「そうですね。私も赤だと思います。ですが、色覚障害のある方には、熟したトマトの赤は認識できません」

「それは……例外というか……」

「例外があるものを、あなたは真実と呼ぶのですか？」

問いかけに、宝來は黙ってしまう。

「捻くれた質問をお許しください。かくも真実とは……我々が真実だと思っているものは、ぐらついているのです。真実、絶対、本当、間違いなく、そういった言葉には注意が必要だと心得ていただきたい。妖人属性も然《しか》りです。ですから、注意深く、こう言い直しましょうか……私は少なくともこの国において、《麒麟》と呼ばれる妖人に会ったことはないし、その存在の伝承も知りません」

「ご、ご亭主が知らないだけという可能性も……」

宝來は食い下がった。洗足はそんな彼女の前に、ズッと膝《ひざ》で寄り「その可能性を否定はしませんよ」と告げる。

「とはいえ、あなたの話が事実ならば、《麒麟》である娘さんには特別な能力があるはずですね」

「もちろんです、あります」

「残念ながら、私にはなにも見えません。娘さんはたしかに妖人ですが、ほとんどの妖人がそうであるように、普通の人々となんら変わりはない」

「ならばあなたに見えないだけです。象徴様は、麒麟の光を生みだします。光のイニシエーションにより、人々を浄化するのです。私は何度も見ています。私の言葉をお疑いになるなら、その光を実際目にした人々を集めることもできます！」

「その必要はありません。——癒しの光ならば、この私も生み出せます」

その言葉に鱗田は耳を疑った。宝來も怪訝《けげん》な顔ですぐ目の前にいる洗足を見る。

パタン……パタン。

茶室に響いた音は、格子窓を外から閉めた音だ。閉めたというより覆ったのかもしれない。もともとそう明るいわけではなかった室内が、もはやほとんど真っ暗になり——

「えっ」

喉《のど》に引っ掛かるような、奇異な声を立てたのは常磐だ。

だが正直、鱗田ももう少しで似たような声を上げそうだった。いったいこれはどうしたことか。なにが起こっているというのか。

光、が。

洗足伊織が……光を生みだしている。

その手のひらから、薄青い光が放たれているのだ。洗足は宝來の手を取ろうとしたが、おびえた宝來は「ひっ」と息をのんで自分の手を引っ込めてしまう。

「怖がる必要はありませんよ」

洗足は自分の手のひらを軽く上げて見せ「ただの蓄光塗料です」とあっさり種明かしをした。その言葉を待っていたかのように、再び格子戸から明かりが入る。おそらく茶室の外に夷がいるのだろう。

「暗くなると光るんですよ。最近では防災表示に使われることも多くなりましたね。象徴様がこのトリックを使ってるとは限りませんが……やろうと思えば、いくらでも方法はあるということです」

「私たちがインチキだと仰《おつしや》いますか！」

宝來は怒りも露《あら》わに言った。

強い口調は本心を隠したがっているようにも見える。一方、娘のほうは表情がまったく変わらない。そして常磐は「塗料……」と小さく呟いている。いつもは言わなくていいことまで言う奴なのに、今日は覇気がなく、まるで借りてきた猫だ。

「警察の方に言われ、象徴様まで連れてきたというのに詐欺師扱いですか！　なんの証拠があると？　あまりにも失礼です！」

「証拠などありませんし、詐欺とも申しません。仮にそのような行為があったのだとしても、信仰を広めるための演出でしょうから」

「え、演出などでは……」

声のトーンは落ち、明らかに動揺していた。それでも宝來は勇気を振り絞るようにして、今一度視線を強くして洸足を睨《にら》みつけた。

「だいたい、あなたは何の権限があって、私たちを判ずるようなことを仰るんですか？　私たちを真に理解なさっているのは、神だけです。初対面のあなたに、私や象徴様のなにがわかると？」

「我が身を神と比べるほど身の程知らずではありませんが、私にもわかるところはあります。《サトリ》ですからね」

ピク、と初めてリンの身体がわずかに揺れた。

だがやはり口をきかないままだ。母親はフンと鼻で嗤《わら》うように「《サトリ》なんて」と洗足から視線をそらす。

「いるはずありません。それこそ架空の……」

「架空ならよかったんですが」

洗足は薄く笑う。

「実在するがゆえに、こうして警察にこきつかわれ……失敬、協力しています。もちろん、妖怪《ようかい》サトリの存在は確認されていません。私はその伝承と似た能力があるため、そんな呼び名がついただけのこと。私の特性とは、妖人の属性を見抜くことです。正しくは、ある種の妖人が備えている特徴を見ています。その者の内に潜む気、気配、オーラ……言葉にするとあやふやで怪しくなるのが残念ですが、そういったものです。私の母はそれを【徴《しるし》】と呼んでいました。……とはいえ、見えるだけでは意味がない」

洗足の視線は、宝來からリンへとゆっくり移動する。

「知識と経験がなければ見分けることができませんから。かくして幼い頃から【徴】の見分け方を叩《たた》き込まれ、【徴】を持つ者たちの過去と歴史を学びました。無論、この能力もやはり、絶対だとは言い切れない。例えば私は、血縁者の【徴】を見分けることができません。自分の体臭に気がつきにくいようなものです。また、長きにわたり人里離れた場所で暮らし続け、その存在に誰も気づかず、記録にも一切残ってなかった妖人がいたとしたら……残念ながらわかりようがない。ところが」

洗足はリンを見て「麒麟《きりん》、ときた」と続けた。

リンはいまだ顔を上げない。うなだれた頭を支える白い首は細く頼りなく、まさしく『儚《はかな》げ』という言葉がぴったりだ。常磐はぼんやりとその首を見つめている。

「麒麟。姿は鹿に似て、鹿より遥《はる》かに大きく、龍《りゅう》の顔を持ち、牛の尾を振り、馬の蹄《ひづめ》で駆ける。これは我が国のあやかしではありません。日本に伝わったのち、ある地方では麒麟獅子《じし》として獅子舞になったりもしていますが、もとは中国の古典に登場する霊獣です。鳳凰《ほうおう》と対になることも多い、大変に名高い存在だ。大メジャーといえます。なにしろおめでたい瑞獣《ずいじゅう》ですから、飲料会社の名前にもなっている。仮に、この麒麟の名を冠した妖人がこの国にいたのならば……記録に残らないのは、あまりに不自然なのです」

「だから、違うというのですか。私の娘が《麒麟》ではないと……なんの【徴】も、気も、オーラも纏っていないと⁉」

宝來の荒々しい口調に、洗足は決して引きずられることがない。どこまでも静かに「なんの気も纏っていない人など、いません」と答える。

「娘さんは様々な気を纏い、けれどそれを周囲に悟られないように押し殺しています。驚くほど巧みに、コントロールしている。それはそれで、特別な能力と云えるでしょう。だが、《麒麟》とは関係がない」

「関係ないはずがないっ！　娘は《麒麟》だからこそ、選ばれし者だからこそ、自分の欲を殺し、信者に尽くせるのです。それができるのはこの子だけだと、あの人は」

「お母さん！」

俯《うつむ》いたままで、リンがやっと声を発する。はっきりした声だった。畳にパン、と当たって、跳ね返るような、強い声だった。

「もう、やめて……やめてください……」

今度は一転し、弱々しくなる。

そして、おずおずと顔を上げた。

「もう……あたし……やめたいよ……こんなこと……」

黒々とした瞳《ひとみ》に、溢《あふ》れそうな涙の粒が満ちている。

「これがあたしの役割だって……信者さんを救わなければ私がいる意味がないって……小さい頃からそう思い込んできて……信者さんたちの信仰心を呼び覚ますための、あたしの手や体が光るトリックも、これはずるいことじゃないかって思いながら、でも方便という考え方があって、それはお釈迦《しゃか》様に許されたことだからって……お母さんに説得されて……」

右目から涙が流れ、顎《あご》まで伝う。

「何度も何度もこれは間違いじゃないか、悪いことしているんじゃないかって……でもあたしがそれをしないと、お母さんが悲しむし、迷惑がかかるし、あたしたちはほかに行くところがないって思ってたし……。信者さんたちは、あたしに会えるとみんな嬉《うれ》しそうで、涙を流してくれて、癒されたって感謝もされて。それなら悪いことじゃない、あたしは良いことをしてるんだ、学校には行けないけど、友達も作れないけど、とても良いことをしてるんだからって、そう言い聞かせて……そのうち、そんなふうに自分で言い聞かせていたことすら、思い出さないようになって……だけど……」

パタパタと涙が畳に落ちる音を聞きながら、この娘はこんな声をしていたんだな、と鱗田は思っていた。まだ幼さの残る十七歳の涙声は、憐《あわ》れで切ないビブラートがかかっていた。

「だけど、あれは無理だよ」

「リン」

宝來が咎《とが》めるような声を出した。あれ、とは何のことだろうか。

「あれは……あたしにはもう無理。知らないふりはできない。どうしてあんなことしたの？　あたしが気がつかないと思ったの？　そんなはずないのに……っ」

「リ、リン？　あなた、なにを……」

「あんなの……ひどすぎる……あの人たちになにをしたの？」

「リン、いったいなにを言ってるの？」

とうとう宝來が、娘に向き直ってその肩を摑《つか》み「しっかりしなさいっ」と揺さぶった。

リンはなすがままに揺さぶられていたが、そこに割って入ったのが常磐だった。

「やめなさい」

母親を制し、リンを庇《かば》うように前に出る。

「お母さん。そろそろ引き際じゃないですか」

さっきまでの、借りてきた猫はどこに行ったのか。意を決した目をして、常磐は宝來に対峙《たいじ》していた。

「あなたは『麒麟の光』を大きくし、信者を増やし、ずいぶん儲《もう》けたはずだ。世間に悪評が立ったからって、その火消しに娘さんを使うなんて……しかもあんな酷《ひど》い場面に立たせ、記者会見にまで出し……それでも母親ですか？」

常磐に詰《なじ》られた宝來の頰が引き攣《つ》る。

「なんの話を……」

「悪いが、娘さんの洗脳は解けている」

宝來はポカンとして、常磐を見返した。

「先立っての誘拐事件についても、狂言だということはもうわかっている。『麒麟の光』がバッシングされている現状をなんとかしようと、娘を犠牲にして、あなたが企《たくら》んだことだ。リンさんの目の前で命を絶ったあの人たちは『麒麟の光』の敵対者なんかじゃなかった。彼らは——あなたがたの信者だ」

宝來の顔が蒼白《そうはく》になる。常磐は背中でリンを守るようにしたまま、なおもズイと宝來の前に出た。なるほど、常磐は今、この美少女にとっての正義の味方になっているのだなと、鱗田は察する。

「しかも、かなり熱心な……いや、強烈とすらいえる信仰を持った人たちのはずです。

彼らはそれぞれ、やむを得ない事情で集会にはほとんど参加していなかった。しかし、信心は変わっていなかったし、在籍もそのままだったはずです。もっとも、在籍記録はもう消されているでしょうね、あなたによって」

カクン、と宝來の肩が落ちて背中が丸くなる。緩んだ口元にシワが目立ち、一気に十も老けたようだ。

「神様のためか、あなたがた団体のためかは知りませんが、そのために娘の目の前で信者たちに自殺させるなど、異常としか思えません。熱狂的信者だった彼らは、あなたの説得に応じ、納得してあんな行動に出たのかもしれませんが……それは犯罪です」

「私は……そんなことはしていません……」

もはやまったく力のない声だったが、それでも宝來は否定した。

「彼らが信者だったことは、調べがついてるんですよ」

「ええ、はい……それはそうです……私も、あの現場で顔を見て本当に驚いて………」

リン、あなたも覚えていたのね、あの人たちの顔……」

「覚えてたよ……」

常磐の背中、スーツの上着をしっかり摑み、リンは言う。

「まだ小さかったけど……あの人たちはとくに可愛がってくれてた。だから、覚えてたよ。それなのに……あたしの目の前で死んでしまった。お母さんや、あたしや、『麒麟の光』を守るためなら喜んでそうするって言って………」

ゆるゆると宝來が首を横に振る。口の中で小さくなにかを呟《つぶや》いたが、言葉ははっきりしない。鱗田には「わけがわからない」と言ったように感じられた。そんな宝來を、洗足もまたじっと見ている。

「宝來さん、あなたはあまりにやりすぎました。狂言誘拐事件を企み、信者たちを死なせたことはもちろん、その光景をリンさんに見せることで世間の同情を買い、娘には一生残るトラウマを植えつけたんです。それ以前に、幼かったリンさんを宗教団体の象徴として洗脳し、《麒麟》だなどと信じ込ませ――ずっと利用してきた。《麒麟》なんて妖《よう》人《じん》はいないというのに。そうですよね、洗足先生」

勢いづいて宝來を糾弾する常磐に、洗足は「《麒麟》はいないね」と返事をする。

「洗脳についてはどうですか。子供が世間から切り離された宗教団体の中で生活し、象徴という特別な役割を与えられ、崇《あが》められ続けていたら……おかしくなって当然だと、私は思うのですが」

「それはそうでしょう」

洗足の肯定に、常磐はますます前のめりになる。

「でも、今やリンさんの洗脳は解けたんです。私は、助けを求める彼女のサインを見逃しませんでした。洗脳の恐ろしいところは、自分が洗脳されていると気がつかないところです。彼女の精神状態はすでにぎりぎりでした。あの時、声をかけて本当によかった。私に現状を訴えることで、リンさんの洗脳は解け始めたんです」

コクリ、と常磐の後でリンが小さく頷《うなず》く。あの時、とはおそらく常磐が『麒麟《きりん》の光』本部の動向、とくに幹部とリンの動きを見張っていた時のことだろう。

「おまえが彼女を助けてあげられたことはよかったがな」

鱗田の言葉に、常磐はこちらを振り向く。

「どうしてそれを報告しなかった？　今の今まで、俺はなにも聞いていないぞ。玖島さんは把握してるのか？」

「……誰にも言ってません」

くぐもった声が、常磐の後ろめたさを表している。

「報告すべきか迷ったのですが……それをしてしまったら、彼女からの信頼を失ってしまい、私の言葉が届かなくなる恐れがあったんです」

「おまえ、なにか勘違いしてないか。洗脳を解くなんてのは、刑事の仕事じゃないんだよ。しかるべき専門家に託すべきだ」

「それでは、機を逃してしまいます！」

常磐が声を張る。

「せっかく、洗脳が解けかかっていたんです。こういうものは、タイミングも大切なんです。私は少しずつリンさんとの距離を縮め、信頼関係を構築していくことで……」

「常磐さん」

洗足が割って入る。

この人の声は不思議だ。鱗田はいつもそう思う。なにかが特別なのだ。声質なのか、話し方なのか、あるいは割って入るタイミングなのか、それはわからない。とにかくこの男の声で名を呼ばれると、どんなに無我夢中で喋《しゃべ》っていた者でも言葉を止める。ちょうど今の常磐がそうであるように。

「は……はい」

「ひとつお聞きしますが、あなたはどうやって彼女の洗脳を解いたんですか？」

「それは……単純な方法です。コンビニで泣いてる彼女を見て、話し掛けると、自分でもどうして涙が出るのかわからないんだと、教えてくれました。自分は望まれて存在しているのだし、それを悲しいと思ったこともないのに、時々こんなふうになるのだと。その時は時間がなかったので、私たちはSNSの連絡先を交換しました。それからは……本当に地道な説得の作業です」

「説得」

「はい。最初は日常的なやりとりからはじめ……次第にいろんなことを話すようになりました。話すというか、SNSだから文章なわけですが」

「彼女は、携帯電話なりスマートホンなりを持っていたんですか？」

「母親は与えていませんでしたが、彼女といつも一緒にいる木村さんという男性が、緊急用にとこっそり旧型のスマートホンを渡していたんです。おそらく、世俗的なことを遠ざけられているリンさんをかわいそうに思っていたのでしょう」

「なるほど。それを使い、あなたは彼女を説得したと？」

「はい。今まで誰も友人がいなかった彼女は、私という話し相手を得て、ずいぶん嬉《うれ》しかったようです。色々なことを話してくれました。やりとりをしているうちに私はすぐ、彼女がとても頭のいい子だと気がつきました。ですから、論理的に説明することにしたのです。彼女が置かれている現状がどうおかしいのか。彼女を《麒麟》という特別な存在にして得をするのはいったい誰なのか……そういった点を、根気強く語りました」

「根気強く、論理的に？」

「はい。『麒麟の光』という団体の瑕疵《かし》を粘り強く指摘し続け……」

「要するに、理屈っぽくダメ出しをし続けたと？」

洗足のわかりやすい言い換えが気に入らなかったらしく、常磐はやや不服そうな顔で「まあ、そういうところでしょうか」と答えた。

「……リン……お母さんに、黙って……そんなこと……」

呆然《ぼうぜん》と言う宝來に、リンは常磐に縋《すが》るようにして「だって……お母さんは私を洗脳したんでしょう？」と小声で言う。

「そんな……私は、あなたの為にと……」

「それですよ。洗脳する側の常套句《じょうとうく》です。あなたのためおまえのためと言いながら、都合よく操ろうとする」

常磐に強く言われ、宝來はなにも言い返せなかった。そんな母親に向かって、

「お母さんは私を利用し、壊そうとした」

娘はそう言って、睨《にら》みつける。

母親への嫌悪感と憎しみ——鱗田は初めて、この子の感情を明確に感じ取れた気がした。宝來は虚脱したまま、ただ首を横に振る。こんなはずじゃなかった、とでも言いたげに。

「……どうやら、あたしの予感は当たったようだね」

洗足の言葉に、常磐が「先生も、私と同じ疑いを抱いてたんですね」と納得顔で頷く。しかし洗足は、そんな常磐に冷たい視線を投げ、

「きみと同じではない」

とはっきり否定した。

「え、でも……」

「洗脳されている者がいる、その点は同じだがね。いいかい、常磐くん。ほかのみなさんもお聞き下さい。洗脳、あるいはマインドコントロール……そう呼ばれている状態を明確に立証するのは、実のところかなり難しいのです」

洗足が語り始める。

「洗脳やマインドコントロールはないと？」

「そうは言ってませんよ。常磐くん、きみはいつも結論に急ぎすぎる。じっくり聞くことを学びなさい。洗脳もマインドコントロールも実在する。まずは言葉の定義からだ。

洗脳とは、英語の brainwashing を直訳したものですが、brainwashing 自体が、中国語の『洗脳』を訳したものです。もともとは第二次大戦後の一時期、中国共産党によって行われていた思想改造のことでした。特定の思想を繰り返し吹き込み、自己批判、同調圧力などを利用して、他者の考え方を根本的に改造するわけです。そしてマインドコントロール。これは辞書によると、『個人や集団を催眠状態に導き、暗示をかけて自分の意のままに操ること』となります。そしてさっきも言ったように、洗脳やマインドコントロールは実在している。……誤解を恐れずに言うならば、情報化社会である現代は、洗脳やマインドコントロールに溢《あふ》れた時代です。例えばキャッチーな音楽に乗って繰り返し流れるコマーシャルがあるとする。とくに必要でもないのに、その商品を買ってしまう人は相当数いるでしょう。ならばCMはある種の暗示ともいえる。SNSでは、企業に雇われた一般人が、そうとは悟られないように特定の商品に高評価を与えている。これもひとつのマインドコントロールなのでは？」

「ですが、それらは法に触れているわけでは……」

常磐が口を挟む。

「洗脳やマインドコントロールの犯罪性について、はっきり定義した法律はいまだありません。そもそも、それらは人の心の中で起きる現象ですから、目に見えない。定義するのは難しすぎるんです」

「だからと言って、それらを肯定していたら、またリンちゃんのような被害者が」

「肯定などしていない！」

細い鞭《むち》が唸《うな》るように、洗足は言った。決して大声ではなかったが、常磐を黙らせるには充分な厳しさがそこにあった。

「きみの心はなんでそう浮ついているんだい。落ち着きなさい。もっと地に足をつけた刑事だと思っていたが、それはあたしの買いかぶりですかね？　いいかい、誰も洗脳されるべきではないし、マインドコントロールされるべきではない。けれど誰しもが、なにかの影響を受けながら生きているんです」

「影響……」

「生まれた時は真っさらな赤子でも、やがて見聞きし、経験し、影響を受け、どんどん変化していきます。それを一般的に成長という。よい影響もあれば悪い影響もあるでしょう。よい影響は受け入れられ、悪い影響の場合は周囲にいる誰かが……多くの場合は親や養育者が『それは危険だ、よくないことだ』と教えます。客観的に判断してくれる他者がいる。それがとても重要なのです」

「他者……親……でも、リンちゃんの場合は母親に洗脳を……」

そう、と洗足は宝來に目を向けた。ぐにゃりと座ったままの母親は首を僅《わず》かに傾けて虚空を見つめるばかりだ。

「こちらの母娘は、宗教団体の本部に住み、ある種の閉鎖空間で暮らしていた。洗脳やマインドコントロールには非常に適した環境です」

「そして母親は娘を洗脳した……偏った宗教観を植えつけ、自分を象徴様だと、《麒《き》麟《りん》》なのだと思い込ませたんですね」

いくらか落ち着きを取り戻したかのように見える常磐を見て、洗足はフゥとため息をつき「偏っていない宗教観などありません」と返す。

「え。でも」

「それぞれの神に帰依し、それぞれの教義にのっとって、信仰を広めるのが宗教です。自分たちが信じる教えに偏るのは当然でしょうが」

「だからと言って、娘を洗脳するのは……」

「いけないに決まっている。常磐くん、きみは何度私に同じことを言わせるつもりですか？　誰も洗脳されるべきではないし、マインドコントロールされるべきではない」

だから、と洗足は声をピンと張った。

その視線は常磐を……違う。常磐の背中に隠れている宝來リンに据えられていた。

「いくら母親が憎くても、洗脳してはならない」

ねえ、お母さん。

あたしたち、これからもずっとここで暮らすんだよね。

だってほかに行くところないし。お金もないもんね……。

ううん、いいの。あたしは大丈夫だよ。

お母さんがいれば大丈夫。お母さんと一緒ならなんでもやれると思うの。

だからやってみようと思うよ。

象徴様、やってみるよ。

あたしは《麒麟》なんでしょ？　特別な存在なんだよね。みんなを救えるんだよね。

だから象徴様になって、役に立ちたいの。でも……ひとりじゃ無理だと思う。だってあたしはまだ子供だし……お母さんが助けてくれなかったら無理だよ。

ねえ、わかってる？　本当にすごいのはお母さんなんだよ。だってお母さんが《麒麟》のあたしを生んだんだから。お母さんがいなかったらあたしはいない。あたしはひとりじゃなにもできないの。お母さんの助けがなかったらだめ。ねえ、ここはいいよね。神様があたしたちを守ってくれる。あたしは《麒麟》だからわかるの。ここがあたしたちの居場所で、お城。どんな恐ろしい敵もこのお城には入れないの。

お城をもっと頑丈にしたいよね。大きくしたいよね。

そうしないとあたしたち、危ないもんね。怖いもんね。

お母さんならできるよ。『麒麟の光』をもっと大きな組織にできるよ。たくさんの人を救うことだってできる。感謝されて、尊敬されるよ。

あたし、学校なんか行かなくていいの。そんなことより大事なことはあるもの。

このお城を大きくしなくちゃ。

頑丈で、立派で、ピカピカで……ずっとあたしたちを守ってくれるお城にしなくちゃ。

できるよ。

お母さんならできるよ。

絶対に絶対に、できるよ。

大丈夫、大好きだよ、お母さん。

いい、いい、
恨んでなんかいないよ。

「いくら母親が憎くても、洗脳してはならない」

洗足はそう言った。

常磐は呆《ほう》けた顔をしている。そして鱗田は、無意識のうちに自分の耳を引っ張っていた。今、洗足はなんと？　自分の聞き間違いなのか？　だいぶガタのきた刑事だという自覚はあるが、まだ耳が遠くなるには早いはずだ。

「この場合洗脳というより、マインドコントロールのほうが適してるかな。……リンさん。もう隠れなくていいですよ。下を向いて嗤《わら》いを堪《こら》える必要もない」

ゆら、とリンの頭が揺れて、じわじわと顔が上がる。

鱗田は彼女の後ろにいるのでその表情は見えないのだが——あの美しい顔がニタリと嗤ったのを想像してしまい、背中がぞわりとした。

「わかっちゃった？」

十七歳の瑞々《みずみず》しい声。

「そうですね」

幾分かすれた洗足の声。

そして「なにを……え……？　なんで……」と、戸惑いきった常磐の声。

「常磐くん。きみもまんまとコントロールされていたんですよ。囚《とら》われの美少女を救おうと正義感を燃やしたきみの働きで……警察の情報はリンさんに流出していた」

「そ……」

「たとえば、警察が自殺者たちの身元を確認し、『麒麟の光』の信者だったと摑《つか》んでいること。だからこそ、今日この場に……妖琦庵へ呼ばれたのだということ」

「い、言っていません。私は……」

「きみからは言ってないだろうね。だが、巧みに引き出されていたんでしょう。例えば向けられた質問に一瞬でも躊躇《ちゅうちょ》すれば、その答はまずイエスです。……このお嬢さんは、人を操ることにかけてはかなりの腕前ですよ」

クスッと小さく笑う声がした。

リンが立ち上がり、畳の縁《へり》を踏んで……踏んではいけないことを知りながら、わざと踏みつけるようにして、全員が見える位置に移動した。

「そういうこと」

立ったまま、みなを睥睨《へいげい》する。

「私が母親に洗脳された？　この愚かな女に？　笑わせないでほしい。そんなことはありえない。その人の言うように、洗脳していたのはこっちのほう。ああ、この刑事さんにもお世話になったわ。とてもいい人ね、ちょろくて。理屈っぽく、自分に酔った楽しいお説教をありがとう。今後のために教えておいてあげる。洗脳を解くのに、正論を持ち出したり、理屈を突くのはまったくもって無意味よ。その程度で洗脳が解けるなら、苦労はないわよね」

笑いながら言われ、常磐は声もない。

「それで？　私のことをどうするの？　母親を洗脳した罪で警察に捕まるの？」

「……そんな罪はないから無理だな」

ぼそり、と鱗田は答えた。

「そうよね、知ってる。それじゃあ狂言誘拐については？　あの事件を計画したのはそこにいる私の母親よね。信者たちを自殺させたんだから、罪に問われるでしょう？　自殺幇助《ほうじょ》、だっけ？　早く捕まえて警察に連れて行って」

弾むような声は楽しげと言っていいほどだ。実際楽しいのかもしれない。さっきまで青白かった頬に血の気が戻り、ずいぶんと早口だ。まるで躁《そう》状態である。

「お母さんは狂言誘拐事件に関わっていません」

あくまで冷静な口調で洗足が言う。

「なんでそんなことがわかるの？」

「説明するからお座りなさい。……私の茶室にいる限り、無作法は許さない」

静かな圧を感じたのだろう、リンはつまらなそうな顔を見せはしたが、スカートをふわりと膨らませてその場に座った。

「警察は、自殺した信者のご家族から話を聞いています。亡くなった方の携帯電話や、それぞれの御自宅の電話の通話記録も調べさせてもらいましたが、宝來万記子さんが彼らと連絡を取り合った形跡は一切ありませんでした。……その代わり、ご遺族の誰もが知らない電話番号が、亡くなった全員の携帯電話に、かなりの頻度で残されていました。

ただしその番号はいわゆるトバシで売られた携帯電話で、持ち主は謎のままです」

「その持ち主があの女かもしれないじゃない」

「もちろん警察はその可能性も探っているでしょうが……違うと思いますね。そもそも、『麒麟《きりん》の光』という宗教団体を守るために、狂言誘拐を仕組んで信者たちに自殺させるなど――あまりに馬鹿げている」

「……なんですって?」

「普通の人間ならば考えない方法だということですよ。確かに、宝來さんにとって『麒麟の光』は大切な存在です。だからと言って五人を殺すなんて、リスクが高すぎます」

「殺したわけじゃない。あの人たちは望んで死んだのよ。《麒麟》のために死ぬのならば、それは輝かしい栄光であり、幸福なの。死を不幸だと考えるような浅い考えでは理解できないかもしれないけれどね」

「……きみも、そう言い聞かせられたわけか」

「え、なに?」

「死は、死ですよ。それはひとつの現象に過ぎない」

洗足が釜《かま》の蓋《ふた》を開けた。ふわりと蒸気が立ちのぼる。

「そして死は関係性の終焉ともいえるため、残された人々は、故人に二度と会えないことを悲しみます。では死んだ本人は? 人間の脳にしろ神経にしろ、あるいは感情に大きく関与していると言われているホルモン物質にしろ、すべては肉体に存在している。

その肉体がもうこの世にないのですから、悲しいも苦しいもない。現代科学に沿って考えればこんな具合ですが、なかなかそう割り切れる人は少ないでしょう。死は摑みどころがない。想像するしかない。我々の前に現れるのはいつも他者の死であり、自分の死は確認しようがない。ゆえに恐ろしい。そしてその恐怖心は……利用されやすい」

茶器に白湯《さゆ》を汲《く》んで、洗足は宝來の前にそれを出す。宝來はぼんやりした顔で洗足を見上げた。

「飲んで下さい。温かいですよ」

穏やかな声に促され、宝來は大ぶりの茶碗《ちゃわん》を両手で包む。ぬくもりが伝わってきたのだろう、感情が顔に少し戻り、涙がハラリと落ちた。

「自殺した五人は、それぞれ事情を抱えていました。心の病、親の介護、大きな借金はふたり、癌を患い余命宣告された人……この方たちにとって、生きることそのものが苦難だったかもしれない」

「だから自殺したって言うの？《麒麟》のためではなく？」

「それも違います。生きることが辛《つら》くても、死を選ぶのはそう容易ではない。……ただ、健康で幸福な人よりはコントロールしやすいんです」

「はっ」

リンが嗤った。というより、笑ったような声を立てただけで、目は笑っていない。むしろなにかに緊張しているように、頬が引き攣《つ》っている。

「なら、あの人たちも洗脳されていたとでも？」

「そう。マインドコントロールされていたと考えられます」

「あの女に？」

「お母さんにそんな事はできません。きみにコントロールされるほどなんですから」

「…………」

「きみは——誘拐事件が狂言だということを、知っていた。事前に聞いていたからだ。承知の上だったからおとなしく誘拐され、逆らうこともなかった。誘拐されたかわいそうな美少女教祖、マスコミがそんなふうにきみを扱うだろうと、想像もしたでしょうね。だが、誘拐犯たちが自殺するとまでは思っていなかったはずだ。……常磐くん、あの現場で、この子はどんなふうでしたか？」

ただ俯《うつむ》いていただけの常磐だが、質問を向けられて「それは」と洗足に目を向ける。

「ひどくショックを受けていたようでした。母親にしがみついて震えていたのを見ています」

「それは演技ではないのでしょう。リンさんは本当にショックを受けた。まるで邪教の儀式のように、目の前で五人もが死んだんです。怖かったはずだ」

「怖くなんかない」

リンが否定する。

「そうね、あの時はちょっとびっくりしたけど。その程度。今はもう怖くない」

「自分の恐怖をきちんと認識できなければ、それを乗り越えることはできませんよ」

「言ってることがわからない。認識できないなら怖くないはずでしょ」

「自分に嘘をつくなということです」

「嘘ならずっとついてきた。でもさっきやめたわ。あなたがやめさせたんじゃない。おかげでとても楽になったし、スッキリした。あの愚かな女を洗脳するのも面白かったけど、そのためにいい子のふりをしてるのは面倒だったしね。ねえ、もう帰っていい？

結局、警察は私を捕まえられないんだしさ」

「そう。できないね。そもそもきみは加害者ではない。被害者なんだから」

「……なにを言っているの？」

リンが不機嫌に眉《まゆ》を寄せた。無表情な時も、笑っている時も、美しさの中にどこか不自然さのある少女だったが、こうして不服そうな顔の時は人間らしい。彼女自身の、本来の顔という気がするのだ。

「私は被害者なんかじゃないわ。私は象徴様であり、《麒麟》であり、ええ、そうよ、私に救われた人がいるというのは、事実なんだから」

「それを否定する気はありません。信仰の自由は憲法で保障されています。救われた人々にとって、きみは確かに救いだった。けれどそれはきみの力量ではない。『麒麟の光』とは、十七歳のかわいそうな少女が神として機能する装置だったんです」

「……装置？」

「そういう装置を作れる者が、この世にはいる。多くはないですがね」

リンが黙る。

少女からまた表情が消えて、彼女が心を閉ざしたのがわかった。

「しかも、自分がエサとすべき相手を見逃さない。行くあてもなく、宗教団体に身を寄せるしかなかった母子のような存在ならば、騙《だま》されるのも当然です」

「身を寄せるしかなかった？　そんなのは嘘よ」

リンは反論した。

「あの女は好きで宗教に頼ったの。子供の頃……私はほとんど放置されていた。しょっちゅう親戚《しんせき》のどこかに預けられて、肩身の狭い思いをしていた。そのくせ、突然家を出るとか言い出して……私からすべてを取り上げた。家も、父親も、友達も……！」

リンは隠そうとしていたが、語尾が震えたのがわかった。彼女の表面に亀裂《きれつ》が入り、そこから少しずつ生々しい感情がにじみ出している。

「その当時きみは七、八歳かな。たしかに、昔を覚えていないという年齢ではないね。だがその記憶は、正しくない可能性が高い」

「ちゃんと覚えてる。はっきりと。あの女の小ずるい顔の皺《しわ》までね」

娘のひどい言葉に母親はうつむく。

「そうですか。ずいぶんと記憶力がいい。それなのに……お父さんについては覚えていないわけだ」

「勝手に決めないで。覚えてる。めったに家にいなかったけど、あたしには優しいお父さんだった。仕事で地方から戻った時は、おみやげも買ってきてくれて……なんか、郷土玩具《がんぐ》とか……おみやげのセンスはちょっとズレてたけど、それでも嬉《うれ》しかった」

「そう、優しいお父さんだった。酒が入っていなければね」

「……え？」

「覚えていませんか。お父さんの暴力について」

「やめて……やめてください」

弱々しい制止の声は宝來だ。

「いいんです。リンが覚えていないなら、そのほうがいいんです」

「思い出させるのがかわいそうという母心はわかります。しかしここまで事が大きくなっては、そうもいきません。辛かった過去を思い出さなければ、リンさんは書き換えに気づけない」

「書き換えって……なに……いったい何の話をしてるのよ」

洗脳。マインドコントロール。記憶の書き換え。

そんなことができる悪党は――多くはない。

「宝來さん。あなたもまた、書き換えられているはずです」

「え……」

「リンさんを象徴様とすること……それを提案した者がいますね？」

「………」

「そしてあなたは同じ頃、神の声を聞いたり、なんらかの不可思議な体験をしていませんか？　それにより、娘を選ばれし《麒麟《きりん》》と信じたのだとしたら――それはすべてまやかしです。それらの神秘体験は、薬物や暗示を利用して引き起こされ、あなたをコントロールしていた」

「そ……んな……」

宝來は震え、娘に縋《すが》ろうとした。しかしリンはそんな母親を振り払い、洗足に強い目を向けると「あたしは書き換えなんかされてないっ」と言う。

「きみのお父さんは、アルコール依存症でした」

そんなリンを、洗足はあくまで静かな隻眼で見ている。

「お母さんはずいぶん暴力を振るわれてた。でも酒が抜けると、お父さんは暴力を悔いて謝り、しばらくはとても優しくなる。けれど、二度と酒を飲まないという約束が守られることはなかった。心身ともに追い詰められて、お母さんは宗教に頼りました。当時の『救いの光』です。その頃きみがしばしば親戚に預けられたのは、急にお父さんが帰ってきたら、娘が危険だと思っていたからです」

「危険って……」

「すでにお父さんは、酒が入ればきみにも暴力を振るおうとしていた」

「……嘘よ。お父さんはそんなこと……」

「当時、お母さんは何度か近所の交番に駆け込んでいます。あなたを抱いたまま裸足《はだし》で逃げて——記録はいくつか残っている。ご近所でも、お父さんの怒鳴り散らす声はみんな聞いていたそうです」

「……………」

「お母さんは耐えかねて、あなたを連れて出て行きました。小さなアパートに引っ越したんです。DVシェルターを知らなかったのか……あるいは、選べない事情があったのか。とにかく、しばしの平穏が訪れました。この頃、仲村渠さんと知りあっていますね。しかし半年ほど経つとお父さんに見つかってしまった。再びひどい暴力にさらされたことでしょう。お母さんはあなたを連れてさらに逃げたんです。今度は『救いの光』の本部に助けを求めた。事務でも、下働きでも……なんでもするからしばらくかくまってほしい、膝《ひざ》をついてそう頼んだ。あなたは怯《おび》えきっていて、涙も出ないままお母さんにしがみついていたと……当時のビルの管理人から証言が取れています」

「……………嘘……そんなの……知らない……お父さんは暴力なんか……」

「嘘ではない。きちんと、警察が調べてくれました。お母さんは、きみを守るために全力を尽くしたんです」

洗足の言葉の揺らぎなさ——。

「だがきみの記憶は書き換えられ、暴力をふるう父親の存在は消された。これは簡単なことではない。相当な知識とスキルと時間が必要なはず……催眠術も用いられたかな。

その男を信じてはいけない。探しなさい。きみの中にまだ残っているはずだ。つらい記憶だが、偽りよりはましなはず。探しなさい、自分の心の奥を」

「そんなの、知らな……」

リンの言葉が止まる。

もはや茶室はずいぶん暗い。かろうじて差し込む逆光の中、リンの姿はほとんどシルエットになっていて——ゆら、と揺れる。彼女の中に、失われた記憶のカケラが戻ってきたのだろうか。

リンは母親を見る。

母親も娘を見ていた。

狭い茶室の空間で、母子の距離は近いようにも、あるいはひどく遠いようにも感じられた。

「リンさん。きみはお母さんを洗脳するようにと、洗脳されたんです」

※

さて、こんな具合に、人を操るのはそう難しくない。相手の話を聞き、心の鍵《かぎ》を開けさせ、入り込んでしまえばこっちのものだ。あとは相手に合わせた細かいテクニックを身につけていくだけ。大丈夫、おまえならすぐに習得できる。

ではここでひとつ質問しようか。よく考えて答えてほしい。

愛と洗脳は、どこが違う？

八

あたしはちょっと、混乱している。

混乱は嫌い。同時にいくつものことを考えていると、気分が悪くなってくるからだ。そのうちすべてどうでもいいように思えて、投げ出したくなる。だが、今、投げ出すのはまずい気がした。理由はよくわからないけれど、ここで考えるのをやめてしまったら、ひどく後悔するかも。あたしの中の原始的な部分が、そう訴えている。

とはいえ、この混乱《ぐちゃぐちゃ》。

信じていた過去のぐらつき。憎んでいた人の涙。

いっぺんに考えようとするからいけないのかも。ひとつずつに分けて考えたらどうだろう。あたしはそれを試してみることにした。

深呼吸する。

消毒薬のにおい。病院だから。

あの不思議な茶室で、あたしは昏倒《こんとう》してしまったらしい。狭苦しく暑い場所だったせいかもしれない。よく覚えていない。

とにかく気がついたら病院で、検査の為にしばらく入院だと言われた。青い顔をした母親と、強くて優しそうな女の刑事さんもいた。

妖琦庵とかいう茶室に行ったのは、警察に言われたからだった。

母親も渋っていたし、あたしも行きたいわけじゃなかった。片目を隠した、すごく奇妙な……けれど綺麗《きれい》な顔をした男の点《た》てた茶を飲み、馬鹿な刑事が母親を洗脳者だと糾弾し——そこまではうまくいっていた。

おそらくそういう展開になるはずだと、先生も言っていた。

あたしはやっと洗脳から目覚めた、可哀想な女の子を演じていればよかったのだ。怯える芝居は簡単だった。あの瞬間を……自分の目の前で、次々に人が死んでいったあの時を思い出せば、すぐ真っ青になることができた。あれは、本当に、怖かったので。たぶん先生は全部知っていたんだろうけど——というより、今思えば先生がすべてそういう支度を調えてくれたんだろうし——とにかく、あたしには教えてくれなかった。それは仕方ない。先生には色々と考えがおありなのだ。

問題はそこからだ。

隻眼の男は、あたしこそが洗脳者だと見抜いていた。刑事を騙《だま》していたこともばれていた。憐《あわ》れに号泣して誤魔化せる相手ではないように思えて、あたしはいっそ開き直った。落ち着いているつもりだったけれど、少し慌てていたかもしれない。

けれど、あの母親があたしにした仕打ちは許せることではない。

元凶はあの女なのだ。ならばあたしがこうなってしまったのも当然じゃないか。

あの女はあたしを放置して怪しげな宗教にはまり、あたしから父親を奪い、宗教施設に押し込んで外出もままならず…………。

でもそれは偽りだと言われた。

母はあたしを守っていたのだと。

そんなの、笑える。嘘に決まっている。

――それこそが上書きだ。

先生は言っていた。

――惑わされるな。事実ではないが、いかにもありそうな筋書きを与えられて、リンを混乱させようとしているだけだ。

なるほどそういうことか、と思った。頭では理解できたし、先生の言葉が間違っているはずがない。けれど……胸の奥にざわざわと蠢《うごめ》くカケラたちがあって、あたしはどうしてもそれを無視できないのだ。

優しい父。にこやかな父。

怒鳴り声。やめてと懇願する母の声。

リンには手を出さないでという……悲痛な声。

人が変わったように恐ろしい父の顔。赤黒い顔。手が痛い。母親があまりに強く握るから痛い。絶対にあたしを離さないようにと握るから――。

――リン。あの男は手練《てだ》れだ。《サトリ》だというのも本当だよ。だがすべてを見抜けるわけじゃない。コントロールされてはいけない。何度も言ったはずだ。支配されたくなかったら、支配する側にいなくては。

　どっち。

　どっちなの？

　先生は言っていた。洗脳されている者は、自分が洗脳されているなんて夢にも思わないと。誰かに指摘されても、笑い飛ばすだけだと。たしかに母親は、つゆほどもあたしを疑っていなかった。リン、大丈夫？　高校に行かなくていいの？　もう無理する必要はないんだからね……。何度もそう言いながら、申し訳なさそうにしていた。あたしは答えた。いいの、大丈夫、あたしにはお母さんだけいればいいのと。

　強制力だけが洗脳ではない。憐れな懇願、あなただけが頼りだという視線、弱々しく在り続けること……そんな洗脳もまたよく効くのだ。スキルとテクニックを授けてくれたのは先生だ。長い時間をかけて、じっくりあたしを支配する者として育て上げてくれた。子供のほうがいい、と先生は言っていた。頭も心も柔軟だから学習が早いのだと。

　あたしはひときわ覚えが早かった。

　当然だ。必死に先生から学んだのだから。

　怪しい宗教施設から学校に通う子に、友達などできない。中学では誰もあたしに話しかけず、教師すら遠巻きにしていた。

帰れば、母親と先生しか近くにいない。母親は施設の中ですっかりお偉くなって、外出することも多かった。閉じられた世界の中で、あたしは学ぶしかなかった。人の騙し方。操り方。憐れな表情の作り方。いつでも自由に涙を流せる技術。仕組みがわかってくると、面白かった。自分は騙す側にいる。洗脳する側にいるのだ。

洗脳されている者は、自分が洗脳されているなどと夢にも思わない——ちょうど、ついさっきまでの、あたしのように？

隻眼の男は、先生のことを知っているのだろうか。「その男を信じてはいけない」と言っていた。もしかしたら、ふたりは知り合いなのかもしれない。あの茶室に行かなければならないとわかった時、先生は珍しく上機嫌に笑っていた。「いっておいで、きっと楽しいよ」とも言った。

ああ、混乱する。もうよくわからない。いったい誰が自分の味方なんだろうか。誰が本当にあたしを守ってくれるのだろうか。

……常磐という刑事は、ちょっと可哀想だったかもしれない。

薄っぺらい正義感を纏《まと》った、単純な男だ。あたしの涙にコロリと騙された。その割に警察の情報は思ったほど引き出せなかった。本当に肝心なことについては、いつでも『ごめん。それは教えてあげられないんだ』と返してきた。『でも心配しなくていいから。きみはちゃんと学校に通って、友達をつくれるようになる』などと慰めてきた。

金持ち信者の中にはあたしをいやらしい目で見てくるオッサンもいて、「象徴さま」

などと崇《あが》めながら身体に触れられたりもした。あたしはそういうヤツらには反吐《へど》が出そうだったけど、常磐は違っていた。あたしのことを、ただのか弱い子供と見なしているのだと感じられた。

……そういうところは、あの人と同じだったのかもしれない。

アパートの隣の部屋に住んでいたお兄ちゃんだ。名前は知らなくて、ゴーヤーのお兄ちゃん、とあたしは呼んでいた。「ゴーヤじゃない、ゴーヤー」と何度も言われ、それがなんだかとても楽しくて、わざと間違えたりもした。お兄ちゃんの作ってくれるゴーヤーチャンプルーは苦くなくて美味《おい》しかった。あたしの好きなスパムがたくさん入っていた。隻眼の男の話が本当なら、最初に父親から逃げてきた頃のことになる。

「リンちゃん、血圧と体温いいかな？」

病室に担当の看護師が入ってきた。ここは個室なのであたししかいない。黙ったまま頷《うなず》き、右腕を出す。うつむいたままで看護師の顔は見ない。象徴様をしていない時のあたしは、人と目を合わせるのが好きではないのだ。

「今日、外はすごく暑いのよ。あとで少し散歩しましょうか。つきそいがいれば、病院の敷地の中は許可されてるから。この病院には小さな中庭があるの。そこに……」

「宝來リンさん。具合はどうかな」

看護師の言葉の途中で、白衣の医師が入ってきた。あたしは下を向いたまま「普通です」と小声で答えた。

「え。誰？」

そう言ったのは看護師だ。怪訝《けげん》な声の後「ぐっ」と息が詰まったような音がして、その体が急に沈んだ。床の上に倒れたのだ。

驚いて、あたしは顔を上げる。

「やあ。迎えにきたよ」

白衣の男は医師ではなかった。先生だ。言葉を失ったあたしは、もう一度倒れている看護師を見る。彼女はピクリとも動かず、その背中に注射器が突き刺さっていた。

「大丈夫、死にはしない。さあ、リン、帰ろう」

「……でも……ここにいるようにって、警察が……」

「おや。警察のいうことを聞きたいと？」

「そ、そうじゃなくて。だけど、いなくなったら追われるのかも。先生のこと……気がついてるみたいです」

くすっ、と先生が笑って「どうだかね」と言った。

仲村渠と連絡がとれない――その知らせが入った時、脇坂の脳内に警鐘が鳴り響いた。脳内というより、全身にやかましい鐘が鳴り響く感じだ。ただの予感なのか刑事の勘なのか、そんなことはわからないが、とにかく「まずい」と思った。口を開ければ、焦燥感が溢《あふ》れ出しそうだった。

「なに難しい顔してる」

鱗田に言われる。

ふたりは捜査本部――中野区・世田谷区偽装自殺殺人事件の捜査本部で、会議が始まるのを待っているところだった。いまだ解決には至っておらず、安部友親と堀英美里を殺害した、あるいは自殺に誘導した犯人はわかっていない。

「ウロさん。仲村渠さんが消えました」

鱗田が無言で眉《まゆ》を寄せた。脇坂は早口にならないよう意識しながら、状況を説明する。

「今、沖縄の『妖人の権利を守る会』から電話があって。経理事務を担当している上原さんという方です。仲村渠さんは十日前から一週間の予定で東京に滞在していたはずなんですが、この三日は連絡が取れず、どこにいるのかわからないそうです。明日は大切な会議があるので、帰ってこないのはおかしいと……」

とはいえ、大の大人が三日いないだけで行方不明者届を出すのもためらわれ、脇坂の名刺を頼ってきたようだ。最初は小鳩に相談しようとしたらしいが、まだ彼女は意識が戻っていない。

「彼は『麒麟《きりん》の光』を手助けしようと思っていたようです」

「手助け?」

「バッシングがあった頃ですね。力になれることがあるかもしれないから、と。上原さんの話では、今回の出張の二日目に『麒麟の光』に行っているはずだと。そしてこの時、小鳩さんが同行しているそうです」

その小鳩ひろむは狂言誘拐事件について調べている中、ひき逃げに遭った。仲村渠もまた、なんらかの事件に巻き込まれた可能性はあるのではないか。

「仲村渠さんは新宿《しんじゆく》区のウィークリーマンションに滞在していました。最後の連絡は三日前の夜にメールで、入院している小鳩さんを見舞ったけれど、まだ意識が戻らない、という報告だったそうです。けれどそのあとはもう」

メールも電話もない。

ウィークリーマンションに連絡し、管理人に部屋を見てもらったが、誰もいなかったそうだ。荷物はそのままだったらしい。

「スマホも、あったと」

鱗田の眉間《みけん》の皺《しわ》が深くなる。スマホを置いたままで三日も連絡が取れないというのは、明らかに不自然だ。

「なんだ、なにかあったのか?」

聞きながら脇坂に近づいてきたのは玖島だ。脇坂は玖島にも同じ説明をする。

「仲村渠……常磐ときみが沖縄まで会いにいった人だな」

「そうです」

「うちの係から、誰か出して捜させよう。そっちも気掛かりだが、こっちも進展があったぞ。安部友親と堀英美里、それぞれのパソコンとスマホのログを徹底的に洗った。安部の方はかなり深い階層に隠してあったが、やっと見つけた」

「なにが出たんです？」

「メールやSNSのやりとりだ。これは一部だが」

玖島がデスクにプリントアウトした資料を広げる。

きみは価値がある、あなたは価値がある、きみを理解しないほうが馬鹿なんだ、あなたの素晴らしさを理解できない人がいるなんて、きみと知り合えたことがどんなに嬉《うれ》しいか、あなたと知り合えた奇跡に感謝を………。

「そっくりだ。安部さんと堀さん、それぞれへのアプローチの仕方、懐柔のしかた……最初は褒めて、理解者を装って、相手の信頼を勝ち得たら少しずつ矯正を始める。自分がコントロールしやすいように、実に巧みに誘導している。同一人物と見て間違いない。ふたりがSNSで妖人《ようじん》差別発言をしていたのも、こいつによるものだろう」

玖島の説明を聞きながら資料に目を通し、脇坂は無意識に奥歯を嚙《か》みしめた。強い嫌悪感が湧き起こり、同時にある男の顔が思い浮かぶ。

「青目のやり口に似ています」

「私も同感だ。だが……」

玖島が眼鏡をずらして目を擦《こす》る。寝不足なのだろう。

「この人物は、ふたりに何度も直接会い自宅にも出入りしていたようだ。それにしては目撃情報がまったくない。青目は、かなり目立つ男なのに」

「変装していたのでは」

「以前、そういうことがあったな。電気工事業者だったか？　だが、このふたりに会うたびに変装していたとなると……」

「青目かどうかはさておき、この男の目的は？」

しばらく黙っていた鱗田が口を開いた。

「ふたりを懐柔し、ＳＮＳで妖人差別発言をさせ、殺害。なぜそんなことを？」

「青目だとしたら、奴は殺人そのものを楽しむし、なにより洗足伊織の気を引くためだろう。だから妖人差別発言をさせた」

玖島の言葉は納得できる気がした脇坂だが……なにかがひっかかる。少し考え「ですが」と玖島と鱗田、それぞれを見た。

「我々警察は、今回こちらの事件……安部さんと堀さんの事件では、先生にご協力をお願いしていません」

「してるだろ。常磐が妖琦庵に呼ばれて、へこみまくって、現在は謹慎中だ」

なんの報告もせず、宝來リンと連絡を取り合い、まんまと利用された常磐である。

現在は自宅謹慎中なのだ。あとで事情を聞いた脇坂は同情したが、同情されることが一番つらいだろうことも理解できるので、そっとしておくに止《とど》めている。自分も正直、小鳩の件でメンタル的にぎりぎりで、人を励ます余裕などない。

「いや、玖島さん。あれは《麒麟》絡みでお願いしたんだよ」

「だが、関連してるでしょう」

「関連はしてるが、単に安部さんが『麒麟の光』にも絡んでた、というだけだよ。それに、犯人が狙ったのは『麒麟の光』のほうだと思うぞ。先生も、何者かがリンちゃんを洗脳したんだろうと仰《おっしゃ》っていたし……」

言いかけて、鱗田が目を見開く。

鱗田に走ったであろう衝撃を、ほぼ同時に脇坂も得ていた。

母親を洗脳した少女。

母親を洗脳するように、洗脳された少女。

妖人を差別しろと洗脳された安部。そして堀。

「どっちも、か……！」

鱗田が苦々しく口にした。

中野区・世田谷区偽装自殺殺人事件と、『麒麟の光』内の事件。

関連しているようで、さほど関連しておらず、うすぼんやりとした繋《つな》がりしか見えなかったふたつの事件は、今完全に繋がった。

首謀者が同じなのだ。

その手法もまったく同じ。つまり洗脳、である。

「……リンちゃんを誘拐して、自殺した人たちも……洗脳されていた可能性があると思います……」

脇坂の言葉に、玖島が「なんだって？」と頭を抱える。

「そ、そんなこと可能なのか？」

「……不可能では、ないはずです……亡くなった方たちは、それぞれ事情を抱え、生きることに疲れ切っていたようですし……」

死ぬのが、唯一の救いであるかのように。

象徴様のために死ねば、その後の世界で報われるかのように。

そんなふうに思い込ませ、さらに実行させることが……奴には、できるのだ。

愕然《がくぜん》としている場合ではない。そうわかっていても、脇坂の声から力が抜けてしまう。

いったい、あいつは……何人殺すつもりなのか。

「か、仮にぜんぶ青目の仕業として、それだけのことをしでかして、目撃情報がひとつもないのか⁉」

「青目の場合、自分で動くとは限りません」

「それはそうだが……ウロさん、どうしました？」

髪をぐしゃぐしゃと派手にかき混ぜている鱗田に玖島が尋ねる。

「いや……なんかこう……もっと、なんというか…………洗脳、か……」

鱗田は頭を掻《か》くのを止め「時間が、かかるんだろ？」と聞いた。

「え？　洗脳にですか？　そりゃある程度はかかるでしょうね。安部さんと堀さんのログからだと、一年以上前からやりとりが始まってます」

「リンは……いつからだと思う？」

「あの子は……母親と一緒に宗教団体に逃げ込んだのが八歳くらいだろ？　象徴さまと呼ばれ出したのが……ええと……」

「九歳と聞いています」

脇坂が答えると、鱗田は「仮にその頃からだとして、八年もある」と言った。

「ずいぶん時間をかけてる……ある意味、丁寧な仕事とでも言うか……」

丁寧な洗脳。

丁寧な犯行。

青目という蜘蛛《くも》が吐いた糸は、いつも緻密《ちみつ》な罠《わな》を張る。今回、小鳩もまたその罠に捕らえられた可能性が高い。事件を嗅《か》ぎ回る彼女が邪魔だったのではないか。脇坂は怒りで胃が灼《や》けるような思いだ。

そして今、仲村渠まで消えてしまった。

「鱗田さん！」

息せき切って走ってきたのは、生活安全課の女性刑事だった。

その顔を認めるなり、鱗田が立ち上がる。彼女には、入院したリンの保護を任せていたのだ。

「リンちゃんが病院から消えました！」

脇坂と玖島も弾《はじ》かれたように立つ。

「看護師がひとりベッド脇に倒れていて、意識不明です。防犯カメラを調べていますが、病院内にはもういないと思われますっ……」

全員が息を呑《の》んだ。

リンが、危ない。

脇坂は一番先に、会議室を飛び出した。

「最後のテストだ」

先生は言った。

「これをパスしたら、リンはもう大丈夫。ひとりで自由にやっていける」

あたしはやっぱり混乱している。さっきよりさらに混乱している。それでも、これが大事なテストなのはわかった。これをクリアすれば、先生はあたしを一人前だと認めてくれるのだ。

「他者をコントロールする者は、自らもコントロールしなければならない。それはわかるだろう？　また、他者を支配して生きる者は、道徳や法律に縛られてはならない。道徳も法律も、他者が作ったものだからだ。そんなルールになんとなく縛られて、不自由に生きるなんて、弱者のすることなんだよ。逆に言えば、弱者はそうしないと生きて行けないんだ。自分で考えることが苦手な、憐《あわ》れな連中だからね。でも、リン、きみはそうではないだろう？」

あたしは頷《うなず》いた。自分の首なのにうまく動かなくて、震えているんだとわかった。でもどうして？　あたしは象徴様で、《麒麟《きりん》》で、なにも怖くなんかないはず。

「ああ、可哀想に。そう、《麒麟》というのは優しい妖人《ようじん》で、殺生を嫌うんだった。だけどリン、これはテストだ。最終課題だから難しいんだ。自分をコントロールしなさい。つらいことでも、やれると見せなさい」

さあ、と先生は私に銃を手渡した。ズッ、と手が重くなる。

「これはちょっとしたサービスだ。ナイフよりだいぶ簡単だよ。外れると苦しませて可哀想だから、近くからがいい」

背中を軽く押される。

身体が傾いて、一歩が出る。少しよろけた。あたしの足はあまり前に行きたがっていないようだ。でも行かなければならない。これはテストだから。

その人は椅子に座らされていた。

壊れかけた事務椅子で、この廃屋の片隅に転がっていたものだ。東京って、使われてない空き家がけっこうあるんだな。そんなどうでもいいことを思った。信者さんたちが死んだ時の廃工場よりは狭い。

身体は事務椅子に拘束されていて、ダクトテープでグルグル巻きだ。口と目もテープで塞《ふさ》がれている。それでも誰なのかなんて、すぐにわかった。赤っぽく染めた伸びっぱなしの髪、浅黒い肌。鼻呼吸が苦しそうで、可哀想だった。意識はあって、あたしたちの会話は聞こえているんだろう。怖いのだ。怖いに決まってる。これから殺されるんだから。あたしに殺されるんだから。

仲村渠さん。

ゴーヤーの、お兄ちゃん。

――ゴーヤじゃありません。ゴーヤー。なんで東京の人はみんな間違うかね？　なにも悪くないのに。この人、なにも悪くないのに。

あたしの考えていることは、顔に出たのだろうか。先生は「悪い人じゃないのは知ってるけど」と笑った。

「でもそれは関係ないから。これはテストだから」

そうテスト。あたしが認められるための。

強いと認められるための。支配する側だと。弱者ではないのだと。

無視され、捨てられ、痛めつけられていいはずもないのだと。もう二度と、自分はひとりなのだと、絶望しなくていいための。

「リン？」

語尾を上げて、先生が呼ぶ。

少しいらいらしているのがわかる。しなければならないことはわかっているのに、あたしがちっとも動かないからだ。鼓動が早くなる。先生に叱られたくない。嫌われたくない。この世で一番、あたしの価値をわかっている人に見捨てられたくない。

あたしは銃を構えようとした。

でも、そんなのやったことない。

テレビでしか観たことなくて、肘《ひじ》をどれくらい伸ばせばいいのかわからない。先生が後ろにきて「こうだよ」と教えてくれた。その言葉に仲村渠さんは反応し、呻《うめ》きながら暴れようとして、椅子をガタガタいわせた。

怖い。

身体の震えが止まらない。

「ああ、可哀想に……。リン、泣かなくていい。すべて終わらせよう。そうしたら怖いのも終わる」

そっか。終わらせればいいのか。

そしたら怖いの、終わるのか。

あたしは、引き金を――

宝來リンの居場所がわかったのは、彼女が病院から消えた六時間後だった。

取り壊しが決まっていた廃屋は、彼女が誘拐された廃工場からさほど離れていなかった。この区域は工場や倉庫が多く、休日になると人の往《い》き来は少ない。「女の子の悲鳴が聞こえた」という通報がなければ、発見にはもっと時間がかかっただろう。

……いや、違うか。

鑑識班が焚《た》くフラッシュをぼんやり見ながら、鱗田は思う。

通報した人物こそ、犯人なのではないか。廃屋近くの公衆電話からで、ただの通行人だからと、名乗らなかったそうだ。すべてがすんだあと、わざわざ連絡をよこしたのではないか。さあどうぞ、結末を見にこいよ、と。

舐《な》められている。

肩が強《こわ》ばるのは、怒りのせいだ。犯人への怒りも当然あるが、事件を阻止できなかった警察への、つまり自分への怒りもある。リンの警護はもっと厳重にしておくべきだったのだ。病棟の非常階段に怪しい人物がうろついている……看護師にそう聞いた私服警察官がそちらに向かった隙に、リンは消えた。犯人の仕掛けたフェイクにまんまと嵌《は》まったわけだ。

脇坂が立ち尽くしている。

呆然《ぼうぜん》と、ふたつの遺体を見ている。

「……僕は」

まだ若い刑事の声は上擦っていた。

「常磐さんに……頼まれていたんです。リンちゃんを、守ってくれと」

「あぁ」

あいづち以外に、なにが言えるというのだろう。

「確かに自分は騙《だま》されていたけど……それでもあの子は被害者だから、と。最初からあいう子だったわけじゃ、ないはずだと」

「あぁ」

「それはたぶんお母さんも同じで……すべての始まりは、暴力を振るう夫から、逃げたい一心からの……」

そして、逃げた先で、出会ってしまったのか。

他者を洗脳し、コントロールする者に。

「……行くぞ。まだしばらくかかりそうだ。先に、あの人の話を聞こう」

鱗田は言い、歩き出す。脇坂は黙ってついてきた。廃屋から出ると、停車している救急車がすぐ見える。ハッチが開いていて、毛布にくるまった男が脱力して座っていた。ダクトテープを剝《は》がしたせいで、濃かった眉毛《まゆげ》がずいぶん抜けてしまっている。

「仲村渠さん」

声を掛けたのは、面識のある脇坂だ。仲村渠は「あ」と反応し、かろうじて頭を下げる。表情を失った顔で「リンちゃんたちは」と聞く。

「残念ですが」

そうですか、と掠《かす》れた声がした。だめだろうと予測していたのかもしれない。

「あなたは、一部始終を聞いていましたね？」

「はい」

仲村渠は頷《うなず》く。彼自身にはほとんど怪我はなく、スタンガンによる軽い火傷《やけど》くらいだ。けれど精神的な衝撃はいかばかりか。

「なにも見えなかったし、動けなかったけれど……全部聞いて、覚えています。これは……テストだったんです。本当なら、僕が殺されるはずでした」

「テスト？」

「犯人はリンちゃんにそう言ってました」

最後のテストだと。

リンが仲村渠を殺せば、テストは合格だと。

「リンちゃんは怯《おび》えていました。声がひどく震えて……あの子、犯人を『先生』と呼んでました」

「先生？」

「はい」

「犯人とリンちゃんは親しそうでしたか？」

脇坂の問いに「そう感じました」と仲村渠は答えた。

「対等に仲がいいというより、ほんとの、生徒と教師みたいな……リンちゃんは、犯人のことを信頼しているようで……いや、ちょっと違うかな……でも犯人の命令を拒絶できないというか……」

「洗脳されていたような？」

「ああ、そう……そうだ………リンちゃんは」

操られていた、と小さな声で言い、顔が歪《ゆが》む。泣き出しそうになるのを耐えているのだとわかる。

「犯人の喋《しゃべ》ってることは、常識で考えればめちゃくちゃなんですけど……なのに、ある種の筋が通ってるというか、道徳を無視していても論理的に破綻《はたん》はない、そんな感じでした。頭が良くて、でもやばい奴なんだと思います……」

犯人とリンはある程度長い時間を一緒に過ごしていたのではないか、仲村渠はそうも言った。会話を聞いて、そういう印象を受けたそうだ。

「……だけど、リンちゃんは僕を撃てなかった」

仲村渠は「そんなことのできる子じゃない」と力なく続ける。もう目は真っ赤だ。とうとう顔を両手で覆って、嗚咽《おえつ》した。泣きながら、それでも彼は喋った。亡くなった少女と母親のために、覚えていることを語ってくれた。

とはいえなにも見えない状態だったので、あくまで予測でしかない部分もある。だが、仲村渠の聞いたものを総合すると、おそらくはこうだ。

銃を渡され、リンはパニックに陥った。

家庭環境に恵まれなかった彼女は幼い頃から孤独で、友達も多くはなかっただろう。そんな中、子供の頃に遊んでもらった、優しくて楽しいお兄ちゃん……仲村渠は、リンにとって数少ない楽しい記憶だ。大切な思い出ともいえる。また、仲村渠は事件の数日前にも、リンに会っているという。木村という男が、こっそり引き合わせてくれたそうだ。ならばリンは、仲村渠が今も自分を心配してくれていると理解していたはずだ。そんな相手を殺せるはずがない。

だが同時に、洗脳されていたリンにとって先生の存在は絶対的だった。先生の与えるテストに合格することもまた必須《ひっす》であり、ふたつの命題のあいだでリンは揺れ——混乱のあまり、なにかが起きた。

わからないんです、と仲村渠は語った。見えていなかったのだから当然だ。

「ただ……聞こえたのは、こっちまで苦しくなるような、リンちゃんのすすり泣く声です。まるで、いつもひとりでお母さんを待ってた頃のように……小さなあの頃のように、泣いてた。そのあと、だめ、という叫び声。位置的にもっと遠くて、リンちゃんではなかった。それから駆けてくる足音。銃声がひとつ。少しだけ間があって、誰かの声がして、もうひとつ。その後はリンちゃんの悲鳴と……三発目の銃声です。……僕が聞いた最初の叫び声は、たぶん……」

鱗田は「リンちゃんのお母さんでしょう」と伝えた。

仲村渠は「あぁ」と小さく嘆き、深く項垂《うなだ》れる。

銃声は三つ、遺体はふたつ。

宝來リンと宝來万記子。

リンの手には拳銃《けんじゅう》が握られていた。その遺体は頭部を撃ち抜かれているが、頭の後ろ側なので自分で撃ったとは考えられない。母親のほうは側頭部を撃たれていた。

「……お母さんは……リンちゃんを助けに来たんですね」

仲村渠が呟《つぶや》く。

鱗田はだまって頷いた。それは間違いないだろう。恐らくは娘を見舞いに病院に行った時、出て行こうとする姿を見つけ、跡をつけたと考えられる。その時、すぐに声をかけなかったのはなぜなのか？　怪しい男が娘を連れて、禁じられているのにもかかわらず、病院から出ようとしているならば――その場で止めるほうが自然なはずだ。さらに、銃声がひとつ多いのも不可解だ。これは鱗田の私見だが、一発目はリンが外した音なのではないか？　仲村渠ではない、誰かを撃とうとしたのではないか？

つまり、先生を。

母親は、リンが仲村渠を殺すのを止めようと駆け込んできた。その瞬間、リンは正気を取り戻したのではないか。あるいはパニックのままだったかもしれないが……とにかく、真に自分を害する者、自分を洗脳してきた者に向けて発砲した。けれど弾は当たらなかった。そして先生はリンを見限った。

最初に母親を撃ったのは……リンへの罰なのか。

母親のあとには、リンを。母親を抱きかかえたまま叫んでいる少女を、後ろから無慈悲に殺した。

心臓が、冷えていく。

こんなふうに、心の中で現場を再現するたびに、鱗田は内臓ごと氷水に浸されたような気分になる。それでも、凄惨《せいさん》なその瞬間を考える。想像する。思い描く。それが刑事という仕事なのだから。

「本当に……残念です」

脇坂が声を絞る。

「僕ら警察が……もっと…………」

「脇坂」

まだ若い後輩がそれ以上泣き言を垂れ流さないように、鱗田は制した。もっとしっかりしていれば。もっと大事なものを見落とさなければ。もっと頑張っていれば。もっと、もっと、もっと……刑事なら、警察官ならば、誰しもそう思う。だが、それを言葉に出しても意味はない。まして、遺族や、あるいは事件に巻き込まれた人へ言ったところでなんになるというのだ。

ひとりの若い警察官が、脇坂のもとに走ってきた。口早になにか伝えると、すぐ去って行く。

脇坂は頷き、「仲村渠さん」と真剣な眼差《まなざ》しを向け、

「小鳩さんの意識が戻りました」

そう報告した。

仲村渠は充血した目を見開き、小さく頷いて「よかった」と言う。脇坂は唇を引き結び、ひとつ頷く。そうしていないと、情けない顔になってしまいそうなのだろう。鱗田も安堵《あんど》した。小鳩ひろむもまた、この事件に巻き込まれてしまった被害者のひとりである可能性が高い。助かって、本当によかった。

けれど、あの母子はもう戻らない。

ふたりは抱き合うように倒れていた。


しっかりと、互いを守るように。

しばらく学校には行けないと思うけど……我慢できるでしょ？　リンなら大丈夫。リンはとてもいい子だもの。頭が良くて、その上こんなに可愛らしい。

ここの人たち、みんなリンを褒めていたでしょう。なんて綺麗《きれい》な子なんでしょう、まるでお人形のようだって。母さん嬉《うれ》しかったわ。誇らしかった。

お母さんにはなにもないの。

リン以外なにもないの。

あなただけが絶対なの。あなたのために生きてるの。

何度だって言って、抱きしめるわ。

リン、あなただけは——守ってみせる。

九

「だからさあ、俺は流し素麺《そうめん》にしようって言ったんだよ。だってぜったい楽しいじゃん。素麺がさ、流れるんだよ？　そんなの楽しいに決まってるじゃん。ここの裏に竹もワサワサ生えてるし、何本かひっこ抜いて割ってさあ」

「いや、あの竹林は妖琦庵《こ》の所有地じゃないし」

「二、三本借りるくらいいいだろ、べつに」

「借りるってなに。竹を切って、割って、素麺を流す台にしたあと、また元に組み立てて植えるわけ？　なんできみはそういう無茶なことを言うかなあ」

「お堅い刑事さんと違って、発想が自由なんだよ」

「自由とむちゃくちゃは違う」

「人生は守りに入ったら負けだぜ？」

「流し素麺は攻めなのか」

「そりゃ、攻めてるだろ〜。ドトウのごとく流れるんだぜ、素麺が！」

「怒濤《どとう》の意味わかってる？」

「ドドーッといくから、ドドトゥだろ？」

その返事に、脇坂はしばし考え「……だいたい、あってるか……」と呟いた。

ふたりのやりとりが可笑《おか》しくて、近くで聞いていたひろむは小さく笑ってしまう。

「ね。とっても、仲よしなんですよ」

ひろむの隣に立っていた可愛らしい顔をした少年が言った。高校生くらいだろうか、そろそろ少年という言葉からは卒業しそうだが、肌が瑞々《みずみず》しく、とても澄んだ瞳《ひとみ》は幼い子供に通じるものがあった。たしか、マメ、と紹介されたはずだ。

「ほんと。楽しそうに言い争ってますね」

「脇坂さん、普段はすごく穏やかなのに、甲藤さんと話す時だけ、ちょっとムキになるんです。それだけ気心知れてるっていうことなのかな」

「甲藤さんも、妖琦庵《ここ》に来るようになって長いんですか？」

「うーん、そうでもないかな？」

マメは少し首を傾げて考える。

「去年の冬くらいからでしょうか。最初は、ずいぶん先生に叱られてました」

「今は？」

「今も叱られてますね。ふふ」

マメが余りにも柔らかく笑うので、ひろむもつられて微笑んでしまう。首筋をツッと汗が伝うのがわかって、タオルハンカチで拭《ぬぐ》った。

マメが「今日は本当に暑いですよね」と朝顔の描かれた団扇《うちわ》を手渡してくれた。団扇で煽《あお》ぐより早く、竹林からの風が届く。

その風に乗り、鰹出汁《かつおだし》のいい香りも漂ってくる。ひろむはクンクンと鼻を鳴らしてしまった。やってから恥ずかしくなって周囲を気にする。ふと脇坂と目が合って、微笑まれたのに、なぜか横を向いてしまった。

夏の終わり、ひろむは妖琦庵に招待された。

妖琦庵というのは厳密には茶室のことだそうだが、母屋や庭も含めたこの家全体を「妖琦庵」と呼ぶ人が多いらしい。主《あるじ》は洗足伊織という人で、ほかに家令の夷芳彦、そしてさっきひろむが話していた弟子丸マメの三人で暮らしているそうだ。三人は血縁関係はなく、全員が妖人《ようじん》と聞いている。家族でも親戚《しんせき》でもない三人がなぜ共に暮らすことになったのか……それはここに初めて訪れるひろむが聞くことではあるまい。人には様々な事情があることは、職業柄もあってよく承知している。

——お素麺、食べませんか。妖琦庵で。

そう誘ってくれたのは脇坂だ。

交通事故で一時は意識不明になり、ようやく退院し、体調もだいぶ戻ってきた頃のことである。ひろむはあまり社交的な方ではない。仕事として依頼人と話すぶんには問題ないが、プライベートになると、初対面の人となにを話したらいいのか、戸惑ってしまうことが多い。

それでも、脇坂の招待を受けた。

脇坂がひろむをどれほど心配してくれていたのかは……家族や病院のスタッフからずいぶん聞いていた。脇坂本人はそれについてほとんど語らず、けれどひろむが意識を回復してからもちょくちょく顔を見せては、わりとどうでもいい話をして帰っていった。都内の有名洋菓子店のシュークリームを食べ歩いた話だとか、生クリーム派とカスタード派の果てしない戦いだとか……そんな感じである。

ひろむが眠っている間に来ても、起こすことは決してなかった。

一度だけ、病床でふと目覚めると、パイプ椅子に座ったまま脇坂が眠っていることがあった。かなり疲れていたのだろう。珍しくワイシャツの衿《えり》がクタクタになっていたし、目の下の隈《くま》からもそれは明らかだった。

『麒麟《きりん》の光』の事件に関しては、簡潔な報告だけ受けていた。

宝來万記子と、その娘リンが何者かに殺害されたこと。

事件に巻き込まれて拉致《らち》された仲村渠に大きな怪我はなく、沖縄に戻ったこと。

犯人はまだ捕まっておらず、『麒麟の光』は解散したこと。

テレビのワイドショーや雑誌は、根拠なく無責任な話を垂れ流していた。リンは信者たちを洗脳していたとか、いやそれは母親のほうだとか。母子が憎しみあい、殺しあったのではないか、などという説まであってひろむは眉《まゆ》をひそめた。人間の想像力は、愚かで汚い方向にも発揮されるものらしい。

なんだか嫌になってしまい、それっきり『麒麟の光』についての情報を自分から探すことはなくなった。

ひろむにとって、脇坂の言葉だけがあの事件の真実だと思いたい。

脇坂は言っていた。母と娘は、第三者に撃たれ、互いを守りあうようにして倒れていたと。そして自分は、犯人を逮捕することに全力を注ぐと。

脇坂が言うのだから、それは本当なのだ。

「流し素麺は無理だという判断が下ったんです」

ごく自然にひろむの隣に立ち、脇坂が言った。

今日は涼しげな麻の開襟シャツを着ている。脇坂の私服は明るい色調でかつ品が良く、きっと高価なものなのだろう。ひろむはファッションセンスには自信がない。今日着てきたワンピースも野暮ったいだろうかと不安だったのだが、待ち合わせた駅で脇坂が最初に言ったのは「ターコイズ。僕の大好きな色です」だった。もう何年も前に買った服なのに、ちょっと気恥ずかしかった。

「ここの庭はすてきだけど、そんなに広いわけじゃないですからね。そこに流し素麺の装置を作るとなるとカーブさせなきゃいけなくなるでしょう？　それがどれだけ大仕事なのか考えなさいと、叱られてしまって」

「先生にですか？」

「いえ、夷さんに。家の細かいことを取り仕切っているのは家令の夷さんなので」

「執事みたいなものです。そして怖いお母さんのような……あっ、後半のは内緒にしてください」

「家令……」

脇坂がキョロキョロしながら言った。その夷という人は、大きな木の盥《たらい》を抱えて濡《ぬ》れ縁に出てきたところだ。夷が甲藤を軽くにらむと、「はいっ、今、ただ今！」と呼ばれた犬みたいに駆け寄って盥を受け取った。ひろむも最初に挨拶《あいさつ》したが「たくさん召し上がっていってくださいね」と、優しい言葉をくれた。ちょっとつり目だが、整った顔立ちで三十代後半ぐらいに感じられた。

流し素麺は、盥素麺に変更になったようだ。

それでも、こんな綺麗《きれい》な夏の庭で、濡れ縁に大きな盥を置き、そこに氷水と素麺が入り、みんなでいただくのは――すてきなイベントだ。

「あの。お誘いありがとうございました」

改めて礼を言うと、脇坂は「いやいやいや、そんな」と恐縮しまくる。

「素麺大好きなのに……最近コンビニのばかりだったから、嬉《うれ》しいです」

しまった、素麺も茹《ゆ》でられない女と思われただろうか。一瞬そんなことを考えてしまい、そう考えた自分にまたイラッときてしまう。素麺を作れないと女として失格、そんな観念じたい、もう時代錯誤なはずなのに。

「わかります。素麺、面倒ですよね」

　だが脇坂は、納得顔で深く頷《うなず》いた。

「大量のお湯を沸かすというのが、まず大変です。そもそも、大量のお湯が入る鍋《なべ》って、ひとり暮らしだとあんまり持ってないし。で、茹でたら冷やして締めるから大量の氷も必要でしょ？　氷、そんなにストックしてないわけで。さらに薬味ですよ。生姜《しょうが》はチューブがあるからいいんですけど、僕は大葉と茗荷《みょうが》もどうしても欲しい派で、だけど、大葉や茗荷なんて常備してないんですもん。大葉なんか、冷蔵庫ですぐカピカピになっちゃうし。だいたい、素麺に必要なものを一揃い買いに行く気力と体力があったら、素麺じゃなくてカツ丼とか食べたいと思ってるはずですしね」

「…………」

「……あっ、僕、へんなこと言いました⁉」

　慌てる脇坂に「いいえ、ぜんぜん」と首を横に振った。本当に、少しも変ではない。ただ、ひろむが言いたかったことをすべて言ってくれただけで、だからちょっと驚いてしまったのだ。

「脇坂さぁん、手を貸してくださいますか？」

　どこからか、マメの声がする。

「あ、台所からだ。ちょっと手伝ってきます」

「私も行っていいでしょうか」

「助かります。たぶん、薬味を大量に切るんだと思います」

ふたりで母屋の勝手口から入る。古風な日本家屋で、台所の一部は土間になっていた。マメが「すみません、お客様なのに手伝わせて」と恐縮し、蕎麦猪口《そばちょこ》をお盆に並べていた。ひろむは俎板《まないた》に向かい、大量の生姜、大葉、茗荷を刻むことにした。コンロでは湯が沸いて、マメが素麺を茹で始める。夷がやってきて「おや、お客様なのに」とやはり言いながら、それでもひろむを追い出すことなく、自分は手際よく天ぷらを揚げ始めた。脇坂はその天ぷらを並べる係で、こちらはちょっとぎこちない。

「脇坂さん、天ぷらの下に紙を敷いてください。ほら、そこにあるでしょ」

「あっ、はい。……夷さん、これって懐紙なんじゃ……先生のお茶用の……」

「そうですよ」

なんてことはないというふうに夷は答えた。

「懐紙ってなんだか溜《た》まるんですよ。先生が使って構わないとおっしゃるので、遠慮なく使わせていただくことに」

「先生って、わりと無頓着《むとんちゃく》なところありますよね……」

「お伝えしておきます」

「あっ、すみませんっ、お伝えしなくて大丈夫です！　あちっ！」

脇坂と夷の会話を聞いていると、なんとなく、この洗足家で脇坂がどういうポジションなのかがわかってきた。次の皿を出そうとした脇坂は、ぬるりと現れた太った猫に向かってまで「おっと、にゃあさん、失礼しますっ」と声をかけている。

なんだろう、この感じ。

ひろむは不思議だった。初めて訪れる家で、もちろん初めての台所で、ほぼ初対面の人たちと素麵の支度をしている。普段のひろむならば、こういう場は得意ではない。キッチンという空間はその家の非常にプライベートな空間であり、他人が気軽に入り込むような場所ではないはずだ。

なのに、ここでトントンみょうがを切っているのがなぜか心地よい。緊張もすぐに解《ほぐ》れ、みょうがのすがすがしい香りに癒《いや》されるようだ。子供の頃に数度訪れた、曾祖母《そうそぼ》の古い家に少し似ているからだろうか。

ひろむは薬味の載った皿を手に、一度台所から出た。これらはみな、庭の濡れ縁に置くのだ。

「おっ、薬味きた。天ぷらはまだかなあ」

濡れ縁に座って待っていた甲藤が言う。この人は、自分から率先してはあまり動かないタイプらしい。

「今夷さんが揚げてらっしゃいますよ」

ひろむが答えると「そっか」と、犬歯を見せて笑う。

「ひろむさんすげえな。初めてここに来たのに、もう台所に入れてもらえるなんて」

「え。みなさん、そういう感じじゃないんですか」

「いやいや、そうでもないのよ」

甲藤は少し唇を尖《とが》らせ「俺なんか、母屋にもなかなか上げてもらえなかったぜ？」と肩を竦《すく》める。

「まあ、最近は客間までは入れてもらえるようになってきたけど。お茶の間はまだだめだな。台所もほとんど入ったことないし。もっとも台所に俺が入っても、できることないんだけどね～」

それでは、ひろむはなぜ最初から洗足家の台所に入れてもらえたのだろうか。

「あんたはさ、脇坂の紹介だからかもね。あいつはなぜか、ここの人たちに信頼されてるもんな」

「甲藤さんもそうでしょう？　あの……改めて、あの時は本当にありがとうございました。もっとちゃんと、甲藤さんのアドバイスを聞いておけば……」

「いやいやいや、そりゃ確かに危ないって言ったけど、結局あんたは事故に遭っちゃったし……俺、べつに役に立ってないもんなあ……脇坂にも微妙な顔されたよ……」

ひろむは甲藤と初対面ではなかったのだ。

『麒麟《きりん》の光』について探ろうと、本部の周囲をうろついていた時、警備員に声をかけられた。臨時のバイトと言っていたその警備員は、ここをひとりで探るのは危ないと警告してくれたのだ。話の中に脇坂の名前も出たのだが……その時のひろむは脇坂を頼る気にはなれず、そのあとも独自に調査を続けた。挙げ句、ひき逃げに遭ったわけである。

「ま、でも、一応礼は言われたけどね」

スカルプリントが入ったTシャツを着た甲藤が言う。

「礼？」

「結果はどうであれ、あんたに注意喚起してくれてありがとうって」

「そうですか。本当に、もっと思慮深く行動すべきでした。自分の馬鹿さ加減に腹が立ちます」

「おお、自分に厳しいねえ」

甲藤がちょっとからかうように言って、だがすぐ真顔になり、

「俺なんか、自分の馬鹿さ加減をある程度わかってるけど、腹が立つことなんてあんまりないぜ？　……待てよ、いまだかつてあったかな……俺、バカな自分を結構気に入っちゃってるからな……」

そんなふうに言うものだから、ひろむは思わず笑ってしまう。その声を聞きつけ、氷の袋を抱えた脇坂が「あっ、なにを話してるんです？」と足早にやってくる。甲藤はわざと思わせぶりに「なんでもねぇよ」と返し、またふたりの漫才じみたやりとりが始まった。ひろむはそれを聞きながら、大きな盥に氷水を作る。今日は残暑が厳しいので、この氷もどんどん溶けていくことだろう。

「あの……私、まだ洗足先生にご挨拶してないんですが」

実はさっきからずっと気になっていたことを口にすると、甲藤も「そういや、先生いないじゃん」と言う。

「客間だと思いますよ。今、鱗田がその後の報告をしてるところなんです」

脇坂の声がわずかだが硬くなった。報告、とはもちろん事件に関してだろう。甲藤も察してなにも聞かず、ひろむもそれに触れることはなかった。ただ、

「あの。その先生は……どんな方なんですか？」

と聞いてみる。

するとふたり同時に「そりゃもう厳しくて」と口を開いた。さらに続けてやはり同時に、「でも、本当は優しいというか」と声を揃える。

「脇坂。真似すんなよ」

「そっちこそ」

「その厳しいというのは……礼儀作法だとかに？」

茶道の先生なのだから、所作にはうるさくて当然とも云える。そう思って聞いたところ、脇坂は「それもありますけど……」とちょっと考えるような顔をした。

「だけど、先生が厳しいのはもっと根本的なところな気がします」

「根本？」

「うーん、どう説明したらいいのかな……。人を差別しないとか、弱い立場の人に手を差し伸べるとか、そういうことは当然なわけですが、ほかにも……自分で考えることをせず、周囲にただ流されているような人には、厳しいです」

「はあ」

「たぶん先生は、その人が自分で考え抜いたならば……その結果が間違っても、あまり責めたりはしないんじゃないかと。だけど、自分ではなにも考えず誰かの口車に乗っかって、結果が良くなかったと嘆く人には、思い切り馬鹿とおっしゃるでしょうね」

「ああ、正しい見解ですよね」

ひろむが答えると、脇坂は「あはは」と楽しそうに笑って、

「僕、初めて小鳩さんにお会いした時、先生を思い出したんですよ」

と言う。隣で甲藤が「似てないだろ。先生は綺麗《きれい》系で、ひろむさんは可愛い系じゃん」と口を出した。

「外見が似てる似てないの話じゃないよ。っていうか、何できみがひろむさんとか馴《な》れ馴れしく呼んでるわけ？」

「なんでおまえが怒ってんだよ。チビちゃんだって、ひろむさん、って呼んでるぞ」

「え。そうなの？」

「あのう、仕事の場ではありませんし、ご自由に呼んでいただいて結構ですけど」

ひろむがそう言うと、脇坂はなぜか少し耳を赤くして「じゃ、じゃあ僕も……ひろむさんって呼ぼうかな……」と小声で言う。

「とにかくさあ、先生は怒らせちゃまずいぜ。マジ怖ェ《こえ》もん。なんつーか、殴られそうとか殺されそうとか、そういう類《たぐい》の怖さじゃないんだよね。先生はひょろ〜っとしてるし、身体は薄くてペラペラだし、あ、でも姿勢いいからシャンとして見えるんだけど、

実のとこ腕力はたいしてないのよ。ここんちでは、茶筅《ちゃせん》より重いものはぜーんぶ夷さんが持つからね。けどさー、先生のあの目でジロリと睨《にら》まれると、なんかもうヒャアッってなるんだよ」

「おい、甲藤……」

脇坂が甲藤の言葉を止めようとしたが、どこ吹く風でペラペラと続ける。

「ま、確かに俺は賢くないけど、俺のバカなとこは可愛げの一種っていうかさ。愛嬌《あいきょう》？　親しみ？　そういうもんなんだけどねー。先生もさあ、もう少しお愛想ってもんがあれば、ずいぶん世の中は生きやすくなるのにな。いくら綺麗だからって、いっつもあんな怖い顔してたらすれ違いざまに子供に泣かれるって。あはははは」

「子供に泣かれたことはありませんがね」

「は…………」

その声に、甲藤が笑ったまま固まる。

濡《ぬ》れ縁に、その人は立っていた。いったいいつからそこにいたのか……ひろむにもわからない。なんの音も気配もなく、スイと伸びた背中で佇《たたず》んでいる。

「せ」

甲藤は一文字しか言えず、脇坂は「先生」と頭を下げた。ひろむも同様にお辞儀をする。その人は靴脱ぎ石の上にあった草履に足を入れ、やはりほとんど音を立てないまま、ひろむの前に立つ。

「初めまして。洗足伊織と申します」

お辞儀とともに、サラリと髪が揺れた。

「小鳩ひろむです。本日はお招きいただき、ありがとうございます」

自然に、より深く頭が下がった。丁寧な挨拶《あいさつ》をくれた人には、もっと丁寧に返したくなるのだとひろむは知る。改めて顔を上げると微《かす》かな笑みがあり、ひろむはしばらく呼吸を忘れた。

綺麗な人というのは、世にそれなりの数がいる。

芸能人、モデル、一般の中にだって稀《まれ》に目を瞠《みは》るような美男美女はいるものだ。人口過密地である東京に暮らしていれば、そこそこ見る。

この人はそういう枠には入らない。

もちろん顔かたちも整っているし、身体の一部のように着こなしている細い縞《しま》の紗《しゃ》も人目を引くだろう。怪我でもしているのか、片方の目を隠した長い前髪も印象的だ。けれどこの人の美しさは……なんと言えばいいのだろう、ある種の悲しさ、のようなものが見え隠れしている。

「よくいらっしゃいました」

澄んだ水を思わせる声だった。

凪《な》いだ湖面みたいな人だ。そこには周囲の森が鏡のように映っていて、けれど、ふと見るととても小さな魚が——浮いている。銀の鱗は剝《は》がれて光っている。

どうしようもなく綺麗で悲しい。そんな光景が心に浮かぶ。

「このふたりがご迷惑をかけていないといいんですがね。いまいち活躍しきれていない刑事と、躾《しつけ》の行き届かない《犬神》で申しわけ無い」

口調がふっ、とくだけ、その瞬間に洗足の雰囲気も変わった。まだ若いのに口うるさいご隠居みたいになる。ひろむも肩の力を抜いて「おふたりには、よくしていただいています」と答えた。

「そうですか。粗相をしたら、叱ってやって下さい」

「先生がそうおっしゃるなら」

「ちなみに、小鳩さんにとって、許せない粗相はどんなものです？」

洗足の質問に「思いやりを欠くことでしょうか」と答えた。洗足はなるほど、とだけ答え、天ぷらや素麺《そうめん》つゆを運んで来た夷に目を向けて、

「さあ、いただこうか」

とみなに声をかけた。

鱗田も合流し、総勢七人での流し素麺ならぬ盥素麺が始まる。小エビのかき揚げ、イモ天、鱚天《きすてん》、ちくわの天ぷらもあった。

「おお。俺ちくわの天ぷら好き〜。夷さんグッジョブっす！」

「甲藤くん、それは目下に使う言葉です。次に言ったらきみを天ぷらにしますよ？　……先生、鱚ばかり取ってはいけません」

「ばれましたか」

「美味《おい》しい〜。イモ天がホクホクですよう、夷さん」

「マメ、いっぱいお食べ。甲藤くんのぶんも食べていいよ」

「いやいやいや、俺もイモ天好きなんで！」

「脇坂、薬味取ってくれ」

「はい。ウロさんは大葉多めですよね？」

「ぶみゃあ」

「よしよし、にゃあさんは僕の膝《ひざ》においで」

「先生、また鱚を取りましたね？」

「……もっとないのかい。脇坂くん、ちょっと釣ってきなさい」

「そ、そりゃ無茶ですよ先生」

脇坂が言うと、みなが笑う。

なんとも心地よい空間だった。家族のように近しく、家族のように和やかで、家族よりは礼儀が重んじられている。無礼講の馬鹿騒ぎが苦手なひろむには、絶妙にありがたい距離感だ。

そもそも洗足は、妖人《ようじん》に関わる事件が起きた時、警察に協力する立場だと聞いている。けれど今この場に、そういった仕事のしがらみは一切感じられず……ただ、信頼関係にある者たちが集まっているにすぎない。少なくとも、ひろむにはそう感じられた。

マメは猫を撫《な》でつつ、嬉《うれ》しそうにイモ天を頬張る。

脇坂は軽快に素麺を啜《すす》る。

酒が禁じられているわけではなさそうで、鱗田は缶ビールを開け、しみじみとうまそうに飲んでいる。バイクで来ているため飲めない甲藤が、その様子を見て悔しがる。

夷は鬼灯《ほおずき》の描かれた団扇を煽《あお》ぐ。自分にではなく、洗足に風を送っているのだ。その風を受け、洗足の前髪が少し揺れた。ちらりと傷が見える。

最初の素麺はあっというまになくなり、追加分が何度か茹《ゆ》でられた。ひろむも率先して手伝った。義務感でやっているというより、それが自然と思えたのだ。マメとのお喋《しゃべ》りは楽しいし、夷の炊事の手際は鮮やかで見とれてしまう。ひろむが持参した枝豆とトウモロコシも茹であがり、みなの胃に収まった。

マメの手作りだという見事な水羊羹《みずようかん》も出て、甲藤や脇坂が「た、食べ過ぎた……」と呻《うめ》きだす頃、夏の日は傾きだしていた。

暑さはだいぶ和らぎ、軒下の風鈴が涼やかな音を奏でる。処暑も過ぎており、そろそろ朝晩は過ごしやすくなってくるだろう。そういえば、立ち寄ったスーパーでは梨も出始めていた。

季節の移ろいは、年々早くなるようだ。そう感じるのは、人間だけが自分はいつか死ぬと知っている動物だからだろうか。

とても楽しい半日だった。

ここにあの子がいればな、とひろむは思う。弟は水羊羹が大好きだったからさぞ喜んだことだろう……そこまで考え、自分を笑った。生きていればおじさんだ。水羊羹がずっと好きだったかはわからないし……なによりあの子は、もう二十年前に逝ってしまっているのに。

「ひろむさん」

庭の隅で白い仙人草を眺めていると、夷が声をかけてきた。さらに声を低くして「主《あるじ》からお話が」と続ける。

なんだろう。やや改まった感じだった。ひろむは頷《うなず》き、夷について母屋の玄関の方へと回る。途中、脇坂と目があったが、彼はなにも言わなかった。ひろむが呼ばれることを知っていたのかもしれない。

「お腹はいっぱいになりましたか」

案内された客間で、洗足にそう聞かれた。

「はい。たぶん素麺自己記録を更新しました」

「ツルツル入りますからねえ。我々もおかげさまで楽しいひとときを過ごしました。……その終わりに、このような話をしなければならないのは心苦しいのですが」

「事件に関してでしょうか」

「そうです」

洗足はまっすぐにひろむを見た。

姿勢のよい座り姿に、ひろむもつられて背中が伸びる。床の間には籠《かご》にグラジオラスが生けられていた。凛《りん》とした薄紫が美しい。

「今から申し上げる話は、他言なさってはいけません」

洗足もまた凛として——威圧感はないものの、緊張感を漂わせていた。ひろむは「承りました」としっかり頷く。

「本来ならば警察からの説明があるべきなのですが、鱗田刑事から一任されましたので、あたしがお話しします。先立ってのあなたの交通事故に関しては不自然な点があり、ひき逃げ犯もまだ捕まっていない。この犯人が『麒麟《きりん》の光』の事件に関わりがある可能性もあることは、すでに理解されてますね？」

「はい。傲慢《ごうまん》にも自分ひとりで、事件について調べようとした私が愚かでした」

「傲慢とまでは思いませんが、あなたを心配している者がいることは……常に心に置いておくべきでしょう。ご家族や、友人たち。あのちょっと抜けた刑事のことなんかも、忘れないでやってください」

「はい……」

脇坂の話をされるとなんとなく気恥ずかしく、ひろむはやや下を向いた。

「大変残念なことに、宝來さん母子は亡くなってしまいました。警察は殺人事件として捜査しています。リンさんの手には拳銃《けんじゅう》が握られていましたが、そこから発砲された弾は誰にも当たっていません。母子ふたりは、別の人間に撃たれ、命を落としたのです。

その場には仲村渠さんがいましたが、当然、拘束されていた彼でもない——」

洗足はごく静かな声で喋っているのに、恐ろしいほど明瞭《めいりょう》に聞き取れた。

「あの時のことを仲村渠さんから聞いていますか？」

「いえ。彼にお見舞いの電話はしましたが、事件の話にはほとんど触れていません。彼もまだ、つらいと思ったので」

「そうですか。ではご説明しましょう。あの時、宝來母子、仲村渠さんのほかに、もうひとり男がいました。リンさんを洗脳し、意のままに操っていたと思われる者で、犯人である可能性が高いです」

「それは……リンちゃんを病院から連れ出した人物ですか」

「恐らく。どうやらリンさんは、その男のことを信頼し『先生』と呼んでいたらしい。そして、その男に仲村渠さんを殺すようにと命じられました」

「そんな」

ひろむは驚き、同時に憤った。

「できるはずがありません。私、仲村渠さんから聞いていたんです。昔住んでいたアパートの隣の部屋がリンちゃん母子で……仲村渠さんは、まだ小さかったリンちゃんとよく一緒に遊んだそうです。リンちゃんも懐いていて………あ」

だからか。

ひろむは悟った。

リンにとって、仲村渠は大切な存在だった。だからこそ、殺させようとしたのだ。まるで、試すかのように。

「そう。テストだと言っていたそうです。彼女が立派に『支配する者』になれたかどうかのテストらしい」

「……あまりにも、非人道的です」

怒りのせいで声が震えそうになるのを堪《こら》える。洗足は静かに「犯人は人道を無視する相手だということになります」と答えた。

「ご存じのように人間は社会を形成する生き物です。社会の中でうまくやっていくには相手を慮ることが必要になる。そのため人間は進化の過程で共感力というものを得ました。ところが、中にはこの共感力が低い人がいます。多くは遺伝的なものであり、本人や躾《しつけ》の問題ではない。さらに、そういう人々がすべて悪人だというわけでもありません」

「はい。……私自身、そういう傾向があるかもしれません」

ひろむの言葉に、洗足は「あなたに？」と少し眉《まゆ》を上げた。

「ものをはっきり言い過ぎるらしくて、敬遠されがちというか……職業的には、それでいいんだとも思いますが……」

「ふむ」

洗足は自分の前に置かれた茶碗《ちゃわん》の蓋《ふた》を取り、ひとくち飲んだ。ひろむも同じようにする。夷が運んで来てくれた茶は新緑を思わせる美しいグリーンで、香り高い。

「最初にご挨拶《あいさつ》をした時、あたしはあなたに質問をしましたね？　あなたにとっての粗相とはなにか、と」

「あ、はい」

「あなたはすぐに答えた。『思いやりを欠くこと』と。共感力の低い人は、そんなふうに答えないと思いますが」

「それは……過去に何度も、場の空気を悪くしてしまった経験からなんです。学生時代、もっと相手の気持ちを考えたら？　と女友達に言われてしまったり……どうも私は空気が読めなくて」

「場の雰囲気が悪くなるのを避けるため、無難な返事ですませるのも処世術ですね。それを否定はしません。けれど、それは思いやりや優しさからきているわけではない。単に面倒事を避けたい場合がほとんどでしょう」

「でも……みんな、面倒は避けたいですよね……」

なんでこんな話をしているんだろう。

そう思いながらもひろむは続けた。なんだか、ほつれた糸の先を見つけてしまい、どんどん引っ張っているような心持ちだ。やめたほうがいいのかもしれないけど……やめられない。

「そういう、誰とでも無難に仲よくつきあえる人から見ると、私のような人間は我が強く、共感力が低く思えるんだろうなと……」

「無難に仲よくつきあう、というのは矛盾していますよ」

洗足は言い切った。

「無難なつきあいはどこまでいっても無難なだけで、永遠に『空気を読め』という同調圧力の下です。それを『仲がいい』と言いますかね？　もっとも、無難な関係が気楽でよいとする人もいるでしょうし、他人がどうこう言う筋合いのものでもない。要するに人それぞれですね。あたしはいやですが」

「いや、ですか……？」

「いやですよ」

即答だった。

「人生はたいして長くないんです。あたしは言いたいことを言いますし、馬鹿には馬鹿と言います。でも誰もあたしに『空気を読め』とは言いませんよ」

それはそうだろう。いったい誰が、この静謐《せいひつ》で真摯《しんし》でかつ迫力を伴う人にそんなことが言えるのだ。

「ひろむさん。あなたは弁護士ですね？」

「あ。はい」

「ならば尚更《なおさら》、自分が正しいと思うことを言い続けてください。あなたは確かに、空気を読むのは苦手なんでしょうが、共感力はお持ちですよ」

「……そう、なんでしょうか」

「あなたのことは脇坂くんからもいささか聞いています。さっきも仲村渠さんを慮り、犯人の蛮行に憤ってたじゃないですか。あなたは共感力が低いのではなく、この社会が無言のうちに女性や弱者に強制している『可愛げ』とやらが少ないだけなんでしょう。そんなことはなんの問題にもならない。あなたは今のままでよろしい」

ストン、と肩から力が抜けた。

なんだろうか、この不思議な安堵《あんど》感は。ほとんど初対面の相手に「今のままでいい」と言われただけなのに……。脇坂から聞いている？　彼は、どんなことをこの人に話したというのだろう？

「さて、話を戻しましょうか」

「あ。はい」

うっかりすると涙ぐみそうで、ひろむは呼吸を整えた。

「共感力が低い人々がみな悪人だというわけではありません。本人に、『自分は他者の気持ちがうまく理解できない』という自覚があり、その対処法を見つけることによってきちんと社会生活が送れる人がほとんどです。また、こういったタイプの中には特定の分野で優れた能力を発揮し、社会に貢献する人もいます。一方で、共感力の極端な低さは……時に犯罪と結びついてしまう。彼らは嘘をつくこと、人を騙《だま》すことにさほど抵抗がありません。もっとも、それが単純な嘘とわかりやすい嘘であれば、起きるトラブルはそれほど深刻ではない」

ひろむは頷《うなず》き、洗足の話に聞き入った。

「今回のような凶悪犯罪を起こすのは、そもそも共感力など必要とはしておらず、他者を支配したい気持ちが強く、さらに怖いほどに頭が切れる、そんなタイプです」

ぞっとする話だ。

殺人事件を起こすほどではないにしろ、それに近いタイプの人間を、ひろむは何人か知っている。仕事を通してなので、親しいわけではないが——恐ろしいのは、そういう人間は時にひどく魅力的で、周囲の注目と賞賛を集めていることである。どう振る舞えば他人が自分を好きになってくれるのか、彼らはよく心得ているのだ。

「少し前に、中野区と世田谷区で起きた殺人事件を覚えてらっしゃいますか。自殺に見せかけた殺人事件です」

「はい。脇坂刑事が、仲村渠さんに話を聞きに来た事件ですね？　亡くなった方はSNSで妖人《ようじん》に対する差別発言をしてたと……」

「そうです。警察は被害者同士の関係を調べていたのですが、ふたりが知り合いだったという証拠は出てきませんでした。おそらく会ったこともないでしょう。ですが、ふたりに共通する人物が浮かび上がってきました。その人物は、他人とうまくコミュニケーションが取れなかった被害者ふたりに近づき、言葉巧みにその心を捉《とら》え、親しくなり、やがてふたりを操るようになりました。被害者ふたりが妖人を差別していたのも、その人物による影響……というより、洗脳です」

洗脳。そんなこと、あり得るのだろうか。他者を操るほどの洗脳というのは、そう簡単ではないように思えるのだが。

戸惑うひろむの表情を読み取り、洗足は「ええ。簡単ではありません」と続ける。

「心理学、生理学の知識も必要でしょう。相応の時間がかかるはずですから、忍耐もいる。洗脳というスキルを使って、殺人や強盗などの犯罪を目論《もくろ》むのならば、まったく割に合いません。労力の方が圧倒的に大きい」

ですが、と洗足はひろむを見る。

「洗脳そのものが目的ならば？」

そのもの？

洗脳し、利用するのではなく？　ただ洗脳したかっただけ？

「では……その犯人は、洗脳という目的を果たし、もう被害者に用がなくなったから殺害したということでしょうか？　あるいは、被害者が洗脳されていることに気づき、抵抗されて殺してしまったとか……だから、自殺に見せかけた？」

「頭の回転が速い方ですね。しかし、洗脳が成功したならば、殺害する必要はないはずです。相手は、洗脳されたとは思っていないのですから。逆に洗脳に失敗し、口を封じる必要があったとしても、今回のやり方は不自然です。警察は伏せていますが、被害者ふたりはみずからの太腿《ふともも》をナイフで傷つけ、こんなメッセージを残していました」

ジツニ　ツマラヌ　バケモノハ　シンダ――。

「傷で……そう書いてあったと？」

「そうです。すべてカタカナで」

猟奇的なものを感じて、ひろむは眉《まゆ》を寄せる。

「警察はメッセージの意味を色々考えました。『つまらぬ化物』はなにを意味しているのか。亡くなった被害者なのだとしたら、妖人差別者、ということになる。ならば、犯人は妖人差別者を懲らしめるために殺したのか？」

「でも犯人によって、ふたりは妖人差別者に洗脳されたんですよね？」

「その通りです。つまりこのメッセージに意味はない。……いや、あるけれど、ない」

あるけれど、ない？　洗足はなにを言おうとしているのかまったくわからず、ひろむはお手上げ状態である。

「警察が想定していたようなメッセージではなかったということです。そのメッセージは、いわば犯人のお遊びであり、捜査関係者へのヒント……と言うより、もはや揶揄《からか》いですね」

「あの、すみません、わかりません」

「あなたがわからないのは当然です。あたしも、ご遺体の写真で実際の傷を見るまでは気がつきませんでした。もう少し早くこの写真を見られていれば……いや、やめましょう。すぎたことを嘆いても始まらない。ふたつの遺体に書かれたメッセージは、こんな配列だったんですよ」

洗足は懐からメモ用紙を出して見せてくれた。

　ジツニ
　ツマラヌ
バケモノハ
シン
　ダ

　ジツニ
　ツマラヌ
バケモノハ
シンダ

「遺体の文字は当然ながらもっとガタガタです。そして、こちらのほう……『シンダ』となっているほう、これは恐らく間違えたんです」

「間違えた……？」

「被害者は、洗脳者の命令によって自分で自分を切っていた。激しい痛みのせいで、命じられたとおりにできなかったとしても、不思議ではない。……改行が、必要だった。

『ダ』は独立していなければならなかったんです」

読みやすく綺麗《きれい》な文字で書かれたメモを手に、ひろむは戦慄《せんりつ》していた。その文字列に隠されたものには気がついたが、それはおそらく、洗足から客観的に整理された事件背景を聞いていたからだろう。この犯人がどういった人物かという分析がなければ、見落としていたと思う。

「ジッ、ケン……」

自分を落ち着かせながらひろむは言った。

「実験だ——とあります」

洗足が頷いた。静かだが深い呼吸をひとつ入れたのは、自らを落ち着かせるためにも見える。一方、ひろむはほとんど息を詰めていた。

「犯人はふたりの被害者で実験をしたわけです。言うまでもなく、洗脳実験を。時間をかけ、手間を惜しまず、少しずつ彼らの内面に侵入し、やがて支配した。そして、実験の仕上げとしてテストを行いました。テスト課題は自分で自分を肉体的に傷つけること。自らの痛みより、犯人の命令を優先するかを、確かめた」

ナイフを用意し、自分の太腿に傷をつけさせる。

洗脳者の言葉に従い、痛みに耐えられるかの実験。用意された言葉を一文字ずつ、言われたとおりに刻み込めるか。血を流しながら。

「さらには——自分を殺すこと」

渡された、小さなカッターで。

頸動脈《けいどうみゃく》を切れ、と。

洗脳者の言葉に従って、その命を捨てろと――。

人間の……否、動物のもっとも基本的な欲求は『生き続けること』だ。

だからこそ、日々食事をし、睡眠をとり、呼吸をする。どうしようもない『死』というものが追いついてくるその日まで、自分の生命を必死に維持しようとする。そういうふうに、できている。

「けれど、この犯人はその本能すら捨てさせようとしました。いわば『完璧《かんぺき》な洗脳』が成り立っているか試したかったのでしょう」

完璧な、洗脳？

ひろむは無意識に自分の襟元を引っ張っていた。息が、苦しい。

「鑑識の結果から、ひとりは自ら喉《のど》を掻《か》ききったと考えられます。犯人的には成功したことになるんでしょうかね。だが、もうひとりの死は他者の手によるものでした。『ダ』を改行できなかった女性のほうです。恐怖に追い詰められ……パニックに陥ったのかもしれない。彼女は自分を殺すことはできなかった。犯人は失敗だと判断し、殺害したと考えられます」

いったい、なにを言えばいいのか。ひろむは混乱の中、必死に言葉を探したが、せいぜい出てきたのは「い、異常です」という当然の反応だった。

「ええ。あたしの見立てが正しければ、異常者による犯罪です」

洗足の口調は乱れない。

どれほどの経験が——この人をここまで理性的にしているのか。

「一刻も早く逮捕すべきですが……ここにきて新しい事実が発覚しました。この洗脳実験と思われる殺人現場に残された遺留物と、宝來母子が殺害された現場の遺留物……警察が徹底的に調べたところ、DNAが一致するものが見つかっています。つまり、同一犯人である可能性が極めて高いのです」

同じ、犯人。

ふたりの妖人《ようじん》差別者を……否、妖人差別者に仕立て上げられた男女を殺害した者と、仲村渠を殺しかけ、リンとその母親を殺害した者が、同じ。

「実験として殺害されたうちのおひとりは、その母親が『麒麟《きりん》の光』の前身『救いの光』の信者でした。団体内の名簿に名前や連絡先が残されていた。犯人はこの名簿から、被害者を選んだ可能性があります。いまひとりは引きこもりがちで、以前からあちこちのSNSを荒らしていました。犯人にとって御しやすいタイプです。さらに犯人は『麒麟の光』になんらかの形で接触し、リンちゃんを洗脳する手段を得た。そして、ひろむさんの交通事故が故意によるものだとしたら、やはり同じ人物の仕業と考えられるのです。……………ひろむさん、大丈夫ですか？」

「……あまり……大丈夫ではない、かも……」

体勢が傾いて、ひろむは畳に右手を突いた。洗足が「脇坂くん」と襖の向こうに声をかける。すぐに脇坂が入ってきて、ひろむの隣に座った。

「足を崩して、楽にして下さい。お水を飲みますか？」

「は、はい。ください……」

続いて夷が入室し、冷たい水で満たされたグラスを差し出してくれる。脇坂に支えられるようにしながら、ひろむはそれを飲んだ。喉がうまく動いてくれず、少しだけ零《こぼ》してしまう。

「大丈夫」

脇坂が優しく言い、自分のハンカチを貸してくれた。すみません、と返すだけで精一杯だ。すぐそばにある顔を見ると、微笑んでくれた。状況はどう考えても笑っている場合ではないのだが——それでもその顔を見たら少し気持ちが楽になる。

「なにニタニタしてるんだい」

洗足の言葉に、脇坂が「し、してませんっ」と慌てて反応する。

「せ、先生、なんてことを。ニタニタなんかしてませんっ。こ、小鳩さんが具合悪そうなのにニタニタなんてっ」

「してたよ。ねえ、芳彦」

「してましたね」

「夷さんまでひどいです」

「ではご本人に聞きましょう。ひろむさん、どうでした？」

「え……ちょっと……してたかも……」

「えええっ」

ひろむにまで言われ、脇坂は情けない声を出す。そんな様子を見ていたら、やっと普通に呼吸ができるようになり、崩していた正座を直す。

「失礼しました」

声もちゃんと出た。もちろん、彼らのやりとりが、ひろむの緊張を和らげるためにしてくれたものなのはわかっている。

「いいんですよ。だいぶ顔色が戻りましたね。怖い話を聞かせて申し訳なかったですが、犯人はいまだ逃走中です。なにもご存じないほうが危険と判断しました」

「はい。ありがとうございます」

「今後は警察が、あなたの身辺に気を配ることになっています。部屋の鍵《かぎ》などのセキュリティは厳重にチェックしてください。盗聴器の調査も必要です。そのあたりは脇坂くんが相談にのってくれるでしょう」

「はい。……よろしくお願いします」

脇坂が「なんでも言ってください」と胸を叩《たた》く。

「最後にひとつ。見ていただきたい写真があります」

ほんの僅《わず》か、洗足の声が変わったように感じられた。

それは本当に小さなトーンの変化なので、ひろむの気のせいだったのかもしれない。

「我々が、今回の事件に深く関与していると考えている者の写真です。轢《ひ》き逃げに遭った時、姿を現しているかもしれませんので、確認していただきたいのです」

容疑者、ということなのか。

犯人は捕まっていないが、目星はついていると？

「あの……でも運転していた人の顔はまったく……」

「自分で運転はせず、近くでそれを観察していた可能性があります」

「観察……？」

「そういった手法を好む男なので」

寒気がした。

自分の理解を超えた犯罪者が、自分の近くにいるかもしれない……正直とても恐ろしい。脇坂を見ると、言葉はないが、しっかりと目を合わせ、頷《うなず》いてくれる。

「目立つ男なので、見ていれば覚えておいででしょう」

洗足の目配せで、脇坂がシャツのポケットから写真を取り出した。

手渡された写真を受け取る。

それを見て、思った。

知らないけれど、知っている。

自分の記憶が、同時に、だがまったく逆の判断をしたことにひろむは戸惑う。

誰かと勘違いしているのだろうか？　けれど、ここまで強烈な個性を持った人を、他者と間違えることはないだろう。美しい獣のような男性。強い眉《まゆ》、高い鼻筋、しっかりした顎《あご》のライン。全身写真ではないが、首から肩を見れば体格が優れているのがわかる。屋外での隠し撮りのような一枚だが、目線はしっかりとカメラを見据え、薄く微笑んでいる。わかっているぞ、と言いたげに。

知ってるはずだ。この人を見たはずだ。

けれど思い出せない。

黙りこくってしまったひろむの答を、洗足と脇坂がじっと待っているのがわかる。

息を詰め、記憶を辿《たど》る。

脳内の迷宮のどこかにこの男はいる。しかも比較的最近の記憶……。

――……てくれ。

白い、天井。

――……伝えてくれ。

覗《のぞ》き込んでいる、顔。

「こ、この人は……」

ひろむの声は上擦った。

思い出したというより、認識の変更を迫られていた。そう、忘れかけていた。印象的だったが、それでも忘れそうになっていた。だって……、

に思えた。

「それは、どういう意味ですか？」

洗足が問う。すべての言葉をするすると喋《しゃべ》っていたこの人が、今初めて躊躇《ちゅうちょ》したよう
「病院で……意識が戻る直前に、夢を見たんです。すごくリアルな夢で……男性が私を覗き込んで……じっと、見てるんです」

「この男が？」

今度は脇坂が上擦った声で聞いた。ひろむは「はい。その顔でした」と答える。

間違いない。

夢なのに、夢だと思っていたのに……くっきりと脳に刻まれている。

「誰だろう。お医者さんかな、夢なのかな……って、そんなふうにぼんやり思ってて、でも私はまだ喋ることはできなくて……その人がいなくなって、今度は看護師さんが入ってきて、名前を呼ばれて……そこでやっとはっきり頷くことができて」

「病院に……青目が病院に？　そんな、警備はちゃんと……」

「落ち着きなさい、脇坂くん」

洗足が脇坂を窘《たしな》め、ひろむに向かって「確かなのですね？」と確認を取る。

「は、はい。この人です」

「この人は……実在しているんですか？」

だって、夢だと思っていたから。

「その男は青目甲斐児という指名手配中の容疑者です。その男が現れたのであれば……いまひとつ、大切な確認をしなければ」

洗足の声がやや低くなる。

「ひろむさん。あなたが夢かと思っていた、この男を見たのは……意識が戻る直前で間違いないですか？」

「はい。時計を見たりはしていませんが……看護師さんや医師が入ってきて、意識がはっきりしてきた時と、記憶が繋《つな》がっています」

「そんな……」

脇坂が愕然《がくぜん》としている。

「そんなこと……だって、それじゃ、時間が……アリバイが、できてしまう」

「アリバイ……？」

「リンちゃん母子が殺害された日……僕は、事件直後の現場で、小鳩さんの意識が回復したという報告を受けました。もしひろむさんが、意識が戻る直前に青目に会っているならば……」

そうか。それは、青目という男の不在証明《アリバイ》になってしまうのだ。

事件の犯人と予測されている男の。

「脇坂くん、落ち着けと言っているでしょう。きみがそんなふうに取り乱すと、ひろむさんの記憶に不必要なバイアスをかけてしまう」

「でも先生、青目ではないとしたら……いや、青目が誰かを使って殺させた可能性はあります。あの男なら、充分あり得ますよね？」

「可能性としてはね」

洗足《いい》はとくに乱れてはいない前髪に手ぐしを入れながら「だが」と続けた。

「あれは基本的に——自分の脚本のクライマックスは、その場で見届けたいはずなんですよ。たとえ殺人の実行を誰かにさせても……舞台に役者として立っていなくても、袖《そで》で見届ける必要はあるはず……」

「見届けより、アリバイを優先させたかもしれません」

「それはない」

洗足は迷わず否定した。

「脇坂くん、忘れたのかい。青目は、自分の犯行を隠す必要などないし、そのつもりもないんだよ」

「…………」

脇坂はなにか言おうとして口を開いたが、結局言葉は出ず、悔しげに項垂《うなだ》れた。

自分の犯行を隠す必要などないし、そのつもりもない——その意味はひろむにはわからなかったが、少なくとも脇坂を黙らせるだけの説得力を持っているのだろう。

「失礼しました、ひろむさん。……この男は、あなたのもとに現れた……それを阻止できなかったのは残念ですが、あなたに危害がなくてよかった」

「本当に……夢だとばかり……」

再び写真を見ながら、ひろむは呟《つぶや》いた。

「最初は朦朧《もうろう》としていたし、自分がどこにいるかもわからなくて。しかも知らない人がこちらをじっと……ああ、でも写真と少し違います。この人は顔に怪我をしてました」

「怪我……」

洗足の薄い頬が、ピクリと震えたのがわかる。

「目の横あたりに、大きな絆創膏《ばんそうこう》のようなものが見えました。たしか、こちら側」

ひろむは自分の顔の右側を示した。記憶が自分の中で鮮明になっていくのがわかる。

映像だけではなく、音声もまた、頭の中に蘇る。

そう、いたのだ。

その男は間違いなくそこにいて……。

「あまりに不思議なことを言うので……夢に違いないと思っていたけど……」

「……不思議なこと？」

洗足の声が少しだけ掠れた。

「その男は、あなたになにか言ったんですか？」

脇坂も顔を上げ、ひろむを凝視している。襖《ふすま》のそばに控えていた夷も同様だ。三人の視線は強く、ひろむはいくらか戸惑いつつも「はい」と頷いた。

夢の中で……夢かと思っていた中で、男は言ったのだ。

ひろむの耳の近くまで顔を寄せ、ゆっくりと、聞き取りやすいよう、低いけれどどこか甘さを含んだ声で、

「伝えてくれ。気をつけろと。麒麟《きりん》のとなりに、ぬえがいる」

そう言った。

脇坂は眉を寄せ、僅《わず》かに首を傾げた。

夷も似た反応で、瞬きをひとつしたあと、窺《うかが》うように洗足を見る。

洗足は表情を変えなかった。

もしかしたら……変えられなかったのかもしれない。

自分の内に湧き起こった感情を押し殺すために、顔の筋肉のすべてを静止させているかのようで……まるで人形になってしまったかのようで、それでいて、その色だけが青ざめるのがわかった。

薄い唇が少しだけ開き、震える。

いや、言ったのだ。声もなく。

鵺《ぬえ》、と。

※

さあ、愛と洗脳は、どこが違う？

もうわかってるはずだ。違わない。そのふたつは同じものだ。

最初にも教えたね。うまく洗脳するには、愛されなければならないと。だって愛してくれる者には逆らえないだろう？　愛してる愛してると言いながら、おまえの母親はおまえを山奥に閉じこめ、縛り、意のままにしようとしただろう？　それこそが愛だ。愛は他者を染め、加工し、変化させる。おまえの母親がそうしたように。狂っていたから？　そうかもな。だって愛なんてものはそもそも狂気だよ。みんな愛でおかしくなる。愛ゆえに支配する。そうか、愛に理性を加味したものこそ洗脳といえるのか。

あはは、すばらしいじゃないか。

おまえは母から愛を教えられ、父である僕からは洗脳を教えられたわけだ。

そしておまえは完成する。無駄な数年があったことは仕方ない。あんな場所でぬるぬると、母でもない女と、半分だけの兄とで腑抜《ふぬ》けにされかかったが……おまえ、今年でいくつになった？
十四、か。
まにあってよかった。あまり成長していると、矯正は難しい。

名前をもらったんだって？　笑わせるね。そんなものは必要ないのに。名前なんてその場その場で変えていくものだ。おまえはそこに生きているだけでおまえであり、名前などいらない。誰もおまえを呼びはしない。誰ひとり、呼びはしない。だがみんな刮目《かつもく》し、愕然とおまえを見るだろう。おまえに殺されながら。

名など、いらないんだよ。

人は正体不明のものを恐ろしがる。わからないから怖いんだ。

だから謎めいた対象に、無理やりでも名をつけようとする。こじつけでも姿を与えたがる。たとえばおめでたい麒麟。体は鹿、顔は龍、牛の尾に馬の蹄、肉の角を持ち、背毛は五色。ずいぶんと派手だな？　だが僕のお気に入りはこっちだ。頭は猿、胴は狸、尾は蛇、手足は虎で、声は虎鶫《とらつぐみ》……なにかわかるかい？　伝説の怪物だ。源頼政《みなもとのよりまさ》が退治したという鵺だよ。わけのわからない、まるでパッチワークみたいな怪物。だから鵺には、正体不明という意味もある。

おまえは鬼と鵺の子供。

つぎはぎだらけの、怪物の中の怪物。

身体の震えが止まらない。

「ああ、可哀想に……。リン、泣かなくていい。すべて終わらせよう。そうしたら怖いのも終わる」

そっか。終わらせればいいのか。

そしたら怖いの、終わるのか。

あたしは、引き金を――

無理だよ。

できないよ。なんで。なんで。どうしたら。

先生、どうしたらいいの。

わからない。もうわからない。だけど、終わらせたい。

ごめんなさい……木村先生。

〈参考文献〉

『日本妖怪大事典』水木しげる／画、村上健司／編著（角川書店）

本書は書き下ろしです。
この作品はフィクションです。実在の人物、団体等とは一切関係ありません。

妖琦庵夜話《ようきあんやわ》　誰《だれ》が麒麟《きりん》を鳴《な》かせるか
榎田《えだ》ユウリ

角川ホラー文庫　21524

平成31年３月25日　初版発行
令和６年10月25日　５版発行

発行者――山下直久
発　行――株式会社KADOKAWA
〒102-8177　東京都千代田区富士見2-13-3
電話 0570-002-301（ナビダイヤル）
印刷所――株式会社KADOKAWA
製本所――株式会社KADOKAWA
装幀者――田島照久

●お問い合わせ
https://www.kadokawa.co.jp/（「お問い合わせ」へお進みください）
※内容によっては、お答えできない場合があります。
※サポートは日本国内のみとさせていただきます。
※Japanese text only

ISBN978-4-04-107856-3　C0193

角川文庫発刊に際して

角川源義

第二次世界大戦の敗北は、軍事力の敗北であった以上に、私たちの若い文化力の敗退であった。私たちの文化が戦争に対して如何に無力であり、単なるあだ花に過ぎなかったかを、私たちは身を以て体験し痛感した。西洋近代文化の摂取にとって、明治以後八十年の歳月は決して短かすぎたとは言えない。にもかかわらず、近代文化の伝統を確立し、自由な批判と柔軟な良識に富む文化層として自らを形成することに私たちは失敗して来た。そしてこれは、各層への文化の普及滲透を任務とする出版人の責任でもあった。

一九四五年以来、私たちは再び振出しに戻り、第一歩から踏み出すことを余儀なくされた。これは大きな不幸ではあるが、反面、これまでの混沌・未熟・歪曲の中にあった我が国の文化に秩序と確たる基礎を齎らすためには絶好の機会でもある。角川書店は、このような祖国の文化的危機にあたり、微力をも顧みず再建の礎石たるべき抱負と決意とをもって出発したが、ここに創立以来の念願を果すべく角川文庫を発刊する。これまで刊行されたあらゆる全集叢書文庫類の長所と短所とを検討し、古今東西の不朽の典籍を、良心的編集のもとに、廉価に、そして書架にふさわしい美本として、多くのひとびとに提供しようとする。しかし私たちは徒らに百科全書的な知識のジレッタントを作ることを目的とせず、あくまで祖国の文化に秩序と再建への道を示し、この文庫を角川書店の栄ある事業として、今後永久に継続発展せしめ、学芸と教養との殿堂として大成せんことを期したい。多くの読書子の愛情ある忠言と支持とによって、この希望と抱負とを完遂せしめられんことを願う。

一九四九年五月三日